Für immer und Amy

Das Buch

Flemming Hansen, Ende 30, hat eine Schwäche für jeglichen Genuss: gutes Essen, harte Drinks, schöne Frauen. Bei denen hat er auch einen Schlag. Doch sobald sie sich in ihn verlieben und versuchen, vom unverbindlichen Sex in Richtung Beziehung zu steuern, ergreift Flemming die Flucht. Man könnte meinen, dass er die Richtige einfach noch nicht getroffen hat.

Aber genau da liegt das Problem: Er hat sie schon getroffen – und verloren. Amy, die Frau, an die keine andere je herangereicht hat. Die erste große Liebe während des Austauschjahrs in den USA. Sie war für Flemming nicht nur das schönste Mädchen der Welt, sondern auch eine Seelenverwandte. Dumm nur, dass nach seiner Rückkehr in die Heimat die Verbindung einfach abriss. Zwanzig Jahre lang hat er versucht, anderweitig sein Glück zu finden, und ist gescheitert.

Jetzt steht Flemming am Hamburger Flughafen in der Schlange der Sicherheitskontrolle und sieht plötzlich Amy, ein paar Meter weiter vorne. Bevor er sie ansprechen kann, wird er aufgehalten, und sie verschwindet im Flieger nach New York. Da wird Flemming klar, dass er Amy wiederfinden muss ...

Der Autor

Tim Sohr, 1980 in Düsseldorf geboren, veröffentlichte 2014 seinen Debütroman »Woanders is' auch scheiße«, der durchweg gute Kritiken erhielt und von den Lesern des *Musikexpress* zum Buch des Jahres 2014 gewählt wurde. Nebenbei versucht er, mit seinem liebevoll gepflegten Account (instagram.com/hunter_s_thompsohr) der größte männliche Instagram-Star der Welt zu werden – dazu fehlen ihm nur noch rund 41 Millionen Follower.

Tim Sohr

für immer und amy

Roman

List Taschenbuch

Besuchen Sie uns im Internet:
www.list-taschenbuch.de

MIX
Papier
FSC FSC® C083411

Originalausgabe im List Taschenbuch
List ist ein Verlag der Ullstein Buchverlage GmbH, Berlin.
1. Auflage Juni 2017

Umschlaggestaltung: Favoritbuero GbR, München
Titelabbildung: © Tokarchuk Andrii/Shutterstock.com;
orobin/Shutterstock.com
Satz: L42 AG, Berlin
Gesetzt aus der Janson
Druck und Bindearbeiten: CPI books GmbH, Leck
ISBN 978-3-548-61365-9

Für Gonzo

Sometimes before it gets better
The darkness gets bigger
The person that you'd take a bullet for
is behind the trigger
(*Fall Out Boy – Miss Missing You*)

1. kapitel

Als ich die Südsee rieche, stehe ich gerade am Band. Zuerst ziehe ich meine braune Lederjacke aus, dann den Lieblingsgürtel mit der Stierschnalle, dann die Chelseaboots. Zusammen mit der Tasche lege ich alles in den dafür vorgesehenen Korb. Die Warteschlange macht die meisten Menschen nervös, bei mir bewirkt sie das Gegenteil: Während ich warte, fahre ich herunter, was aber auch an dem großen Schluck liegen könnte, den ich gerade aus dem Flachmann genommen habe. Ich beobachte die Fluggäste, die vor mir an der Reihe sind. Wie sie als behäbige Hampelmänner im Körperscanner die Arme heben und einen kurzen Blick auf ihre kreisrunden Achselschweißflecken freigeben. Mich amüsiert die Prozedur, außerdem sorgt sie für einen seltenen Moment der Entschleunigung. Im Kopf gehe ich den Pitch durch, der bei der BBDO in Düsseldorf auf mich wartet. Ich bin gut vorbereitet und male mir gerade aus, wie ich die Lackaffen um den Finger wickeln werde, als mir ihr Duft in die Nase steigt.

Damals sagte ich zu Amy: »Du riechst wie die Südsee.«

Ich kannte die Südsee nicht, aber wie Amy duftete, so stellte ich sie mir vor.

»Zu Amys Geruch«, sagte ich zu meinem Gastbruder Derek, »möchte ich mich an verbotenen Stellen anfassen.«

»Würdest du nicht lieber Amy an verbotenen Stellen anfassen?«, entgegnete er.

Einmal fragte ich Amy nach ihrem Duft.

»Es ist eine Kombination aus zwei Parfüms«, antwortete sie. »Aber ich verrate dir nicht, welche.«

Also konnte ich ihren Duft nicht für Deutschland konservieren. Ich habe Amy seit Providence nie wieder gerochen.

Ich mustere die Frau vor mir in der Schlange. Die Haarfarbe passt, die Größe auch. Als ich mich ein bisschen nach vorne lehne und mit der Nase fast ihren Hinterkopf berühre, besteht kein Zweifel mehr: Das ist Amys Cocktail. So lange her und immer noch so vertraut.

Ich nehme noch eine Nase von ihr, ich schnupfe sie hastig wie das Koks mit Kata auf der Toilette des *East* am letzten Wochenende. Alles dreht sich. Vor Schreck würde ich mich am liebsten setzen. Was macht sie hier in Deutschland? Wo will sie hin? Warum hat sie mir nicht Bescheid gesagt? Wieso dreht sie sich nicht um, damit ich endlich ihr Gesicht sehen kann?

Mein Mund ist ganz trocken. Ich nehme allen Mut zusammen und bringe ein schüchternes »Entschuldigung, aber …« hervor, doch es ist viel zu laut hier, und der Sicherheitsbeamte winkt Amy zum Scanner.

Amy. Einen Moment lang kommt es mir so vor, als ob ihr Hintern – ihr süßer, kleiner Knackarsch, der mich früher schon immer so rasend gemacht hat – inzwischen ein bisschen dicker geworden sein könnte. Im Profil erkenne ich jedoch deutlich: Ist er nicht. Sie sieht so makellos aus wie vor zwei Jahrzehnten. Mein Herz setzt einen

Schlag aus. Ich will ihr hinterher, aber solange Johnny Controletti vom Airport-Security-Team mir kein Zeichen gibt, bleibt mir nichts anderes übrig, als in der Warteschlange zu verharren.

Amy ist durch und steht jetzt auf der anderen, der sicheren Seite des Scanners am Band. Sie packt ihre Sachen zusammen und macht sich auf den Weg zum Gate. Diese schwungvollen Schritte in englischen Reithosen und braunen Stiefeln, das ist ihr Gang. Es fühlt sich an, als habe jemand ein Lasso um meine Hüfte geworfen und zöge kräftig daran. Ich muss mich zurückhalten, sonst sprinte ich los. Die Hubschrauber in meinem Bauch haben jedenfalls schon abgehoben.

»Darf ich?«, rufe ich Johnny Controletti zu und wippe dabei von einem Bein aufs andere, als müsste ich mal auf die Toilette. Als er sich endlich zu mir dreht, heult die Sirene bei der Abfertigung nebenan los.

»Hilfe, sie bringen mich um! Hilfe! Hilfe!«

Der Mann, der bäuchlings auf dem Boden liegt und heiser schreit, ist offenbar betrunken. Während er brüllt, versprüht er weiße Speichelbläschen. Ein anderer Sicherheitsmann hat ihm die Arme auf den Rücken gedreht und fixiert ihn mit dem Knie. Johnny eilt seinem Kollegen zu Hilfe.

»Lassensiemichlos«, lallt der Betrunkene. »Ich kann meine Beine nicht spüren …«

Die Abwicklung kommt aufgrund des Aufruhrs jetzt an allen Schaltern zum Erliegen. Ich habe den Check immer noch nicht passiert, und von Amy ist nichts mehr zu sehen. Auf den Schreck gönne ich mir noch einen Schluck und noch einen, hier ist alles egal, keiner kümmert sich um mich, und irgendwie muss ich die Wartezeit schließlich überbrücken. Es dauert fast fünf Minuten, bis der Besoffene von zwei Beamten weggeschleppt wird wie ein verletzter Fußballspieler vom Platz.

Als ich endlich den Hampelmann mache, schlägt der Scanner Alarm. Völlig ohne Grund, schließlich habe ich den Flachmann noch schnell in der großen Tonne neben dem Band entsorgt. Das bringt mir eine Leibesvisitation von Johnny Controletti höchstpersönlich ein. Mit festen Griffen tastet er mich ab. Meine Fahne lässt er sich nicht anmerken.

»Vielen Dank«, sage ich, als er fertig ist. Er erwidert meine aufreizende Freundlichkeit mit einem müden Lächeln, das mir sagen soll: *Ich weiß, dass du es nicht ehrlich meinst, du Penner.*

»Letzter Aufruf für Air-Berlin-Flug 6747 nach Düsseldorf«, säuselt die Frau aus dem Lautsprecher, »wir bitten alle Passagiere zum Gate 14 …«

Die Durchsage kann mich nicht schocken, ich bin immer spät am Gate. Wer so viel fliegt wie ich, der ist nicht schon eine Stunde vor dem Abflug da. Stattdessen sprinte ich zur Anzeigetafel und suche nach der nächsten Maschine in die USA – und tatsächlich: Für den Flug nach Newark läuft bereits das Boarding. Gate 37. Ich renne los wie der frühe Usain Bolt. Als ich keuchend den Abfertigungsschalter erreiche, wird gerade die letzte Gruppe in die Gangway komplimentiert. Amy muss bereits an Bord sein.

»Ihr Ticket, mein Herr«, spricht mich die schwarze Dame von *United Airlines*, die laut Namensschild Charlotte Green heißt, auf Deutsch mit amerikanischem Akzent an.

»Meine Frau ist schon im Flugzeug«, sprudelt es aus mir heraus, »und ich habe vergessen, dass ich … also … Sie müssen mich zu ihr lassen.«

»*You got your ticket, sir?*«, wechselt sie plötzlich ins Englische.

»*No*«, rufe ich, »nein, kein Ticket, ich … hören Sie, mein Name ist Flemming Hansen, ich bin eigentlich auf dem Weg nach Düsseldorf, ich müsste nur kurz …«

»Dann kann ich Sie nicht an Bord lassen«, sagt sie und schüttelt mit einem aufgesetzten Gesichtsausdruck des Bedauerns den Kopf, »*I'm sorry*. Nicht ohne Ticket. So leid es mir tut.«

Längst habe ich vom Leben gelernt: Menschen, die »so leid es mir tut« sagen, tut in der Regel gar nichts leid.

Im Alarmzustand lege ich die Hände auf ihre Schultern: »Hören Sie, es ist wichtig! Lebenswichtig, sozusagen. *Very important! You hear me?*«

You hear me, das hat Nachdruck. Habe ich von Mom gelernt.

Charlotte Green blickt angewidert auf meine linke Hand auf ihrer Schulter, dann auf die rechte und löst sich aus der Umklammerung. »*I'm sorry!*«

Ihre Kollegin verriegelt bereits die Tür zur Gangway.

»Warten Sie!«

Ich werde lauter, aber das kommt bei Frau Green gar nicht gut an.

»Können Sie mir vielleicht sagen, ob eine Miss Amy Fisher an Bord der Maschine ist?«

Sie beäugt mich skeptisch. »Ich dachte, Sie suchen Ihre Frau!?«

Ihr Blick verrät, dass sie mir nicht über den Weg traut.

»Amy Fisher *ist* meine Frau!«

»Sagten Sie nicht, Sie heißen *Something-Hansen*?«

»Ja, meine Frau wollte ihren Namen ... sagen Sie mal, ist das hier ein Verhör, oder was ist los?«

»Sir«, sagt sie und schließt den oberen Knopf ihrer Bluse, *»I'm gonna have to ask you to leave!«*

Verdammt, reden wir jetzt Englisch oder Deutsch miteinander?

»*Sorry, Sir*«, sagt sie in einem Ton, mit dem man ein bockiges Kind beruhigen möchte.

»*But you're ruining my life!*«, rufe ich Charlotte Green noch hinterher und schleudere meine Tasche auf den Boden. Ich bin selbst ganz erstaunt über meinen theatralischen Moment – ganz im Gegensatz zu den Damen, die unbeeindruckt abdrehen.

Wie in Trance wanke ich anschließend zu meinem Gate, aber der Flieger nach Düsseldorf ist schon weg. Ich irre noch zwei Stunden wie ein hungriger Hund kreuz und quer durchs Terminal. Irgendwann wird mir bewusst, dass der Hamburger Flughafen einfach nicht groß genug ist. Um die Hoffnung auf Amy aufrechtzuerhalten, müsste das hier schon Amsterdam oder Atlanta sein.

2. kapitel

Ich glaube nicht an Wunder. Zumindest nicht an das, was die Leute so als Wunder bezeichnen. Das liegt daran, dass ich mir eigentlich alles erklären kann. Dieses Grubenunglück in Chile zum Beispiel, als sie vor ein paar Jahren alle verschütteten Minenarbeiter nach über zwei Monaten lebend befreiten: »Ein Wunder, ein Wunder!«, riefen sie, also nicht nur die zu Recht aufgewühlten Angehörigen der Bergleute, nicht nur der gläubige Großteil der lateinamerikanischen Bevölkerung, nein, auch westliche Medien von New York City bis Mitteleuropa überhöhten die ganze Angelegenheit auf eine Weise, dass ich nur lachen konnte. Ein Wunder? So ein Quatsch. Die 33 Männer, die da 700 Meter unter Tage eingeschlossen waren, haben sich einfach als verdammt zähe Jungs entpuppt, aber immerhin reden wir hier auch von Bergleuten und nicht von irgendwelchen Schnarchnasen. Das sind harte Männer, die kommen schon klar, erst recht in Extremsituationen.

Oder das verschwundene malaysische Flugzeug. Die Leute staunen, wo es abgeblieben ist. Sie halten die ganze Angelegenheit für ein böses Wunder, ein blaues Wunder sozusagen. Alles *bullshit!* Na gut, ich gebe zu, ich weiß jetzt auch nicht ganz genau, was mit MH370 passiert, wo die Maschine denn nun abgeblieben ist – ob sie entführt wurde oder ob die Crew selbst an einer Sabotage beteiligt war, ob es nach einem Kabelbrand zum Ausfall der Bordelektronik kam und die Piloten mit ihrem Kurswechsel tatsächlich eine Notlandung in Penang oder Langkawi anpeilten, oder ob es im südlichen Indischen Ozean, in den *Roaring Forties*, abgestürzt ist, nachdem der Treibstoff nach Stunden führerlosen Fluges endgültig ausging. Oder ob der Pilot einfach ein wahnsinniger Selbstmörder war, der so viele Unschuldige wie möglich mit in den Tod reißen wollte. Ich bin kein Verschwörungstheoretiker, aber ich bin auch nicht naiv, und ich weiß ganz sicher, dass es irgendwo auf der Welt hochrangige Verantwortliche gibt, die uns in allen Einzelheiten erklären könnten, was mit der Maschine passiert ist, wo sie abgeblieben ist, wie es den Passagieren ergangen ist und warum das alles so mysteriös abgelaufen ist. Irgendwo da draußen gibt es Leute, die ganz genau wissen, warum die Wahrheit über das verschollene Flugzeug unter Verschluss gehalten wird. Weshalb MH370 zwar eine ganz heikle Geschichte ist, aber noch lange kein Wunder.

Manchmal glaube ich, die Leute möchten einfach gerne an Wunder glauben, ja sie müssen sogar an Wunder glauben, um die traurigen, bitteren, zynischen und gefährlichen Wahrheiten der Welt zu ignorieren.

Das einzige Ereignis in meinem Leben, das ich ansatzweise als Wunder bezeichnen würde, war dieses: Ich wurde am ersten Schultag an der Central High School in Providence neben Amy gesetzt. Sie teilten uns an die beiden Tische direkt vor dem Pult ein, und unsere Verärgerung über die Streberplätze schweißte uns sofort zusammen.

Während des Unterrichts konnte ich kaum den Blick von ihr nehmen, denn an Amy war alles lässig: wie sie mit den Fingern ständig in ihren Korkenzieherlocken herumpulte, als wollte sie erzwingen, dass sich ihre Haare noch mehr ringeln; wie sie immer laut und bebend rülpste und dann in dreckiges Lachen ausbrach, wenn sie Pepsi-Cola trank – und sie trank gerne Pepsi-Cola, nicht Coca-Cola, nein, Pepsi musste es für sie schon sein; oder ihren kleinen Höcker auf der Nase, den sie hatte, weil sie als Kind von der Schaukel gefallen war und sich die Nase gebrochen hatte – aber natürlich war ihr das nur passiert, weil sie auf dem Bauch geschaukelt und dabei das Gleichgewicht verloren hatte. Amy machte nie irgendetwas normal, sie war unberechenbar wie Wasser. Amy war wild. Amy war die Beste. Anfangs schüchterte ihre Lässigkeit mich manchmal beinahe ein, dann verhielt ich mich ihr gegenüber untertäniger als ein deutscher Fernsehmoderator gegenüber Hollywood-Prominenz. Aber das bekam ich schnell in den Griff, und so lange sah Amy darüber hinweg.

Und sie kümmerte sich vom ersten Tag an um mich, weil sie sich nicht darum scherte, was die coolen Kids machten, und weil sie immer ein bisschen für sich blieb. Also freundete sie sich mit dem Neuen aus *Germany* an, der im Klassenzimmer an den Tisch direkt neben ihrem gesetzt wurde.

In den ersten Wochen hingen wir fast jeden Nachmittag zusammen ab, wir trafen uns zum Kiffen im Park oder besuchten das Footballspiel unserer High-School-Mannschaft.

Und wenn wir besonders wagemutig drauf waren, dann beobachteten wir Dr. Jennings.

Dr. Jennings war ein Schönheitschirurg bei uns in der

Nachbarschaft, seine Praxis war für die reichen Ehefrauen der Stadt eine Anlaufstelle. Wir hatten Angst vor ihm.

»Er hat böse Augenbrauen«, sagte Amy immer, und dabei blitzten ihre braunen Augen, die so dunkelbraun waren, dass ich mich in ihnen spiegeln konnte. Tatsächlich erschauderte auch ich beim Anblick der beiden grauen Brauen, die sich zu Dr. Jennings' gruseligem Lächeln formten wie die goldenen Bögen des *McDonald's*-M. Alle Jugendlichen im Ort waren sich sicher, dass Dr. Jennings heimlich Kinder belästigte. Weil er die Kinder mit seinem Lächeln immer so komisch anguckte, und weil er alle Kinder ständig anfasste und streichelte – so wie Väter das bei ihren Söhnen machen, aber Dr. Jennings war ja kein Vater. Auch wenn niemand ein Opfer von Jennings persönlich kannte, hielt sich das Gerücht offenbar seit Jahren so selbstverständlich, dass es auch für Amy kein Gerücht mehr war, sondern eine Tatsache: Dr. Jennings, der Kinderschänder mit den Clownsbrauen und dem irren Lächeln im Gesicht. Zur Tarnung behandelte er überwiegend ältere Damen, aber im Keller hielt er seine minderjährigen Geiseln gefangen, die er je nach Lust und Laune verprügelte oder begrapschte. So malten wir uns das aus. Vor allem Amy erging sich immer in besonders drastischen Schilderungen ihrer Vorstellungen, welche Schweinereien sich in Jennings' Keller zutrugen. Sie erzählte mir, dass Jennings' Tochter Miranda damals in ihre Klasse gegangen und ihre Sitznachbarin gewesen war, ehe sie von einem Tag auf den anderen einfach nicht mehr zur Schule kam – es hieß, Mirandas Mutter habe Dr. Jennings verlassen und sei mit Miranda und ihrer kleinen Schwester nach Kansas City gezogen. Amy war überzeugt, dass die Wahrheit viel schlimmer war, auch wenn sie nie ausformulierte, was sie für die Wahrheit hielt. Aber mit ihrer Fantasie bezüglich des gruseligen Dr. Jennings schaffte sie es damals, mich regelmäßig zu traumatisieren. Sie hasste ihn wirklich.

Vielleicht reagierte Amy eines Nachmittags auch deshalb so entschlossen, als Dr. Jennings mir zu nahe kam – in ihrem Kopf war er schließlich längst zu einem Monster mutiert, als er mich anfasste. Mit unseren Fahrrädern hatten Amy und ich uns in der Barnaby Street mal wieder ein Wettrennen geliefert, als ich kurz nach dem kleinen Hügel direkt vor Dr. Jennings' Praxis die Kontrolle über mein Rad verlor, mit dem Vorderreifen wegrutschte und mich böse auf den Asphalt packte. Ich hatte schlimme Schürfwunden, und es brannte wie die Hölle. Amy war schon mindestens 50 Meter vorausgefahren und bemerkte jetzt erst, dass ich den Anschluss verloren hatte und hingefallen war. Sie hielt an und kehrte um, aber schon vorher stand plötzlich Dr. Jennings über mir. Er hatte meinen Sturz offenbar aus dem Praxisfenster heraus beobachtet und war sofort nach draußen geeilt.

»Alles in Ordnung, *Junge?*«, fragte er so mitfühlend, als wäre ich sein Patient. »Hast du dir das Knie aufgeschlagen?«

Schon als er mir über die Haare strich, bekam ich eine Ekelgänsehaut, aber als er auch noch nach meinem Bein griff unter dem Vorwand, mein Knie mal genauer untersuchen zu wollen, überkam es mich. Ich begann zu schreien wie am Spieß.

»Nehmen Sie Ihre dreckigen Finger weg!«

Dr. Jennings sah mich mit aufgerissenen Augen an; erschrocken ließ er von mir ab.

»Was ist denn mit dir los, *Junge?*«, fragte er mit sanfter Stimme. »Was soll das? Warum brüllst du denn so herum?«

Ich ließ nicht nach: »Wollen Sie mich in Ihren Keller holen, oder was?«

Jennings sah mich an, als spräche ich in Zungen: »Was denn für einen Keller?«

Und dann schrie er ganz plötzlich auf, laut und röhrend wie ein Hirsch. Er griff sich in den Schritt, krümmte sich vor Schmerzen und sank schließlich auf die Knie. Amy hatte ihm mit voller Wucht von hinten zwischen die Beine getreten und griff nun nach meiner Hand, um mir aufzuhelfen.

»Komm schnell, Hansen«, zischte sie, »wir müssen hier weg, bevor das Schwein uns mitnimmt!«

Jennings lag winselnd auf der Straße. Wir schwangen uns wieder auf die Räder und fuhren davon, so schnell wir konnten. Ich strampelte mit aller Macht gegen die Schmerzen in meinen blutigen Beinen, und plötzlich tat es schon fast gar nicht mehr weh. Ich hatte ein komisches Gefühl im Bauch. Dass Amy mir zu Hilfe geeilt war, erfüllte mich in diesem Moment mit Stolz, schließlich hatte sie damit bewiesen, wie viel ich ihr bedeutete. Klar, ich war immer noch der Junge und sie war das Mädchen, und normalerweise muss so was umgekehrt laufen – ich müsste sie beschützen und vor Schweinen wie Jennings retten, aber diese eine Ausnahme ließ ich mir gefallen.

Mir war längst klar: Amy war meine Mara. Mara war die Freundin meines großen Bruders Hauke, er war ungefähr seit dem Kindergarten mit ihr zusammen. Die beiden waren das beste Team, sie waren richtige Freunde und knutschten trotzdem ständig miteinander herum. Ich bewunderte sie dafür und hatte mir insgeheim immer gewünscht, auch irgendwann eine Mara nur für mich zu finden. Jetzt hatte ich plötzlich das Gefühl, sie getroffen zu haben. Und auch wenn mit diesem Gefühl tausend Ängste, die ich nicht in Worte fassen konnte, einhergingen, gab es mir gleichzeitig eine Ahnung von Sicherheit. Irgendwann würden wir heiraten, Kinder kriegen und auf einer Veranda in Hamburg oder Providence sitzen, Zeitung lesen und alt werden. So viel war sicher.

Zu Hause versorgte Mom meine Schürfwunden mit Jod, und abends blätterte ich gerade in der neuen *Sports Illustrated*, der Ausgabe mit dem blutjungen Kobe Bryant auf dem Cover, als es plötzlich an meinem Fenster klopfte. Mein Zimmer befand sich im ersten Stock, und am Fenster zum Garten lehnte eine Leiter, mit der ich direkt auf die Terrasse herunterklettern konnte, oder umgekehrt. Wenn Derek manchmal abends länger wegblieb, als er durfte, stieg er durch mein Fenster ein. Jetzt war Amy leise heraufgeklettert und klopfte. Sie guckte streng, wie immer, wenn sie einen besonders guten Streich ausgeheckt hatte.

Ich humpelte zum Fenster und öffnete es.

»Amy«, sagte ich, »es ist schon voll spät!«

Das war ihr natürlich egal, manchmal kam sie auch mitten in der Nacht vorbei, weil sie mal wieder nicht schlafen konnte und lieber woanders als zu Hause sein wollte. Sie schlich sich dann aus dem Haus, ohne dass ihre Eltern etwas merkten, und kehrte vor dem Morgengrauen zurück, als wäre sie nie weg gewesen.

Amy funkelte mich an: »Wir müssen Jennings drankriegen!«

»Wie bitte?«

Sie verdrehte die Augen.

»Hansen«, sagte sie ernst wie eine Erziehungsberechtigte, »er hätte dich heute um ein Haar in seinen Keller verschleppt. Es ist schlimm genug, dass er die ganzen anderen Kinder aus den Nachbarorten dort versteckt hält. Dass er seine Frau und seine Töchter dort verscharrt hat. Aber ich habe keine Lust, dass er sich auch noch meinen Freund schnappt!«

Mir wurde warm im Bauch, wenn sie mich ihren *Freund* nannte. Was auch immer das aus ihrem Mund genau zu bedeuten hatte: *boyfriend?* Oder doch bloß: *bester Freund?*

Sie kletterte mit ihren Beinen, die schon damals länger schienen als ihr Oberkörper, über die Fensterbank ins Zimmer und baute sich vor mir auf, die Hände in die Hüften gestützt: »Wir gehen morgen zu Rektor Brady!«

»Und dann?«, fragte ich.

»Wir erzählen ihm alles, was wir über Jennings wissen«, sagte Amy.

»Aber wir wissen doch gar nichts über ihn«, gab ich zu bedenken.

Amy seufzte: »Wir erzählen ihm von dem Keller und den Kindern!«

»Wir haben diesen Keller doch noch nie gesehen!«, rief ich, als wäre Amy weit weg.

Tatsächlich hatten wir vor ein paar Tagen einmal versucht, uns Zugang in die Kellerräume unter Jennings' Praxis zu verschaffen, waren aber kläglich gescheitert, als er uns beim Versuch erwischte, das Kellerschloss mit einem Bierdeckel zu öffnen – ein Trick, den Amy angeblich auf dem *Discovery Channel* gesehen hatte.

»Umso wichtiger, dass wir endlich etwas gegen das Schwein unternehmen!«, zischte Amy wie die Anführerin einer Spezialeinheit.

Ich zuckte mit den Schultern. »Also, ich weiß nicht …«

»Hansen! Alleine kann ich nichts ausrichten, da hält mich Brady doch für bescheuert. Aber uns beiden wird er glauben, dir glaubt er doch sowieso alles.«

Das stimmte, ich war Bradys Liebling unter den Austauschschülern.

»Ich weiß nicht …«

Sie griff nach meiner Hand, und mir wurde gleich ganz schwindlig – wie immer, wenn Amy mich irgendwo berührte, ob absichtlich oder unabsichtlich. Aber so fest und vorsätzlich hatte sie mich noch nie angefasst. Ich musste schlucken.

»Bitte, Hansen!«, sagte sie. »Ich brauche dich dafür.«

Ich schluckte noch einmal. Ich war überhaupt nicht überzeugt von ihrem Plan.

»Na gut«, sagte ich, »dann gehen wir morgen zu Brady.«

In dieser Nacht konnte ich kaum schlafen. Einerseits hätte ich Amy niemals im Stich lassen können oder wollen. Andererseits war ich mir gar nicht sicher, ob Jennings wirklich so ein Schwein war. Natürlich machte er mir

Angst, vor allem, wenn wir uns ausmalten, was für perverse Sachen er so in seiner Freizeit veranstaltete, er war schließlich unbestritten ein fieser Typ. Gleichzeitig beschlich mich das Gefühl, dass wir zu weit gingen, würden wir Rektor Brady einweihen.

Am nächsten Morgen saßen Amy und ich wie immer ganz vorne, direkt vor dem Pult, als plötzlich Rektor Brady um Punkt acht Uhr das Klassenzimmer betrat.

»Guten Morgen, *students*!«, sagte er strenger als sonst. Seine Mundwinkel hingen sogar ein bisschen nach unten, das war sonst nie der Fall.

»*Good morning, Mister Brady*«, kam es aus 21 Schülerkehlen zurück.

Anschließend sprachen wir das Morgengebet, bevor Brady uns mit betroffener Stimme von einem Hausbrand erzählte, der sich in der vergangenen Nacht aus bisher noch ungeklärter Ursache in der Barnaby Street ereignet hatte. Er sagte mit stockender Stimme, dass der einzige Bewohner des Hauses ums Leben gekommen sei. Irgendeiner fragte nach der Hausnummer, Brady sagte 112.

Amy und ich sahen uns an. Es war das Haus von Jennings, das Haus mit seiner Praxis im Erdgeschoss, das Haus, in dem er im zweiten Stock alleine wohnte, direkt über der Praxis. Mir wurde schlecht. Amy hob die Augenbrauen, viel Mitgefühl verriet ihr Blick aber nicht. Sie war hin- und hergerissen zwischen dem Schock über die Tragödie und der Genugtuung über die vermeintlich gerechte Strafe für Jennings.

In der Pause zogen wir uns auf die kleinen Sportplätze gegenüber vom Schulhof zurück. Hier versteckten wir uns gerne, wenn wir in Ruhe etwas zu bereden hatten oder einfach nur eine rauchen wollten. Wie immer setzten wir uns auf die kleinen Tore.

»Ich hoffe, die Kinder im Keller haben überlebt«, sagte Amy und schüttelte den Kopf.

»Wenn es denn wirklich Kinder im Keller gegeben hat«, murmelte ich.

Sie sah mich an wie einen ganz kleinen Jungen, dann schnaubte sie abschätzig: »Natürlich hat es Kinder im Keller gegeben!«

Wir schwiegen eine Weile. Amy schlürfte an ihrer Pepsi-Dose herum. Ich hatte ein komisches Gefühl im Bauch. Ich konnte nicht fassen, wie das Haus abbrennen konnte. Ich konnte kaum glauben, dass Jennings jetzt tot war, denn ich hatte noch nie einen Toten gekannt. Aber auf eine sehr egoistische Weise war ich auch froh, dass Amy und mir der Gang zu Rektor Brady erspart blieb. Weder hätte ich Amy davon abbringen, noch hätte ich vor ihr den Schwanz einziehen können. Wer weiß, in welche Probleme wir mit unserer Verdächtigung – und etwas anderes als eine Verdächtigung wäre das ja nicht gewesen, es gab schließlich keine Beweise – noch geraten wären. So geriet der Brand zur Fügung. Als sollte es so sein.

»Ausgerechnet heute«, sagte Amy leise und drehte schmollend eine Locke um ihren Zeigefinger, »wo wir ihn auffliegen lassen wollten. Das kann doch kein Zufall sein. Das ist fast wie ein Wunder.«

»Na ja«, sagte ich, »es ist krass, aber … ein Wunder ist was anderes.«

3. kapitel

Der Witz ist: Frauen stehen auf mich, weil sie auf Arschlöcher stehen. Dabei bin ich gar kein Arschloch. Amy könnte es bezeugen. Mit ihr war alles anders. Seit ihr habe ich es immer wieder probiert. Aber eine wie sie war nicht dabei.

Das bedeutet nicht, dass ich mit weiblicher Gesellschaft nichts anfangen kann. Im Gegenteil, ich liebe Frauen. Ich bin mit ihnen aufgewachsen: mit einer mehr oder weniger alleinerziehenden Mutter und zwei Schwestern, gegen die mein Bruder Hauke und ich immer den Kürzeren zogen. Seit ich ein kleiner Junge war, hänge ich viel lieber mit Frauen ab als mit Männern. Aber mal ganz ehrlich: wer nicht? Wenn ich die Wahl hätte zwischen einem Abend mit sechs Mädels oder einer Kneipentour mit sechs Typen, würde ich immer mit den Frauen gehen.

Frauen machen mir einfach mehr Spaß. Mindestens für einen Moment habe ich sie alle geliebt: Katrin, als sie mich hoch oben im Riesenrad verführte; Angela, wie sie beim Orgasmus manchmal weinte; Manuela, wenn sie mir ihr fantastisches Rührei zum Frühstück machte. So viele Momente zum Einrahmen.

Aber es waren eben immer nur Momente, und Momente haben nun mal die dumme Angewohnheit, dass sie nicht von Dauer sind. So soll es auch sein. Ich habe mich seit Amy nie wieder um die Ewigkeit geschert und finde das vollkommen in Ordnung. Ich wusste bisher bei allen

Frauen, dass es nicht für ein Leben reichen würde, und habe nie einen Hehl daraus gemacht, sobald es mir mal wieder bewusst wurde. Viele halten mich deshalb für beziehungsunfähig oder eben bloß für ein Arschloch, manche aber auch für mutig. Wahrscheinlich stimmt nichts von alledem, aber ich bin mit mir im Reinen. Worum geht es denn im Leben? Um Momente, um *den* Moment, um das Jetzt. Ich verstehe nicht, warum wir immer so scharf sind auf die Ewigkeit. Die meisten von uns kriegen die Gegenwart kaum auf die Reihe, warum also andauernd auf die Zukunft hoffen – erst recht, wenn sie ewig dauern soll? Ich kann diesen Mist echt nicht mehr hören. Wir sollten alle so leben, als würde unser Flugzeug morgen abstürzen.

Aber zurück zu Amy. Sie war anders. Mit ihr erlebte man von den Momenten, die ich meine, einen nach dem anderen. Natürlich war sie viel zu schön für mich, sie war groß mit honigblonden Locken und sowohl Mitglied der Theatergruppe als auch des Cheerleader-Teams – sie war das Beste aus beiden Welten. Rein äußerlich erfüllte sie jedes Klischee, das wir uns vom Austauschjahr in Amerika vorher erträumt hatten. Und wenn sie mich sah, strahlte sie über beide schwertmuschelförmigen Wangen. Im Ernst, Amy stand ausgerechnet auf mich, *the German dude*. Obwohl doch alle Jungs an der Central High School in Providence hoffnungslos in sie verknallt waren. Das sprach auch schon wieder für sie, dafür, dass sie alles andere als ein Durchschnittsmädchen war.

Trotzdem war Amy eine typische Amerikanerin, viel lockerer als die deutschen Mädchen. Sie war laut und lustig und lachte sich das Leben zurecht, mit ihr gab es mehr zu erleben. Wenn sie entzückt oder genervt war, zog sie die Vokale in die Länge. Sie trug Jeans-Hotpants und ein *Pearl-Jam*-Shirt – wenn man so will, pflegte sie damals schon den Rockstar-Style, den *H&M* und *Zara* heutzutage vom Fließband verkaufen. In Deutschland hatte kein Mädchen so makellos ausgesehen – und gleichzeitig so lässig. Kein Mädchen in Hamburg hatte so eine Aura gehabt, offen und geheimnisvoll zugleich, denn hinter ihrem lauten Lachen verbarg sich eine Tiefe, die nur die wenigsten bemerkten und von der niemand so fasziniert war wie ich.

Was sie in mir sah? Keine Ahnung. Ich wusste, dass Rob Ray scharf auf sie war. Rob war der eiweißgestählte Quarterback der Schulmannschaft und machte eigentlich jedes Mädchen klar, wenn er wollte. Wie alle durchtrainierten Ami-Jungs hatte er ein großes Kinn und extrem ausgeprägte Wangen- und Kieferknochen und trug eine klassische dunkelblaue Baseball-Kappe der New York Yankees mit NY-Schriftzug und rundem Schirm. So kam er überall gut an, aber Amy hatte keinen Bock auf ihn. Dabei hätte sie als blonde Cheerleaderin, die früher Brüste bekommen hatte als die anderen Mädchen, natürlich perfekt in seine starken Arme gepasst. Aber ich glaube, Rob war ihr zu einfach.

Auch mein Gastbruder Derek hatte es jahrelang vergeblich bei Amy versucht und sie mit – für sein damaliges Alter erstaunlich ausgeprägtem – Autoverkäufercharme umgarnt. Er hatte ihr von großen Geschäften erzählt, von denen er immer allen erzählte, von den großen Geschäften, die er plante, vom großen Geld, das er verdienen wollte: mit Aktien handeln, eine eigene Firma gründen, solche Sachen. Derek war der Typ, der einem Brunnen noch Wasser andrehen konnte, und er wollte ein *entrepreneur* werden, ein Unternehmer und im besten Fall ein *selfmade millionaire*. Er wollte so früh wie möglich mit so wenig Aufwand wie nötig so viel Geld wie möglich verdienen. Ich habe ihn gerne damit aufgezogen, aber eines Schultages in einer Mathestunde, in der wir uns zu Tode langweilten, saß er in der Reihe hinter mir und setzte folgendes Schreiben auf: »Ich, Derek Mayweather, 16 Jahre alt, *sophomore* und vital, wette mit Flemming Hansen, dass ich heute in drei Jahren neben meiner schulischen/beruflichen Ausbildung 3000 Dollar monatlich vor Abzug der Steuern verdiene, ohne dabei größere Anstrengungen verrichten zu müssen oder als Angestellter in einem anderen Berufszweig durch einen Arbeitsvertrag gebunden zu sein. Dies wette ich bei vollem Bewusstsein und in voller Geschäftsfähigkeit mit der oben genannten Person um den Geldwert der zum Zeitpunkt des Vertragsabschlusses gültigen Einheit Dollar von 100.«

Seit ich Derek von der angekündigten Währungsreform in Europa erzählt hatte, machte er sich Sorgen um den Dollar – deshalb die Gültigkeitsanmerkung.

Wir unterschrieben beide und ließen den Vertrag von Jenna beglaubigen. Ich hatte keinen Zweifel, die Wette zu gewinnen. Derek war kein Typ für die grundsätzlichen Gedanken, im Gegenteil: Um es böse zu formulieren, war sein Kopf meist so frei, wie ihn ein Hauptstadt-Hipster kriegen will, wenn er drei Wochen mit dem Rucksack durch die schwedische Einöde reist. Aber Derek konnte sich gut verkaufen und machte bei vielen Leuten Eindruck mit seinen großspurigen Ausführungen. Klang ja auch alles erst mal ganz gut, wenn man keine Ahnung hatte. Aber ich wusste schnell, dass aus Dereks großer Klappe vor allem heiße Luft kam – es war wie bei manchen Supermodels: Was nützen die längsten Beine, wenn man keinen Arsch in der Hose hat?

Eines stand jedenfalls fest: Für die schönen Frauen würde er das Geld brauchen. Mit seinem runden Cheeseburgergesicht, seiner trichterförmigen Figur, seinen beiden kleinen Ohrringen, einen links und einen rechts, und der Kappe der New England Patriots, die er gerüchteweise nicht mal zum Schlafen abnahm, war er bei den Amys dieser Welt nämlich noch chancenloser als ich. Als wir schließlich ein Paar wurden, wurde er nicht müde, mir davon zu erzählen.

»Ich liebe diese Frau«, sagte er immer, und es war beeindruckend, wie viel Kummer er in das Wörtchen *Liebe* legen konnte. »Und dann kommst du Arschloch an und schnappst sie mir weg. Amy kann jeden haben, was will sie ausgerechnet mit dir?«

Einerseits meinte er es nicht so böse, wie es klingt. Andererseits hatte er recht: Amy war ein paar Nummern zu groß für mich. Nur gut, dass der Mensch sich an alles gewöhnt, weshalb ich mir über unseren Klassenunterschied nicht lange einen Kopf machte. Stattdessen genoss ich jede Sekunde mit ihr.

»Hansen«, sagte sie, weil sie mich immer beim Nachnamen nannte, was ich wahnsinnig heiß fand, »mit dir wird es nie langweilig.«

Das Kompliment konnte ich nur zurückgeben.

»Hansen«, sagte sie, und es klang wie *Hanson*, diese langhaarige Teenagerband, die zur damaligen Zeit gerade ihren großen Hit »Mmmbop« in die Charts gebracht hatte, »lass uns noch einen rauchen!«

Amy liebte alles, was Spaß machte. Ich lag mit ihr stundenlang auf dem Teppichboden in meinem Zimmer, während wir einen Joint nach dem anderen rauchten und Boygroup-Trash hörten, der Amy immer besonders gute Laune machte.

»*Let's get high and listen to some music*«, rief sie nach der Schule und duldete keine Widerrede, also war der Rest des Tages geritzt. Amy war so cool, dass sie als Charakter in einem Roman nicht funktioniert hätte – zu unrealistisch, zu perfekt. Aber ich war dabei. Ich weiß, dass sie wahr war.

Am Ufer des Providence River feierten wir Grillpartys zu zweit und betranken uns mit Bier (genauer: mit der Plörre, die Amerikaner als »Bier« bezeichnen – aber dafür konnte Amy nichts, und außerdem ist das ein ganz anderes Thema).

»Hansen, *you're awesome*«, sagte sie und legte den Kopf an meine Schulter, wo er genau in die Kuhle zwischen Arm und Brust passte, weil ich damals schon meine heutigen 1,90 Meter hatte und deshalb trotz ihrer stattlichen Maße und den langen Storchenbeinen noch einen Kopf größer war als sie.

Im Bett lernte ich von Amy alles, was ich bis heute beherrsche. Sie war nicht prüde, im Gegenteil. Andererseits: Was den Sex betraf, fackelten die meisten Mädchen in unserem Jahrgang nicht lange – wenn man den Geschichten der anderen Jungs glauben durfte, die sie in der Umkleidekabine nach dem Schulsport erzählten. Der Unterschied: Amy war besonders unkompliziert. Nur eine Woche nach unserem ersten Kuss schliefen wir miteinander, in unserem Auto auf dem Schrottplatz der Andersons. Sie gab mir gleich das Gefühl, ein fantastischer Liebhaber zu sein – egal, wie ungeschickt ich mich auch anstellte.

Kurz: Amy hatte alles im Griff. Außer zu Hause.

4. kapitel

Ich hasse die sogenannten sozialen Medien. Weil es asoziale Medien sind. Ich hasse Leute, die *LOL* sagen oder schreiben oder in ähnlichen Abkürzungen kommunizieren. Ich hasse Leute, die ihren Gefühlen mit einem Emoji Ausdruck verleihen oder die Ironie eines guten Spruchs sicherheitshalber mit einem zwinkernden Smiley kennzeichnen. Ich hasse die allgemeine Verknappung von Konversation in der heutigen Zeit. Für mich ist das kultureller Verfall.

Ich war nie bei *MySpace* angemeldet, ich habe auch kein *Facebook*-Konto, und wer dumme Sprüche über *Twitter* verbreitet oder Selfies bei *Instagram* postet, hat sowieso nicht mehr alle Latten am Zaun.

Wegen dieser Haltung muss ich mich ständig rechtfertigen vor den Arschlöchern in den Agenturen. Bei jedem Pitch fragen sie mich, warum ich keine Auftritte in diesen Netzwerken pflege, vor allem als *Freelancer*. Das gehöre heutzutage doch zum guten Ton.

Scheiß auf den guten Ton.

»Ich bevorzuge die persönliche Begegnung«, antworte ich, was natürlich Quatsch ist, denn die persönliche Begegnung verabscheue ich noch mehr als alle Instagramme dieser Welt.

So bin ich bisher gut durchgekommen. Aber jetzt muss ich Amy finden – es besteht für mich kein Zweifel, dass unsere Begegnung am Flughafen ein Zeichen war. Als wir uns damals in Providence verabschiedet haben, wussten wir, dass wir uns auf das Schicksal verlassen mussten – sollten wir wirklich füreinander bestimmt sein, würden wir es schon merken. Wir mussten uns damals nur gegenseitig versprechen, die Zeichen richtig zu deuten – und ich habe mein Zeichen jetzt erhalten. Ich muss Amy also finden, und mit *Facebook* sind meine Chancen mindestens doppelt so groß, da mache ich mir nichts vor. Ich könnte mich anmelden und die alten Mitschüler aus Providence kontaktieren. Sie könnten mir sicher helfen bei der Suche. Dass ich dafür eines meiner goldenen Gebote – *Du sollst dich nicht in einem sozialen Netzwerk anmelden!* – brechen muss, stinkt mir gewaltig. Aber es geht um die Sache. Da spielen Eitelkeiten keine Rolle.

Ich sitze mit Kata im Kino, das ekelhafte *Cinemaxx* am Dammtor, irgendein Film mit Tom Cruise. Ich hasse Tom Cruise, Kata liebt ihn. Wir sitzen in der letzten Reihe –

für den Fall, dass wir ein bisschen fummeln wollen. Auf den Film kann ich mich kaum konzentrieren, was ausnahmsweise nicht an der sexuellen Energie liegt, die Kata so gezielt ausstrahlt wie ein Laserpointer, sondern an der Aussicht, mich bei *Facebook* anmelden zu müssen. Der Gedanke daran regt mich so sehr auf wie Menschen, die im Kino während laufender Vorstellung telefonieren. So ein Mensch sitzt vor uns. Er scheint allein hier zu sein, hat die blitzblanken Stiefeletten ausgezogen, die Füße auf die Rückenlehne des leeren Sitzes vor sich gelegt und plaudert offenbar mit einem Kollegen.

»Soll er selbst machen, die Scheiße«, blökt er in gehobener Zimmerlautstärke in den Hörer, »das ist nicht unsere Aufgabe.«

Und kurz darauf: »Ja klar, Carsten, aber dafür werden wir nicht bezahlt!«

Es ist völlig egal, was er sagt und worum es geht: Seine offen zur Schau gestellte Rücksichtslosigkeit macht mich wahnsinnig.

»Was für ein Arschloch«, flüstert Kata mit ihrem harten russischen Akzent. Kata ist Anfang 20, sie macht eine Ausbildung im PR-Bereich und jobbt als Messehostess. Optisch ist sie ein Naturereignis, ein Supermodel. Und wenn sie das R rollt, werde ich wild. Sie ist eine ausgesprochen stolze Frau, die sogar die Vorzüge eines frisch ausgehandelten Handyvertrages wie einen ultimativen Triumph schildert. Früher war es ein Wunder, wenn sich ein Mädchen wie Amy für mich interessierte. Heute kommen Frauen wie Kata von alleine auf mich zu, was auch auf meinen beruflichen Erfolg und die Branche, in der ich arbeite, zurückzuführen ist. Ich sehe inzwischen aber auch besser aus als das Pickelgesicht, das ich mit sechzehn spazieren trug.

Wir haben uns auf einem spießigen Empfang zu Ehren des Werbegurus Amir Kassaei im *20Up* auf St. Pauli, der Bar im *Empire Riverside Hotel* mit dem atemberaubenden Blick auf den Hafen, kennengelernt, und seitdem gehen wir manchmal aus und noch viel häufiger zusammen ins Bett – wie immer habe ich versucht, mich in sie zu verlieben, wie immer hat es nicht geklappt. Umgekehrt ging es ihr genauso, weshalb der Deal zwischen uns in Ordnung geht: Wir haben einfach viel Spaß miteinander.

Bei einem unserer ersten Treffen hatte ich noch versucht, sie besser kennenzulernen. Ich hatte wissen wollen, ob sie ein gutes Verhältnis zu ihren Eltern pflegt. Daraufhin hat sie mich müde angelächelt.

»Stell mir keine Fragen«, hat sie geantwortet, »dann erzähle ich dir auch keine Lügen.«

Oft verabreden wir uns erst nachts, weil wir nichts Besseres zu tun haben oder keine(n) Bessere(n) gefunden haben. Meistens schläft sie nach dem Sex sofort ein. Manchmal schaue ich ihr dann noch ein bisschen beim Schlafen zu, denn Kata ist wie ein Coffee-Table-Book – sie sieht einfach verdammt gut aus, wenn sie herumliegt.

»Genau«, sage ich und zeige mit einem Nicken auf den Telefonmann, »er will, dass wir ihm zuhören – was für ein Arschloch!«

Ich lehne mich ein bisschen nach vorne, tippe dem Trottel auf die Schulter und frage: »Bist du im Bahnhof groß geworden oder was?«

Der Typ reagiert nicht und telefoniert weiter. Ich greife nach seinem Arm, aber er schüttelt mich nur ab, ohne sich umzudrehen. Erst als ich ihm mit der flachen Hand auf den Hinterkopf schlage – nicht hart, aber bestimmt –, hält er inne und dreht sich wie in Zeitlupe um. Er glotzt mich an wie der Film-Bösewicht, der Tom Cruise in der Parallelszene auf der Leinwand die Stirn bietet.

»Mach das Telefon aus!«, sage ich und mustere ihn kurz. Mit seiner glitschigen Tolle und dem *Hilfiger*-Hemd sieht er aus wie der Leiter einer schäbigen Spielhalle am Stadtrand. Ein bisschen wie Robert DeNiro als Ace Rothstein in *Casino*, nur halt für Arme. Ace Rothstein für Arme. Ace Rothstein aus Rahlstedt.

»Was hast du gesagt?«, fragt er und spricht plötzlich viel leiser als am Telefon.

Ich könnte ihm jetzt auf der Stelle eine reinhauen, er hätte es verdient. Aber ich zögere, wie immer. Ich denke an meinen Vater und die vielen Hände, die ihm ausgerutscht sind. Es hat mich nie davon abgehalten, selbst auszuteilen, wenn es nötig war. Hauke konnte das nicht, er hat lieber eingesteckt. Manchmal frage ich mich, was aus ihm geworden wäre, wenn er zurückgeschlagen hätte – auf dem Schulhof, in der Kneipe, eben überall, wo sie ihm dumm gekommen sind.

»Du belästigst hier alle Leute«, sage ich und versuche einzuschätzen, ob ich eine Chance gegen ihn habe. Er ist etwas kleiner als ich, sieht aber aus wie ein Kampfschwein. Mehr Erfahrung hat er sicher auch.

»Ganz ehrlich«, sagt er in ruhigem, provokantem Ton, »bist du verrückt geworden oder was?«

Ich habe mich noch nie aus Spaß geschlagen. Es gab immer einen Grund. Meistens habe ich mich nur gewehrt. Ich gebe zu: Ein kleiner Kampf kann auch ein Kick sein. Aber wenn es richtig zur Sache geht, werde ich zum Schisser. Dass ich meine Hemmungen in der Not überhaupt ablegen kann, habe ich meinem Vater zu verdanken. Wenigstens etwas, für das ich ihm Kredit geben kann.

»Hör auf zu telefonieren«, sage ich mit fester Stimme und mache mich ein bisschen breiter, als ich bin, »oder verpiss dich!«

»Ist gut, Schatzi«, sagt Kata. *Schatzi* nennt sie mich häufig, aber so besorgt klang sie noch nie.

Ace Rothstein macht einen Schritt auf mich zu: »Weißt du überhaupt, wer ich bin?«

»Ein Idiot?!«, gebe ich zurück, und dann geht alles ganz schnell. Er holt aus, und ich bin ein bisschen zu langsam, seine Faust streift meine Nase. Er nimmt mich in einen etwas ungelenken Würgegriff. Wir ringen ein wenig, im Saal wird geraunt und gejohlt, Kata quietscht entsetzt und ruft »Schatzi, hör auf jetzt!«, aber Ace Rothstein behält die Oberhand und legt mich in dem schmalen Gang zwischen den Sitzreihen aufs Kreuz. Es tut nicht weh, aber es ist mir peinlich.

Die anderen Besucher pfeifen und buhen, einige klatschen. Jetzt guckt keiner mehr auf die Leinwand. Ace Rothstein lässt von mir ab und deutet mit dem Zeigefinger an seiner Kehle an, was mir offenbar beim nächsten Mal blüht.

Ich packe Kata am Handgelenk, und wir verlassen den

Saal. Kaum haben wir das Foyer erreicht, fällt sie mir um den Hals und gibt mir einen dieser Küsse, die nur sie kann. Sie küsst anders als die meisten Frauen, irgendwie mit heißerem Atem. Ich habe Hunderte Frauen geküsst, aber Katas Küsse sind es immer wieder wert. Mag sein, dass ich mich nie in sie verlieben kann – wir sind einfach zu unterschiedlich –, aber diese Küsse sind der Wahnsinn. Bloß: Hier und jetzt will Kata nicht nur knutschen. Sie gleitet mit der Hand in meine Hose und fummelt an meinem halbsteifen Schwanz herum, schließlich zieht sie die Hand wieder heraus. Jetzt packt sie mein Handgelenk und zieht mich auf die Männertoilette. Sie will mich aufmuntern. Keine Frage, sie könnte es auf keine bessere Weise versuchen.

»Und wenn uns jemand sieht?«, frage ich, als würde ich normalerweise was drauf geben.

»Als ob dir das nicht scheißegal wäre«, zischt Kata und atmet schwer, als sie die Kabine von innen abschließt. Sofort nestelt sie an meinem Gürtel herum und zieht ihn mit einem Ruck aus der Schnalle. Ich fühle mich überfordert, mein Herz hämmert zwischen meinen Ohren. Die Rangelei mit Rothstein hat eine Überdosis Adrenalin freigesetzt. Andererseits fühle ich mich wie ein Wicht, bloßgestellt von einem Provinzposer. Eigentlich bräuchte ich eine Pause, aber Kata küsst meinen Schwanz.

»Ich brauche jetzt deinen Riegel«, haucht sie, »und zwar *ASAP*!«

»*ASA* … was?«

Sie wiederholt sich ganz langsam, als wäre ich zu blöd, und sie spricht die Buchstaben englisch aus: »*A-S-A-P*!«

Das hatte ich schon beim ersten Mal verstanden. Ich will es nur nicht glauben. Mein Schwanz schrumpft in ihrem Mund auf die Größe einer Erdnuss.

Kata kniet vor mir und blickt mit großen Augen auf: »Was ist los, Schatzi?«

»Hast du gerade wirklich *ASAP* gesagt?«, frage ich, während ich meine Hose hochziehe und den Gürtel wieder schließe. Kata ist anzusehen, dass sie nicht weiß, was los ist. Ich erkläre ihr in ein paar knappen Sätzen, was ich von Abkürzungen, erst recht von englischen, halte. Dass ich mich für eine schnelle Nummer auf dem Klo noch zu erniedrigt von der Rauferei mit Rothstein fühle, behalte ich für mich. Zugegeben, ein lächerlicher Vorwand. Aber ich befürchte, kleine Lächerlichkeiten ist sie von mir schon gewohnt.

»Ich muss los«, sage ich, »nicht *ASAP*, aber ganz schnell!«

Zu Hause mache ich es mir auf dem Bett gemütlich, setze zum Absacker (wie immer: *Glenlivet*, pur) eine blaue *Gauloises* in Brand und breche in aller Ruhe eines meiner höchsten Gebote. Aber es ist okay, denn ich tue es für Amy.

Facebook ist und bleibt kostenlos, heißt es auf der Startseite. Alles andere wäre ja auch noch schöner.

Außerdem steht da: *Facebook ermöglicht es dir, mit den Menschen in deinem Leben in Verbindung zu treten und Inhalte mit diesen zu teilen.*

Klingt fast wie eine karitative Vereinigung. Kurz darauf trete ich tatsächlich mit den Menschen in meinem Leben in Verbindung, auch wenn ich mich frage, warum ich mit

Menschen, die ohnehin in meinem Leben sind, nur deshalb in Verbindung treten können sollte, weil Facebook es mir ermöglicht.

Egal.

Los geht's.

Inhalte teile ich zunächst nicht, aber über die Suchmaske versuche ich mir einen Überblick über die Amy Fishers dieser Welt zu verschaffen. Hoffnungslos, es sind zu viele – und meine Amy Fisher ist auf den ersten Blick nicht dabei. Dafür finde ich binnen Sekunden meinen Gastbruder Derek. Ich erkenne ihn an seiner Patriots-Mütze, die er auch auf seinem Profilfoto trägt.

Derek hatte damals nicht nur die besten Tipps für andere Jungs, die so manisch masturbierten wie er selbst (»Ohne Gleitmittel bekommst du Blasen«), er war auch der bestvernetzte Junge unserer Schule, kannte alles und jeden. Wahrscheinlich hat er sein Profil so eingestellt, dass er leicht zu finden ist, denn hier bei Facebook hat er 1632 Freunde. Er *muss* einfach wissen, wo sie steckt.

»Hey Derek«, schreibe ich, und dann lässig: »Lange her.«

»Ohne Scheiß, *bitch!!!*«, schreibt er schon kurz darauf zurück, das hat er schon früher immer gesagt: *ohne Scheiß*! Und: *bitch* ist seine Lieblingsform eines Kosenamens.

»Endlich bist du bei Facebook, *bitch!*«

»Ja, wurde Zeit«, sage ich. Natürlich falle ich nicht mit der Tür ins Haus. Ich will ihn schließlich glauben lassen, dass es hier um ihn geht. »Wie geht's Mom?«

»Gut, gut«, schreibt er nach einer kurzen Pause. »Ihr geht's gut.«

»Gut!«, schreibe ich zurück.

Wir haben wirklich lange nichts voneinander gehört. Wie mit Mom war der Kontakt zwar nie völlig abgebrochen, aber auch nicht so regelmäßig. Derek und ich schrieben uns hin und wieder E-Mails, in denen er mir mit großer Begeisterung unlustige *Youtube*-Videos zeigte oder wir uns kurz erzählten, was sonst so los war. Manchmal brauchten wir Monate, um zurückzuschreiben, aber es war egal. Unter Brüdern ist das kein Problem.

»*What are you up to?*«, fragt er, und ich kann die amerikanische Begeisterung, mit der er die Buchstaben dieser Frage in die Tastatur schlägt, bis nach Hamburg spüren. Ich antworte irgendeinen Quatsch, und wir chatten ein bisschen.

Ich frage ihn, ob er denn inzwischen ein Geschäftsmann, ein *entrepreneur*, sei.

Worauf ich meinen Arsch verwetten könne, antwortet er.

Ob ich ihm eigentlich noch 100 Dollar schulde, wegen unserer Wette damals?

Aber hallo!

Hat er denn noch den Vertrag als Nachweis?

Hängt über dem Schreibtisch im Arbeitszimmer an der Wand!

Dann komme ich aus der Nummer wohl nicht mehr raus, schreibe ich.

Er müsse los, schreibt er schließlich nach ein paar Minuten, er wolle noch ins *Gym*. Ob wir nicht demnächst mal skypen wollen, fragt er.

Klar, antworte ich.

»Cool.«

»*There's one more thing*«, schreibe ich hastig.

»*What is it?*«

Ich nippe am Glas, und sofort wird mein Blut warm vom Whiskey. Ich nehme einen tiefen Zug von der blauen *Gauloises* und tippe: »*I'm searching for Amy.*«

5. kapitel

»Mister Hansen«, sagte Frau Fisher und reichte mir ihre sehnige Hand zum kräftigen Händedruck. Sie war noch keine 40 Jahre alt, aber ihre akkurat geschnittene Kurzhaarfrisur leuchtete bereits in Silbergrau. Ihre karierte Bluse trug sie bis zum Hals zugeknöpft, darüber die Kette mit der kleinen Christus-Figur. Der weite Rock reichte in seinem tristen Beige bis zu den Knöcheln. An den Füßen trug sie klobige Pantoffeln mit Blümchenmuster, die an holländische Holzschuhe erinnerten. Sie sah nicht aus, als könnte sie Amys Mutter sein.

Es war mir ein Rätsel, wie sie einen Knilch wie mich als *Mister* ansprechen konnte, aber ich ließ mir nichts anmerken und flötete: »Misses Fisher, wie schön, Sie kennenzulernen.«

Was man halt so sagt. Sie nahm mich ins Visier.

»Du möchtest also Amy besuchen«, machte sie eine überflüssige Bemerkung. Mit fahrigem Blick wies sie mir den Weg. In der Küche begegneten wir Vater Fisher, der am Tisch saß. Er nestelte an seiner Hornbrille herum und war in einen dicken Wälzer vertieft, wahrscheinlich die Bibel.

»Gary«, säuselte Frau Fisher mit einem Gesicht, so antiseptisch wie das Cover einer Fernsehzeitschrift. »Das hier ist Mister Hansen. Er möchte unserer Amy einen Besuch abstatten.«

Unserer Amy. Er blickte auf und schob die Brille mit dem rechten Zeigefinger ein paar Millimeter die Nase herunter.

»Ist das so?«, sagte er nur.

Ich lächelte eisern. »Freut mich sehr, Mister Fisher.«

Meiner ausgestreckten Hand schenkte er keine Beachtung. Stattdessen schob er die Brille zurück die Nase herauf und wandte sich wieder der Bibel zu.

»Na dann«, murmelte er noch. Kein Wort zu viel.

Alles klar, dachte ich, was für ein Arschloch.

Auch beim gemeinsamen Abendessen zeigte er keinerlei Interesse an mir. Er schaute einfach durch mich hindurch und fragte Amys kleine Schwester Abigail über ihren Schultag aus. Dazu setzte er einen Blick auf wie ein Arzt, der in den Hals seines Patienten guckt.

»Habt ihr die Mathearbeit schon zurück?«

»Ist Miss Connor wieder gesund?«

»Was gab es heute in der Cafeteria?«

Abigail antwortete möglichst monoton und klang wie eine kaputte Platte.

Whatever, whatever, whatever.

Sie sah älter aus als ihre 14 Jahre und war auf dem besten Weg, so hübsch wie ihre große Schwester zu werden.

Ihre Widerspenstigkeit machte den Vater wütend. Sehr wütend sogar.

»Wirst du mir wohl eine ordentliche Antwort geben«, brüllte er los und rammte seine Gabel nur Zentimeter neben Abigails Hand so wuchtig in den Holztisch, dass sie steckenblieb. Ich schnappte nach Luft vor Schreck.

»Lass gut sein«, startete Mutter Fisher mit wirrem Blick einen verzweifelten Versuch, das Verhör des Vaters zu unterbrechen. Dabei fuchtelte sie mit ihren weißen Ofenhandschuhen herum, auf denen in schwarzer Schrift *My home is my castle* gestickt stand. Der Vater schnellte aus seinem Stuhl hoch, baute sich vor seiner Frau auf und schaute auf sie herab.

»Hast du was gesagt?«, brüllte er sie mit gefletschten Zähnen an. »Hab ich dir nicht gesagt, du sollst den Mund halten?«

Er zuckte mit den Schultern, als wollte er bedeuten, dass er es auch nicht ändern könne, dann schlug er Frau Fisher zwei Mal wuchtig ins Gesicht: mit dem Handrücken auf die rechte Wange, mit der Handinnenfläche auf die linke.

»Dad!«, rief Amy in einem quiekenden Ton, der aber nicht erschrocken klang, sondern nach routiniertem Entsetzen. Als sie bemerkte, dass ich sie ansah, warf sie mir einen tiefen, aber gleichzeitig leeren Blick herüber.

»Amy«, schnaubte der Vater, als er sich zu uns drehte, »wenn ich noch einen Ton von dir höre …«

Er beendete den Satz nicht, sondern setzte sich wieder auf seinen Platz.

Ich hatte in meinem Leben noch keine lautere Stille

gehört. Abigail ließ die Szene beinahe regungslos über sich ergehen. Ab und zu zog sie Grimassen in Richtung ihres Vaters, der davon nichts mitbekam. Darüber freute sie sich wiederum diebisch, aber Amy schien das Verhalten ihrer Schwester zu beunruhigen. Sie war nervöser, als ich sie jemals zuvor gesehen hatte. Sie schien allerdings weniger Angst um sich als um Abigail und ihre Mutter zu haben.

»Mehr *Quahog*, Mister Hansen?«, fragte Frau Fisher in die verdammte Stille hinein , als wäre nichts passiert, und reichte mir den Teller mit den Muscheln, dieser gewöhnungsbedürftigen Spezialität aus der Region von Rhode Island. Ich konnte kaum antworten, so sehr wunderte ich mich darüber, dass den Vater meine Anwesenheit nicht zu scheren schien.

Als wir anschließend allein in Amys Zimmer waren, kauerte sie vor dem Bett und hielt ein Kissen, auf dem der Schriftzug *Pray the Lord my soul to keep* zu lesen war, mit beiden Armen verschränkt vor ihren Bauch. Ich hockte neben ihr und musste zwei Mal hinsehen, ehe ich die einsame Träne bemerkte, die über ihre Wange rann und eine schwarze Spur der getuschten Wimpern nach sich zog. Ich verstaute den Joint, den ich an diesem Abend eigentlich mit ihr rauchen wollte, tief in meiner Tasche.

Es war das erste Mal, dass ich Amy so sah. Bis dahin hatte ich keine Ahnung gehabt, welche Traurigkeit sie verbarg. Es gab damals Phasen, in denen sie nicht der Wirbelwind war, der mich mitriss. Im Gegenteil: Es waren Phasen, in denen sie schwieg. Tagelang. Kaum ein Wort war dann aus ihr herauszubekommen. Im Klassenzimmer starrte sie aus dem Fenster, am Fluss starrte sie aufs Wasser, im SUV starrte sie in den Himmel, und der Einzige, der irgendwas sagte, war ich.

Die Phasen waren selten, aber sie waren nicht verhandelbar – wenn Amy in sich versank, gab es für mich keine Möglichkeit, sie zu tauchen. Nur sie selbst konnte sich aus dieser Lethargie befreien. An jenen Tagen war es so hoffnungslos, sie zu erreichen, dass ich manchmal zu drastischen Mitteln greifen wollte, um ihre Aufmerksamkeit zu erhaschen: mich selbst verletzen, andere Leute verprügeln, solche Sachen. Aber immer dann, wenn ich kurz davor war, hellte sich Amys Gesicht auf: Sie begann wieder zu reden und zu lachen, als wäre nichts gewesen. Manchmal war es, als könnte sie spüren, wann meine Irritation in Sorge umschlug – als legte sie einfach einen Schalter um, und alles wurde gut. Der radikale Stimmungsumschwung half mir stets, ihre kurzen Phasen der Lethargie schnell wieder zu vergessen. Ich hatte derartiges Verhalten noch nie erlebt und hakte es als eine weitere Besonderheit meiner aufregenden, in ihrer Vielschichtigkeit manchmal unergründlichen Traumfrau ab. Ich war einfach fasziniert, mir fällt dafür kein besseres Wort ein. Ihr Gemüt überraschte mich jeden Tag. Ihre Launen machten mich süchtig.

Ich war fasziniert und hatte keine Ahnung, wie ich ihr helfen sollte.

»Ich kann damit umgehen«, sagte sie trotzig, »aber was ist mit Abigail?«

»Was meinst du damit?«, fragte ich. »Womit kannst du umgehen?«

Sie verdrehte die Augen: »Hansen, hör auf damit! Du hast meine Eltern doch gerade erlebt. Du hast die komplette Live-Show bekommen: ein Abendessen mit den Fishers. Quahogs und alle Erniedrigungen inklusive. Glaubst du wirklich, dass ich nicht weiß, wie die Leute über uns reden?«

Hektisch rieb sie über ihre Wange und erzählte, wie die Halskette ihrer Mutter am Morgen am Badezimmerspiegel gehangen hatte: »Ich habe ihn angespuckt«, sagte Amy und lachte ein wenig wirr, so als ob sie es selbst nicht fassen konnte, »ich habe Jesus angespuckt. *Jesus Christ!* Ich sah ihn dort hängen und konnte nicht anders. Ich hab ihn angespuckt, Hansen!«

Schluchzend vergrub sie den Kopf in meinem Schoß. Ich atmete tief durch. Ich war überfordert, aber nicht, weil ich noch ein dummer Junge war. Kein echter Mann kann die Tränen einer Frau ertragen. Zum ersten Mal bekam ich dafür ein Gefühl.

Die Spuckaktion war nicht die einzige Geschichte dieser Art, die Amy preisgab. Ich hörte ihr den ganzen Abend zu, und dabei konnte ich ihre Angst spüren. Je mehr sie von früher erzählte – vom Aufwachsen in diesem scheinbar ehrenwerten Haus –, desto verantwortlicher fühlte ich mich. Nicht für das, was Amy widerfahren war, sondern für die Zukunft.

Jetzt bin ich für sie da, dachte ich, jetzt wird alles gut. Ich werde Amy aus den kalten Armen dieser Angst reißen. Dieser Angst, die hier schon seit Jahren wohnt, die es sich gemütlich eingerichtet hat, die hellwach ist und Amy auf Schritt und Tritt verfolgt, der Angst, die beim

Abendessen von ihrem Teller isst und Gift auf ihren Löffel träufelt. Diese Angst, die sich in diesem Zimmer schon seit Jahren eingenistet hat, werde ich vertreiben, ich werde sie die Straße runter und aus der Stadt jagen. Und anschließend werde ich die Tür verriegeln und das Schloss wechseln.

Amy schnellte hoch und machte ein Gesicht wie nach einem Geistesblitz.

»Willst du bei mir schlafen?«

Die Frage klang wie eine Bitte. Ich gab zu bedenken, dass ihre Eltern mich verhaften lassen würden.

»Die gehen um Punkt 22 Uhr ins Bett«, erwiderte sie und legte den Kopf in meine Kuhle. »Jeden Abend. Danach kommst du einfach zurück. Du kannst über die Garage hoch in mein Zimmer klettern.«

»Kein Problem«, sagte ich und musste schlucken, als ich mit meiner Nase ihre Haare berührte. Ihr Duft machte mich ganz schummrig, da brauchte ich keinen Joint mehr.

Amys Plan ging auf, auch wenn sich der Angstschweiß wie ein dünner Film auf mein Gesicht legte, während ich im Gebüsch vor dem Haus wartete und den Joint trotzdem rauchte, bis es um Punkt 22 Uhr im Schlafzimmer der Eltern endlich dunkel wurde.

»Siehst du«, sagte Amy, als ich durchs Fenster einstieg. »War doch nicht so schwer.«

Sie schlief schnell ein. Die Erschöpfung war ihrem blassen Gesicht anzusehen. Mit geschlossenen Augen sah sie aus wie ein kleines Mädchen, das einen neuen Streich ausheckt. Ich fragte mich, wie weit sie sich weg träumte.

»Ich pass auf dich auf«, flüsterte ich, während sie so gleichmäßig atmete, wie das Wasser der nahen Narragansett Bay in einer ruhigen Nacht ans Ufer plätscherte.

Am nächsten Morgen weckten sie die schmalen Lichtsplitter, die durch die Bastrollläden auf ihr Gesicht fielen.

»Hast du gar nicht geschlafen?«, fragte Amy.

»Doch, doch«, sagte ich und musterte ihr Gesicht. Sie sah müde aus, aber glücklich darüber, dass ich da war. Zum ersten Mal seit Hauke hatte ich das Gefühl, gebraucht zu werden. Diesmal würde ich es nicht vermasseln.

»Was denkst du?«, fragte sie durch den Mundwinkel, als wollte sie mir ihren Morgenatem nicht zumuten.

»Dass ich dich liebe«, sagte ich.

Ich dachte nicht lange nach, es musste raus. Es war ein Reflex. Ich wusste, dass es stimmte. Wir hatten uns bisher noch nicht einmal geküsst, aber ich musste sie nicht küssen, um zu wissen, dass es stimmte. Manche Sachen weiß ich nur, weil ich sie fühle.

Sie legte die Stirn in Falten, aber ihre Augen leuchteten.

»Was hast du da gerade gesagt?«

»Ich liebe dich, Amy.«

Sie hielt einen Moment inne, als wollte sie der Wirkung meiner Worte nachlauschen wie einem langsam ausklingenden Song, dann lächelte sie und sagte: »Danke, Hansen.«

Danke? Nie zuvor hatte ich einem Mädchen meine Liebe gestanden, aber dass *Danke* keine angemessene Reaktion war – so viel war sogar mir klar. Ich wollte aber auch nicht den Eindruck erwecken, es nur gesagt zu haben, damit sie es zurücksagt. Lieber wollte ich noch einen draufsetzen.

»Ich bin für dich da«, sagte ich, weil mir auf die Schnelle nichts Besseres einfiel, »und ich passe auf dich auf.«

Worte waren hierfür zu schwach. Bei jedem Satz überkam mich die Angst, Amy könnte mir nicht glauben.

»Im Ernst«, fügte ich hilflos hinzu.

6. kapitel

Ich war kaum angekommen, schon wollte mein großer Bruder Hauke mich in Providence besuchen, also brauchte ich einen Job, um seinen Flug mitzufinanzieren. Derek arbeitete hin und wieder bei *Blockbuster*, wo der Besitzer – ein vierschrötiger Ire namens Will, blasser Teint und rote Haare, so kurz wie breit und meistens voll – relativ skrupellos Minderjährige mit gefälschten IDs ausstattete und für ein besseres Taschengeld hinter dem Verleihtresen arbeiten ließ. Jobben in der Videothek – attraktiver konnte Arbeit für mich kaum klingen, also ließ auch ich mich von Derek an Will vermitteln. Das Vorstellungsgespräch dauerte keine zwei Minuten, und schon war ich Mitglied in seinem illegalem *Blockbuster*-Team.

Wenige Wochen später landete Hauke in Providence. Es gab ein großes Hallo, auch für meinen Bruder war es ein bisschen wie Nach-Hause-Kommen. Vor zwei Jahren hatte er hier selbst als Austauschschüler bei den Mayweathers gewohnt, und jetzt, bei seiner Rückkehr, war ihm anzumerken, wie glücklich ihn die Reise in die Vergangenheit machte.

Dieses Glück war hart erkämpft. Der Austausch kostete eine Menge Geld, und Vater war die Lebenserfahrung seines ältesten Sohnes seinerzeit offenbar nicht so viel wert gewesen. Mama wusste dagegen genau, was dieses Jahr für Hauke bedeuten könnte, und schaffte es irgendwie, Vater zu überzeugen, jeden Cent zurückzulegen. Aber dann verlor er seinen Job genau zu der Zeit, als Hauke in Providence war. Hauke musste sich von ihm fortan immer wieder anhören, dass unsere Geldprobleme doch vor allem seine Schuld wären – bis er es irgendwann selbst glaubte und sich deshalb Vorwürfe machte.

Für mich bedeutete die ganze Angelegenheit dagegen Glück im Unglück: Hauke hatte Vorarbeit für mich geleistet. Als mein Jahrgang den USA-Austausch plante, wollte ich natürlich auch teilnehmen – schließlich erinnerte ich mich nur zu gut an die aufregenden Geschichten, die Hauke mir damals erzählt hatte. Das Problem: Wir waren pleite, Vater war arbeitslos und trank inzwischen jeden Tag. Es war absolut ausgeschlossen für meine Familie, sowohl die Reise als auch den Aufenthalt für mich zu finanzieren. Von den aufkommenden Gebühren ganz zu schweigen. Wir waren nun mal Hochhausabschaum aus St. Pauli. Weil aber die Mayweathers so gute Erinnerungen an Hauke hatten und fest davon überzeugt waren, noch einen weiteren Hansen ins Herz zu schließen, boten sie der Organisation ein Ausnahmemodell an:

Sie nahmen mich für lau auf. Ich hätte beinahe geweint, als ich davon erfuhr.

»Bevor ich Hauke kennengelernt habe«, hat Derek mir mal gesagt, »klangen deutsche Worte für mich immer so, als wenn man jemanden erschießt. Zum Beispiel: *Genug*! Oder: *Pech*! Oder: *Blau*! Weißt du, was ich meine? Diese Geräusche!«

Hauke habe ihm Worte wie *Digger* beigebracht, und überhaupt sei mein Bruder doch der beste Beweis, dass es auch coole Deutsche gebe. Nicht nur Nazis oder Spießer. Eine Erkenntnis, die sie offenbar zusammengeschweißt hatte, denn: Ich verstand mich zwar wirklich gut mit Derek, ich mochte ihn, und wir kamen vom ersten Tag an sehr gut miteinander aus – aber Hauke und er waren *so richtig* dicke Freunde. Sie waren Seelenverwandte, eben wie echte Brüder. In den wenigen Tagen seines Besuchs erzählten sie mir andauernd Anekdoten aus Haukes Highschool-Jahr: wie sie einmal heimlich zum Feiern nach Boston getrampt waren; wie sie eines Nachts bekifft ins Freibad an der Arlington Road eingebrochen waren; solche Sachen. Das Schöne war, dass Hauke hier nicht an Hamburg denken musste. Ich fragte ihn kurz nach Mama und Vater. Alles gut, sagte er, und ich wusste, dass er nicht die Wahrheit sagte, denn bei unseren Eltern war nie alles gut. Aber ich spürte: Er wollte einfach nicht darüber reden, nicht jetzt und hier in Providence. Ich konnte ihn gut verstehen und fragte nicht weiter nach. Stattdessen schwelgten meine beiden Brüder ständig in Erinnerungen.

»Kannst du dich noch an Obie erinnern?«, fragte Derek und prustete fast in sein Bier. Es war ein lauer Herbstabend in Providence, wir saßen im Garten und tranken aus Dosen. Mom war bereits im Bett, und Derek hatte offenbar Lust, die krassen Geschichten auszupacken. Ich hatte ja keine Ahnung.

»Wie könnte ich Obie vergessen, Digger?«, rief Hauke, als sei es ihm trotzdem gerade erst wieder eingefallen.

»Wer ist Obie?«, fragte ich neugierig.

»Obie aus unserem Jahrgang«, hob Derek an, »Obie war irgendwie behindert.«

»Irgendwie behindert«, sagte Derek, »aber ganz nett.«

»Wie *behindert?*«

»Nun«, sagte Derek, »ohne Scheiß, er war ein bisschen sehr naiv. Der Typ, der auch im Radio anruft, um sich ein Lied zu wünschen. So einer.«

Er hielt inne, und seine Miene verfinsterte sich wie in Zeitlupe, sein Gesicht schmolz irgendwie, als hätte jemand die Luft aus seinen Backen gelassen.

»Bisschen behindert«, nickte Hauke und guckte ebenfalls ganz betreten. »Körperlich und im Kopf.«

Es schien, als hielten wir ob dieser harten Wahrheit alle für einen Moment den Atem an.

»Das wurde ihm auch zum Verhängnis«, nuschelte Derek nach einer bangen Redepause.

»Jungs«, rief ich, »warum guckt ihr denn auf einmal so komisch?«

Hauke seufzte tief. »Wie schon gesagt, war ein schräger Vogel, der Obie. Hatte so einen Watschelgang, bei dem er das eine Bein immer schräg hinter sich herzog. Aber das größte Problem war seine helle Stimme, mit der er nur ganz leise sprechen konnte.«

»Seine Stimme hat ihn das Leben gekostet«, fiel Derek ein, als dulde er keine Widerrede. »Das kann man schon so sagen. Ohne Scheiß, *bitch.*«

Hauke bemerkte meinen fragenden Blick und fuhr fort: »Obie hatte 'ne Macke, na ja, fast schon so 'ne Art Hobby: Schlich sich gerne abends in die Garage der Millers und klaute ihnen den Kühlschrank leer. Packte sich so viele Flaschen und Dosen in den Rucksack, wie er konnte, und dann machte er sich vom Acker. Nur so, aus Spaß. Am nächsten Tag in der Schule hat er uns immer davon erzählt und auch einen Teil seiner Beute verschenkt. War stolz auf unsere Aufmerksamkeit, das merkte man ihm richtig an.«

»Dumm nur«, sagte Derek, »dass Vater Miller irgendwann merkte, dass sein Kühlschrank auf mysteriöse Weise immer leerer war, als er ihn in Erinnerung hatte. Also installierte Miller ein Alarmsystem und legte sich auf die Lauer. Als Obie schließlich nach ein paar Tagen wieder vorbeikam, mit der Kappe auf dem Kopf und der Kapuze tief im Gesicht, da richtete Miller die Waffe auf ihn und befahl ihm, stehen zu bleiben. Er konnte Obie im Halbdunkel nicht erkennen, er sah nur seine Umrisse, einen dunklen Schatten, Kapuze – wie ein Gangster halt. ›Hände hoch, du Wichser!‹, brüllte Miller, aber Obies Arme waren auch behindert, die hingen immer so schlapp runter wie im Puppentheater, nur dass es keine Stränge gab, an denen sie hochgezogen werden konnten ...«

Jetzt musste Derek plötzlich doch lachen, laut und dreckig, und Hauke auch. Als sie sich wieder eingekriegt hatten, fuhr Hauke fort: »Obie konnte die Hände also gar nicht hoch nehmen. Das war sein Problem, denn davon fühlte Miller sich bedroht, und er hörte Obies helle Stimme nicht, also drückte er ab und traf Obie genau in die Brust. Obie fiel um, war sofort tot. Glatt durchs Herz.«

Wieder hielt er inne und wartete meine Reaktion ab, aber ich glotzte ihn bloß an. Ich wusste nicht, was ich sagen sollte. Solche Geschichten kannte ich aus St. Pauli nicht, und St. Pauli war eigentlich viel abgefuckter als Providence. Hier kann es dich an jeder Ecke erwischen, dachte ich. Ich fühlte mich wie ausgesetzt. Schutzlos, hilflos. Aber selbstverständlich ließ ich mir nichts anmerken.

»Weißt du, was wir meinen?«, fragte Derek.

Ich zuckte mit den Schultern.

»Ich glaube«, hob Hauke an, »dass Obies Stimme so wie eine Hundepfeife war. Dass man die als normaler Mensch gar nicht hören konnte.«

»Hör zu«, sagte Derek und klopfte mir auf die Schulter wie einem kleinen Jungen, der noch viel lernen muss, »das hier ist Amerika, mein Freund. Hauke weiß schon Bescheid, aber du musst es noch lernen. Hätte Obie laut werden können, hätte er gebrüllt, hätte er sich gewehrt, ihm wäre nichts passiert. Ohne Scheiß: Miller hätte niemals abgedrückt. Aber Obie blieb still, und als er doch was sagte, war er immer noch zu leise. Er hatte keine Chance. Wer in Amerika zu leise ist, hat keine Chance. Es ist wie in dem Film *Sieben*, den kennst du doch, oder? Da heißt es: Du musst die Leute mit dem Vorschlaghammer treffen, wenn sie dir zuhören sollen. Es reicht nicht, wenn du ihnen auf die Schulter tippst. Wenn du höflich fragst, wirst du keine Antwort bekommen. Das ist die ganze

Wahrheit. Das ist Amerika. Das beste verdammte Land der Welt.«

Hauke nickte zustimmend und hob seine Dose: »Auf Amerika, Digger!«

»*To us!*«, rief Derek. »*And to being loud and free …*«

»*The home of the loud and the land of the free!*«, rief Hauke, der hier in Providence viel witziger war als zu Hause in Hamburg.

Zögerlich stieß ich mit den beiden an, da kletterte Hauke auf seinen Stuhl, riss die Arme wie zum Jubel in die Höhe und rief: »*Loud and free! Loud and free!*«

Laut und frei. Haukes Blick war ein bisschen entrückt, so hatte ich ihn noch nie gesehen. Er wirkte so voller Leben, wie ich es in Hamburg nie gesehen hatte – als habe ihn jemand aus dem Gefängnis befreit. Derek lachte sich halb tot und applaudierte.

»*That's my boy*«, sagte er und rang vor lauter Lachen nach Luft, »*my boy Hauke Hansen!*«

Er kletterte zu Hauke auf den Stuhl, drückte seinen deutschen Bruder ganz fest an sich und gab ihm einen Kuss auf die Stirn: »So gut, dass du wieder da bist!«

Als sie sich wieder hingesetzt hatten, stießen wir noch einmal an.

»Ich sag dir was«, hob Derek an und stützte sich mit dem Arm auf meiner Schulter ab, »ich habe das früh gelernt. Weißt du, früher kam mein Papa immer mit dem Gürtel, wenn ich Scheiße gebaut hatte. Das war normal. Ich fand es ganz schlimm, aber ich war es nicht anders gewohnt. Irgendwann habe ich mir dann aber gedacht: Fick dich, jetzt belle ich zurück! Ich hatte nichts Schlimmes gemacht, wie ich fand, und die Strafe war übertrieben hart, also habe ich meinem Vater das auch so gesagt: laut und deutlich. Ich weiß nicht mehr, wie alt ich war, vielleicht sieben oder acht Jahre. Ich habe mich gewehrt, und tatsächlich hat mein Vater den Gürtel weggepackt. Plötzlich wollte er mit mir am Küchentisch über die Sache reden, sogar mit Mom. Seitdem weiß ich ganz klar: Ein bisschen Rücksichtslosigkeit kann nicht schaden. Ich weiß nicht, wie das in Deutschland läuft, aber so funktioniert das in Amerika.«

»Ich glaube«, seufzte Hauke, »so funktioniert die ganze Welt.«

Mom stand plötzlich in der Terrassentür, sie war immer noch wach. Sie beobachtete uns, wie wir am Gartentisch saßen und uns Geschichten erzählten, mit großen Augen und einem seligen Blick, in dem geschrieben stand: *meine drei Söhne*.

»Hast du uns belauscht?«, fragte Derek und lachte etwas unsicher.

Mom schüttelte den Kopf.

»Waren wir zu laut?«

Mom schüttelte den Kopf.

»Hauke hat ein bisschen rumgebrüllt, war es das?«

Mom schüttelte den Kopf.

»Nein«, sagte sie und lächelte, »ich konnte bloß nicht schlafen.«

7. kapitel

Ich habe Amy nie vergessen. In den Jahren nach ihr verging kein Tag, an dem ich sie nicht im Kopf, im Herzen und im Bauch spürte. Das ist nicht übertrieben, oder wie Derek es formulieren würde: ohne Scheiß! Ich habe mich nach Amy verzehrt. Ich sehnte mich süchtig. Und weil mich diese unerfüllte Leidenschaft völlig überforderte, legte ich mir ein besonders dickes Fell an. Es klappte vorzüglich: Ich belog mich selbst und hatte nicht mal ein schlechtes Gewissen. Es gab eine Zeit in meinen Zwanzigern, als ich mich unverwundbar fühlte. Eigentlich waren es die gesamten Zwanziger, in denen ich überzeugt war, dass der Himmel die Grenze ist. Ich machte die Nächte durch, aber nicht wie diese Idioten, die einen Samstagabend lang zu viel Bier und zu viele Longdrinks durcheinander trinken und anschließend bis Donnerstag in den Seilen hängen, als müssten sie sich von einem verlängerten Junggesellenabschiedswochenende in Las Vegas oder einem Kampfeinsatz im Krisengebiet erholen – nein, ich habe durchgemacht bis mittags, ausgepennt bis abends und dann gleich wieder losgelegt.

Wie hatte Vater vor vielen Jahren, als ich noch sehr jung war und ihn noch nicht hasste, sondern ernst nahm, einmal gesagt: »Es ist vollkommen sinnlos, wenn *ab und zu mal die Sonne rauskommt.*«

Es war ein verregneter Sommer und ich war drei oder vier Jahre alt. Eines Tages im August brachen sich ein paar Sonnenstrahlen Bahn durch die Wolken, und ich kriegte mich nach wochenlangem Regen, Sturm und Grau kaum ein vor lauter Glücksgefühl. Vater stutzte mich prompt zurecht: Es mache keinen Spaß, sich über eine Sommersonne zu freuen, wenn sie nur für ein paar Minuten bleibt – denn kaum schiebt sich die nächste Wolke vor das Licht, müsse man sich die Jacke wieder überziehen. Nie könne man sich sicher sein. Das solle ich mir gleich schon mal fürs Leben merken.

Ich erinnere mich noch bis heute, wie ich damals spüren konnte, dass mir das Lächeln über die Sonne aus dem Gesicht fiel.

Vater hasste halbe Sachen, er hasste wechselhaftes Wetter, er hasste den Frühling und den Herbst. Er liebte die Hitze, in der sich die Widersprüche seines Wesens und seines Lebens auflösten. Und er liebte die eisige Kälte, in der alle Zweifel einfroren. Kein Witz: »Ganz oder gar nicht« von Wolfgang Petry war sein Lieblingslied.

Keine halben Sachen, immer linke Spur – nach diesem Motto habe ich in meinen Zwanzigern gelebt und vor allem gefeiert. Ich habe gesoffen, bis mein Brustbereich brannte, und das Feuer habe ich mit frischen Drinks gelöscht. Ich habe mir alles durch die Nase gezogen, was nur halbwegs puderig genug war. Und tags darauf habe ich alle Katergefühle einfach weggekifft, bis ich fit genug war, um wieder von vorne anzufangen.

Natürlich bin ich vor allem weggelaufen, wovor auch immer. Das weiß ich heute auch. Aber auf der Suche zu sein, das war für mich damals besser als jeder Ort auf dieser Welt.

Heute erzähle ich von dieser Zeit wie Opa vom Krieg, aber genauso fühlt es sich im Rückblick auch an: Ich kam mit der Welt, wie sie sich mir darstellte, nicht klar, und deshalb führte ich einen Krieg gegen die Dummheit, die Oberflächlichkeit, das leere Geschwätz und die aggressive Langeweile, die mich sonst zersetzt hätte wie das berüchtigte Stück Fleisch im Cola-Glas.

Ich führte diesen Krieg an allen Fronten, und ich schonte mich nicht. Ich konnte es ab, und es war die Zeit, in der ich auch verkatert noch gut genug aussah, um die schönste Frau der Party mit nach Hause zu nehmen. Und ich habe sie alle mit nach Hause genommen, weil ich ein Arschloch war. Aus dieser Zeit stammt der schlechte Ruf, den ich bis heute in Hamburg genieße, sowie der Spitzname *Mister Teflon* – der lässt nichts anbrennen. Ich war wie ein dummer, geiler Bock, der nicht genug kriegen konnte und sich durch die ganze Stadt rammeln wollte, aber wer will das nicht in dem Alter – bloß hatte ich eben, warum auch immer, das Glück, dass die Frauen auch mitkommen wollten. Jahrelang hatte ich einen solchen Lauf, dass ich es nach dem Sex kaum erwarten konnte, wieder loszuziehen und eine noch heißere Braut abzuschleppen. Also gab ich vor, dass ich am nächsten Tag einen frühen Flug habe, drückte den Frauen das nötige Taxigeld in die Hand und setzte sie vor die Tür; keine zehn Minuten später war ich wieder auf der Piste und mit ein bisschen Glück ein bis zwei Stunden später mit einer neuen Eroberung wieder zu Hause.

Es ist noch gar nicht so lange her, da saß ich mit einem ziemlich langweiligen Mädchen bei einem Kneipendate in der *Mutter*, dieser Mutter aller Hamburger Kneipen, und kippte viel Bier runter, um mir den Abend irgendwie interessant zu trinken. Vom anderen Ende des kleinen verrauchten Raumes empfing ich die ständigen Blicke zweier kichernder Mädchen, die unruhig auf ihren Stühlen herumrutschten und mir nicht bekannt vorkamen, deren Augenkontakt aber sofort meine Antennen schärften: Vielleicht würde da später am Abend noch was gehen, vielleicht sogar mit beiden, meine langweilige Begleitung würde sicher früh ins Bett müssen. Vorläufig würde ich mich jedoch weiter mit ihr befassen müssen: Ach, wirklich, *Yoga würde mir auch guttun? – Und was genau macht eine Leiterin der Abteilung Schaden? – Ach so, du bist also nicht der Typ für dies und das und jenes? Interessant.*

Weil ich so viel Bier trank, musste ich irgendwann auf die Toilette, und kurz darauf gleich noch einmal, und als ich wiederkam, schmunzelte mir das langweilige Mädchen plötzlich ins Gesicht, als hätte jemand in ihrem Kopf eine Lampe angeknipst.

»Was ist denn mit dir los?«, fragte ich.

Sie nickte in Richtung der beiden: »Ich wurde gerade vor dir gewarnt.«

»Wie bitte?«

Ich drehte mich um, sie winkten hämisch herüber.

»Die Mädels haben gesagt, dass ich mich bloß vor dir in Acht nehmen soll.«

»Sie haben *was?*«

»Du hast mit mehreren ihrer Freundinnen was gehabt und sie alle eiskalt fallen lassen. Einer sollst du sogar sofort nach dem Sex mitten in der Nacht Taxigeld gegeben haben, nur weil du noch mal auf die Piste wolltest ...«

Sie kicherte irritiert. Selten wurde mir mein schlechter Ruf in der Hamburger Frauenwelt so schonungslos vor Augen geführt.

»Die Mädels müssen mich verwechseln«, sagte ich hilflos.

Sie sah mich an wie eine Krankheit: »So einen Cowboy mit Stierschnalle und Lederstiefeln«, sagte sie und schmunzelte abfällig, »den verwechselt man nicht.«

Ich war ein Klischee, ein unsympathisches, aber ein wahres, und mein Erfolg bei den Frauen machte mich ein bisschen größenwahnsinnig. Ich erinnere mich noch genau an den Moment, an dem ich mir plötzlich ganz sicher war: *Flemming, wenn du willst, kannst du alles schaffen!*

So abgedroschen es klingt.

Aber: Ich war wegen eines *Pitches* in London und hatte einen Nachmittag frei, und weil ich die Stadt leider nicht gut kenne, beschloss ich, eine dieser Doppeldeckerbus-Touristentouren zu machen. Die Sonne schien, für London im April ungewöhnlich genug, das Dach war offen, und ich saß oben in der letzten Reihe mit einer Dose eiskaltem Bier. Damals war das noch erlaubt. Nach dem letzten Schluck dachte ich gar nicht weiter darüber nach und warf die leere Büchse in hohem Bogen in einen Mülleimer am Straßenrand – vom Oberdeck, bei rund vierzig Stundenkilometern, aus gut zehn Metern Entfernung, landete das Ding in der winzigen Öffnung. Treffer. Ein Wahnsinnswurf, bei aller Bescheidenheit. Ich war Michael Jordan im vierten Viertel. Auch der launige Komiker, der sich als unser *Guide* vorgestellt hatte (auf seine Frage, ob wir denn auch Deutsche an Bord hätten, war ich stumm geblieben), staunte nicht schlecht. Vielleicht stand sein Mund aber auch vor Schreck darüber offen, was ich mich traute. Stumm hielt er sein Mikro in der Hand und starrte mich an. Natürlich war es streng verboten, Müll vom Bus zu werfen, aber ich hatte nun mal in den Eimer getroffen, die Dose also ordnungsgemäß entsorgt – dagegen konnte er gar nichts einwenden, was ihn wurmte, wie an seinem Gesichtsausdruck deutlich abzulesen war.

Mir war klar: Mich kann keiner stoppen. Es würde schon die geballte Bürokratie brauchen, um mich davon abzuhalten, Physik-Nobelpreisträger oder UNO-Generalsekretär oder NBA-Profi zu werden, ganz klar.

Man könnte auch sagen: Ich war endgültig größenwahnsinnig geworden.

Denn: Dass ich in Wahrheit ein angetrunkener Werbefuzzi war, der sich alleine in einem Doppeldeckerbus durch die Straßen von London kutschieren ließ und davon träumte, wie die Frau, die es ihm seit Jahren unmöglich machte, sich ernsthaft auf eine neue Bekanntschaft einzulassen, die er aber wahrscheinlich in diesem Leben nicht mehr wiedersehen würde, weil er ein Meister der Verdrängung war, dass diese Frau also jetzt neben ihm sitzen würde und ihm für den gelungenen Büchsenwurf einen feuchten Kuss aufdrücken würde – das machte ich mir ganz bewusst nicht bewusst.

8. kapitel

Hauke und ich saßen auf einem Brückengeländer im Waterplace Park und ließen die Beine über dem Woonasquatucket River baumeln. Es dämmerte in Providence, der Himmel über der Stadt schimmerte spätsommerlich in dunstigem Purpurrot. Die Luft glühte wie Fieber.

Hauke hatte uns einen Joint gebaut – endlich wieder eine von ihm gerollte Tüte. Keiner konnte das besser als er. Bei uns im Viertel in St. Pauli war es ein Gütesiegel, das sich längst zwischen den Häuserschluchten herumgesprochen hatte: *von Hauke gebaut.* Er steckte das Ding in Brand und reichte es gleich an mich weiter. Ich zog kräftig, so kräftig wie an einer Zigarette, und blies ächzend den Rauch aus. Perfekt.

»Ganz schön tief«, sagte ich mit Blick auf das Wasser.

»Das Wasser?«, fragte er.

»Nicht das Wasser«, sagte ich und lachte. »Woher soll ich wissen, wie tief das Wasser ist. Ich meine, ganz schön tief geht das runter hier von der Brücke.«

»Um zu springen?«, fragte er und schüttelte den Kopf. »Kann man aber locker machen, Digger.«

»So ein Schwachsinn!«

»Solange du schwimmen kannst«, sagte er. »Der Fluss ist nicht gerade reißend. Ziemlich ruhig. Kommt mir eher vor wie so'n Bach.«

Ich reichte ihm den Joint und sagte: »Was du laberst.«

»Die Wahrheit, Digger«, sagte er und lachte.

Ich sah ihn an. »Warum bist du so schnell hergekommen?«

»Was meinst du?«

»Na ja, warum halt. Ich glaube nicht, dass du mich schon jetzt so krass vermisst hast. Was ist wirklich los?«

Er zuckte mit den Schultern, nahm zwei Züge und gab den Joint an mich zurück. »Mach dir um mich keine Sorgen«, sagte er.

Ich inhalierte noch tiefer als eben. »Was soll das denn heißen?«

»Was ich sage: Mach dir keine Sorgen um mich.«

»Eigentlich habe ich mir auch keine Sorgen um dich gemacht, Bruderherz, aber jetzt, wo du sagst, ich solle mir keine Sorgen um dich machen, mache ich mir natürlich Sorgen um dich. Also: Was ist los, Mann?«

Ich reichte ihm die Tüte wie ein Mikrofon.

Er zögerte für einen Moment, nahm einen Zug, dann packte er aus auf seine kurz angebundene Art: »Wegen Mara … wir haben uns getrennt. Also sie sich von mir. Hat Schluss gemacht.«

Schwache Worte in Anbetracht der Tatsache, dass er mit Mara doch stets das perfekte Paar gebildet hatte. Hauke nahm noch einen Zug, ich stutzte. Damit hatte ich nun wirklich nicht gerechnet. Um genau zu sein: Ich hätte mit ungefähr allem gerechnet, aber nicht damit. Nie im Leben.

»Das tut mir leid, Bruder.«

Er machte eine abwehrende Handbewegung, den Joint noch im Mundwinkel.

»Kannst du knicken«, nuschelte er. »Muss dir nicht leidtun. Ich hab's versaut.«

»Was willst du denn bitte versaut haben? Du liebst Mara mehr als dich!«

Er nickte. »Ist auch so.«

»Aber?« Ich wurde langsam ungehalten.

Er blickte aufs Wasser, als würde er noch mal über die Höhe nachdenken.

»Ich habe sie betrogen«, sagte er. »Also nicht richtig, aber doch … irgendwie. So sieht sie das zumindest.«

»Was soll das heißen?«

»Digger, es ist peinlich …«

»Was soll das heißen?«, fragte ich forsch.

Er seufzte. »Darfst du keinem erzählen.«

Zum dritten Mal: *»Was? Soll? Das? Heißen?«*

»Dieses neue Mädchen ist in unsere Klasse gekommen. Lucy. Ist sitzengeblieben auf einer anderen Schule. Ist zu uns auf die Schule gewechselt. Was auch immer.«

»Na und?«

Der Joint war inzwischen aufgeraucht, er schnippte ihn in hohem Bogen in den Fluss.

»Lucy kam irgendwie an, die ganze Zeit. Hat mir gesagt, dass sie auf mich steht. Einfach so. Hat noch nie eine bei mir gemacht, so offensiv.«

»Und dann?«

»Die hat richtig Gas gegeben, richtig Vollstoff. Hat erzählt, wie feucht sie wird, wenn sie mich sieht. Hab so was noch nie erlebt.«

Ich hatte Hauke jetzt im Seitenblick. Er sah aus, als würde er jeden Moment anfangen zu heulen. Seine Lippen zitterten.

»Hast du was mit dieser Lucy angefangen?«

Er schüttelte heftig den Kopf. »Nein, nein, das ist es nicht. Habe aber trotzdem irgendwie mitgemacht. Versuch du mal, damit klarzukommen, wenn so ein heißes Mädchen so richtig aufs Gas drückt. Dir was davon erzählt, dass sie mit dir schlafen will, dass sie richtig Bock auf dich hat. So ein ultrabrutalschönes Mädchen, von dem die ganzen anderen Typen in der Klasse alle was wollen. Ich sag dir, Digger, wer das nicht schon mal erlebt hat, kann es nicht beurteilen …«

»Willst du dich jetzt hier rechtfertigen, oder was? Erzähl mir lieber, was da passiert ist!«

»Eigentlich ist nix passiert.«

»Wie hast du denn *trotzdem irgendwie mitgemacht*, wenn *eigentlich nix passiert* ist? Was soll der Scheiß heißen? Willst du mich verarschen?«

»Lucy hatte so ein kleines Buch, so einen Notizblock. Hat sie mir im Unterricht immer rübergeschoben. Da standen so Sachen drin: *Ich will es mit dir treiben* und so, die Schiene, weißt du? *Ich will mit dir schlafen, Hauke, ich will das unbedingt.* Blablabla. Weiß auch nicht, ich fand das irgendwie spannend. Also habe ich ihr so Sachen zurückgeschrieben. Dass sie schön ist und so. Aber Lucy wusste eigentlich, ich bin glücklich mit Mara. Hab ich ihr auch gleich gesagt. Dass ich Mara liebe wie keine sonst. Irgendwie … weiß auch nicht … habe ich ihr trotzdem zurückgeschrieben. Dass ich sie *hot* finde und so. Voll bescheuert, ich fand Lucy nämlich noch nicht mal *hot*. Also nicht so richtig. Klar, die sieht nicht schlecht aus, aber das juckt mich doch gar nicht. Ich hab Mara … oder … ich hatte Mara, und niemand ist so *hot* wie Mara!«

»Lass mich raten …«

»… ja, genau, Mara hat das Buch in die Finger bekommen. Ich hatte es mal eingepackt, weil ich es zu Hause noch mal lesen wollte, was Lucy da so geschrieben hatte … voll behindert, aber kann ich jetzt auch nicht mehr ändern.«

»Was hat Mara gesagt?«

»Sie ist ausgeflippt«, sagte er mit Was-willst-du-machen-Geste. »Zu Recht ja auch. Hat mir eine gescheuert, ist abgehauen, wiedergekommen, keine Ahnung. Hat gesagt, ich bin für sie gestorben. Ich hab ihr noch gesagt, dass da nix lief mit Lucy, aber das hat sie mir natürlich nicht geglaubt. Hätte ich auch nicht an ihrer Stelle.«

»Ist was gelaufen?«

»Willst du mich verarschen?«, brüllte er mich mit wässrigen Augen an, die Adern an seinen Schläfen traten hervor. »Gar nix war da, sag ich doch!«

Ich atmete tief durch. »Bruderherz, du bist ein ganz schöner Wichser.«

»Weiß ich«, stammelte er, »weiß ich, weiß ich, weiß ich, verdammte Fickscheiße! Weiß ich!«

»Das kann es doch nicht gewesen sein.«

Er zuckte mit den Achseln. »Keine Ahnung, ist alles noch so frisch.«

Ich legte meine Hand auf seine Schulter. »Du musst ihr Zeit geben und ihr das noch mal genau so erklären wie mir hier.«

Er seufzte schwer. »Hab ich doch. Sie wollte nichts hören.«

»Im Moment nicht«, sagte ich und griff an seinen Nacken, um mich seiner Aufmerksamkeit zu versichern, »aber das war Liebe zwischen euch. Das war echt. Mara und du, ihr seid doch ungefähr seit dem Sandkasten zusammen. Seit du noch keine Haare am Sack hattest. Zusammen seid ihr die Besten. So was Großes geht nicht einfach so vorbei.«

Er zuckte mit den Schultern. »Weiß nicht.«

»Du wirst doch wohl um sie kämpfen, du Penner? Sieh zu, dass du deine Scheiße wieder auf die Reihe kriegst!«

Er zog ein bisschen Rotz die Nase hoch. »Ich werde überhaupt nichts anderes mehr machen, als um sie zu kämpfen. Nie wieder was anderes!«

»Gut.«

»Ich hab mal darüber nachgedacht. Ich glaub schon, dass ich alles wiedergutmachen könnte. Weil es Liebe ist. Ich hab ja nie aufgehört, Mara zu lieben. Bin bloß irgendwie vom Weg abgekommen. Kann doch mal passieren, oder? Kann doch jedem mal passieren.«

»Das weiß ich nicht. Schwach ist das schon, Bruderherz.«

»Mara ist meine Komplizin, weißt du, wie ich das meine? Man sucht sich ja kein Mädel, mit dem man die Welt feiern kann. Diese Welt ist scheiße, es gibt keinen Grund, sie zu feiern. Nein, man sucht sich doch eine Frau, die das auch so sieht, an deren Seite man es mit der Scheißwelt und den ganzen Wichsern aufnehmen kann. Oder nicht? Wie heißt das immer in den ganzen Liedern: *Us against the world.* So ist das mit Mara. Wir gegen die Welt. Mit Mara kann ich die Welt bekämpfen.«

»Das ist eine gute Sache«, sage ich.

Er nickte. »Das ist die beste Sache, die es gibt. Ich bete, dass sie mir noch eine Chance gibt. Weißt du, wie das werden kann? Wie nach einem gescheiterten Selbstmordversuch. Weißt du, wie ich das meine? Diese Leute, die versuchen, sich umzubringen, aber klappt nicht, und dann merken sie plötzlich, wie schön das Leben ist, und wissen alles viel mehr zu schätzen als vorher. Oder wissen es überhaupt mal zu schätzen. Ich habe mal von einem Typen gehört, der wollte sich erschießen. Hat sich die Knarre an die Schläfe gehalten und abgedrückt. So wie er es schon so oft im Kino gesehen hatte. Ein Anfängerfehler, denn wenn man sich die Kugel durch das vordere Stirnhirn jagt, kann es passieren, dass man nur Hirnareale trifft, die nicht lebenswichtig sind. Also, so habe ich das zumindest verstanden. Und bei dem Typen war die Kugel genau dort stecken geblieben. Anschließend war er zwar blind, dafür trotzdem nicht tot. Umbringen wollte er sich aber auch nicht mehr. Der Kerl konnte inzwischen sogar über seine Dummheit lachen. Weißt du, was ich meine?«

Ich legte den Arm um ihn und drückte ihn an mich. »Wie auch immer. Schön, dass du da bist, Bruderherz. Schön, dass du zu mir kommst, wenn es dir beschissen geht.«

Er atmete noch einmal tief durch. Ich hatte ihn wirklich noch nie so verzweifelt gesehen.

»Ist aber nicht der einzige Grund, warum ich hier bin.«

»Was denn noch?«, fragte ich.

Er stockte kurz, dann sagte er: »Ich muss mich bei dir entschuldigen.«

»Bei mir? Jetzt bin ich aber gespannt!«

Vor allem war ich ehrlich überrascht und wusste nicht, ob ich hören wollte, was jetzt kommen würde. Mein Herz schlug schneller. Hauke wirkte so ernst.

»Ich hab dich im Stich gelassen«, sagte er schließlich. »Ist mir mal so klargeworden.«

»Keine Ahnung, wovon du redest«, sagte ich. Mein Gesicht wurde heiß, wie immer beim Kiffen.

»Digger, ich bin dein großer Bruder, aber ich bin einfach abgehauen nach Amerika. Hab dich alleingelassen, damals, als alles so beschissen war mit Vater und so. Ein ganzes verdammtes Jahr habe ich dich alleingelassen mit dem Scheiß. Es tut mir leid, dass ich es erst jetzt gemerkt habe, seit du weg bist. Wie hart das für dich gewesen sein muss. Du warst noch so jung, Mann.«

»Das ist doch Quatsch«, sagte ich und nahm ihn noch einmal so in den Arm, als wäre *ich* hier der große Bruder, »ich hab's doch überlebt. Außerdem bin ich jetzt auch abgehauen, na und? So soll das auch sein!«

Ich ließ von ihm ab. Ganz gekrümmt hockte er immer noch da.

»Du sitzt da wie ein Haufen«, fuhr ich ihn an und lachte. »Mach dich mal gerade!«

Er ließ sich nicht aufmuntern, sondern starrte nur auf den ruhigen Fluss.

»Digger«, sagte er leise und schüttelte den Kopf, »es tut mir leid. Vor allem, weil Vater noch viel schlimmer geworden ist in dem Jahr, in dem ich weg war. Alles nur wegen mir. Er wollte von Anfang an nicht, dass ich nach Amerika gehe. Dann war ich weg und er verliert seinen Job und wir haben keine Kohle.«

»Das ist doch nicht deine Schuld!«

»Doch!«, rief er, und es klang verzweifelt. »Wessen Schuld denn sonst? Mein Amerika-Urlaub hat die ganze Kohle gefressen. Und Vater wollte nicht mal, dass ich gehe. Mama hat ihn doch nur überredet. Weiß immer noch nicht, wie sie das geschafft hat.«

»Mama halt«, sagte ich.

Hauke kramte eine Flasche *Mountain Dew White Out* aus der Innentasche seiner Bomberjacke, schraubte sie gemächlich auf und nahm einen großen Schluck. Anschließend machte er einen erfrischten Laut und sagte: »Ich mache es wieder gut, Digger! Bei dir und bei Jenny und bei allen Leuten.«

Dann stützte er sich auf das Geländer, stieß sich ab und sprang in den Fluss. Es war eine fließende Bewegung, und als ich realisiert hatte, was passiert war, platschte er auch schon bäuchlings ins Wasser. Ich hatte keine Zeit, mich zu erschrecken, und als ich sah, wie er wieder auftauchte, sprang ich hinterher. Es war ein Reflex. Ich weiß nicht, ob ich das Gefühl hatte, ihn retten zu müssen, oder ob ich vielleicht einfach Lust auf den Sprung hatte. Aber ich sprang, tauchte ein, hörte das brodelnde Rauschen in den Ohren und spürte das erfrischend kühle Wasser. Ich verschluckte mich leicht an der dreckigen Plörre, und als ich wieder auftauchte, planschte Hauke nur ein paar Meter neben mir. Ich musste husten. Er lachte laut und kriegte sich kaum noch ein.

»Sauber, Digger!«, rief er. »Haben wir beide wieder einen klaren Kopf!«

»Du vielleicht«, rief ich zurück und lachte mit.

Dann schwammen wir ans Ufer. Hauke hatte recht gehabt: Das Wasser war ruhig, die Strömung war nicht stark. Ich habe keine Ahnung, was wir gemacht hätten, wenn es nicht so gewesen wäre.

9. kapitel

Die schlimmste Zeit war jene, in der ich mir Amy nicht sicher war. Nun ist Amy natürlich eine dieser Frauen, der sich ein Mann ohnehin nie sicher sein kann. Aber ohne einen Kuss oder dergleichen hatte ich kein Recht, irgendwelche Ansprüche zu stellen.

Die schlimmsten Momente in dieser Zeit waren jene, in denen Amy geheimnisvoll wurde. Es war ein schmaler Grat zwischen der Spannung, sie nicht ganz zu durchschauen (auch weil ich sie noch nicht gut genug kannte), und der Verzweiflung, nicht zu wissen, was sie über mich und uns dachte.

Einmal hatte sie einen Papierflieger gebastelt. Er lag auf ihrem Schreibtisch und fiel mir sofort ins Auge, als ich eines Abends mal wieder in ihr Zimmer kletterte. An den Flügeln des Fliegers konnte ich aus der Entfernung ein paar rote und blaue Streifen erkennen, außerdem einen eckigen blauen Stempel.

»Fliegt der gut?«, fragte ich. Amy machte ein erschrockenes Gesicht und stürzte Richtung Schreibtisch. Hastig griff sie nach dem Flieger, versteckte ihn hinter ihrem

Rücken und stopfte ihn schließlich in die Schreibtischschublade.

Ich stutzte. »Was ist denn mit dir los?«

»Das Ding, äh, ach, egal.«

Ich kannte sie bereits gut genug, um zu wissen, dass sie schlecht lügen konnte. Deswegen fiel ihr auf die Schnelle auch keine Ausrede ein.

»Das Ding sieht gut aus«, sagte ich. »Zeig mal!«

»Nein, Hansen, das geht nicht.«

Sie kratzte sich an der Nase, wie sie es immer tat, wenn sie nervös wurde.

»Gibt es irgendwas, das ich wissen sollte?«, fragte ich.

Sie machte große Augen. »Wissen? Du? Nein. Wieso?«

»Schon gut.«

Natürlich kam mir ihre Reaktion komisch vor. Aber ich wusste, dass ich mit meiner Fragerei nicht weit kommen würde. Amy zog sich immer weiter zurück, je mehr man sie bedrängte, und ich war es gewohnt, dass es hoffnungslos war, sobald sie bei einem Thema kurz angebunden war. Ich beschloss, den Papierflieger zu vergessen.

»Willst du einen Film gucken?«, fragte sie schnell.

»Klar.«

Weil ich mir keine Gedanken über ihr Verhalten machen wollte, wurde es tatsächlich noch ein gemütlicher Abend auf ihrer kleinen Couch. Sie legte eine VHS ein, irgendeine 80er-Jahre-Schnulze, und wir ließen uns von der seichten Geschichte berieseln. Erst als sich die Protagonistin von ihrem Freund trennte, weil sie wieder frei sein wollte, entbrannte eine kleine Diskussion zwischen uns.

»Du wirst für immer mein Mann sein«, sagte die Protagonistin zu dem Mann, den sie verließ. Daraufhin musste Amy laut loslachen, bis sie hustete.

»Was ist los?«, fragte ich.

Sie zeigte auf den Bildschirm und ätzte: »Was die Alte für einen Müll labert!«

Ich zuckte mit den Schultern. »Ist doch nett, wenn sie so fühlt.«

»Schwachsinn!«, schimpfte Amy. »Warum sagt sie so was, wenn sie ihn verlässt? Das ist doch nur ein billiger Trost. Eigentlich verarscht sie ihn nur.«

»Sie will wieder frei sein«, gab ich zu bedenken. »Die Trennung hat doch mit dem Typen gar nichts zu tun.«

Amy drehte sich zu mir und verzog die Mundwinkel. »Hansen, wie naiv bist du eigentlich?«

»Wieso naiv?«, fragte ich. »Es ist doch nicht immer nur alles schwarz oder weiß.«

Amy drückte auf Pause, damit wir zum Standbild weiterdiskutieren konnten.

»Es gibt nicht nur Schwarz oder Weiß«, sagte sie, »aber es gibt für immer oder eben nicht!«

»Für immer oder eben nicht?«

Sie hob den Zeigefinger. »Mit der großen Liebe hält man es für immer aus. Da gibt es kein Gefühl, was stärker ist. Für immer oder nicht – alles andere macht keinen Sinn.«

Ich schüttelte den Kopf. »Aber was ist, wenn sie ihre Entscheidung aus Liebe trifft? Wenn sie ihn freigibt, weil sie ihn liebt und Angst hat, ihn sonst irgendwann zu verletzen?«

»Sie liebt ihn nicht«, sagte Amy und machte eine abwertende Handbewegung Richtung Fernseher. »Wenn sie ihn nicht für immer liebt, dann liebt sie ihn überhaupt nicht.«

»Wenn du das sagst.«

»Die Liebe ist kein Spiel«, sagte sie.

Für den Rest des Films sagte keiner von uns mehr ein Wort.

Ein paar Monate später verbrachte ich Weihnachten in Hamburg. Es war eiskalt und dunkel in der Heimat, so wie ich noch jeden Dezember meiner Kindheit in Erinnerung hatte. Meine Mutter stand am Herd und kochte den Kohl für den Abend. Wie immer war die Auswahl an Geschenken auf dem Küchentisch dürftig, aber der Papierflieger fiel mir sofort ins Auge. Ich nahm ihn so vorsichtig in die Hände, als wäre er aus Porzellan. Um den blauen Kasten, auf dem *Air Mail* stand, prangten mehrere Poststempel. Ich hielt die Luft an, als ich die Schrift erkannte. Der Flieger war an mich adressiert, ohne Absender.

»Das Ding war heute in der Post«, rief meine Mutter.

Ein kleiner Pfeil deutete auf die gefaltete und zugeklebte Mitte des Fliegers. Vorsichtig knibbelte ich den Tesafilm entlang der Falz ab und klappte den Flieger auf. Innen war ein Herz aufgemalt, in dem in verschnörkelter Schrift »Merry Christmas« geschrieben stand. Darunter hatte Amy auf Deutsch geschrieben: »Hansen und Amy für immer«.

Zum einzigen Mal in meinem Leben kamen mir die Tränen vor Freude.

10. kapitel

Derek hatte ein großes Geheimnis daraus gemacht, was los war. Wir müssten schnell mitkommen, hatte er Hauke und mir bloß befohlen an diesem Abend, an dem der erste frische Wind davon kündete, den Sommer langsam runterzukühlen. Durch die halbe Stadt schleppte er uns, bis an den Rand von Downtown, als wir plötzlich vor einem alten grünen Chevrolet standen, der flach und windschnittig vor einer Lagerhalle geparkt stand, zum Abholen bereit, so als hätte er nur auf uns gewartet. Im Ernst, genau so sah der Wagen aus. Wie im Film.

»Geile Karre, Digger«, sagte Hauke und wollte schon weitergehen. »Na gut, sieht ein bisschen mitgenommen aus, aber ist doch genau das Auto, von dem wir immer geschwärmt haben!«

»Eben«, rief Derek und hob den rechten Zeigefinger, an dem ein Schlüssel baumelte, »also bleib doch mal stehen, *bitch!*«

Hauke machte große Augen – er sah aus, als würde die Sonne direkt in seinem Gesicht aufgehen.

»Willst du mich verarschen?«, stammelte er. »Verarsch mich nicht, Mann!«

Derek grinste breit. »Ohne Scheiß!«

Bei Hauke brachen alle Dämme, ich hatte ihn noch nie so überwältigt gesehen, überwältigt vor Freude. Er hüpfte herum wie einer von den *Beastie Boys*, jubelte so enthemmt wie Rob Ray nach einem seiner Touchdown-Pässe und fiel Derek schließlich um den Hals, als hätten sie sich seit Jahren nicht mehr gesehen.

»Ganz ruhig«, ächzte Derek und lachte wie jemand, dessen Plan funktioniert hat. Ich stand nur daneben und staunte.

»Steigt ein!«, rief Derek im Tonfall eines Touristenführers und schloss die Karre auf.

Ein paar Minuten später schlängelten wir uns auf der Interstate durch den dünnen Verkehr. Hauke saß vorn auf der Beifahrerseite, ließ sein Fenster runter und legte die Hand aufs Dach. Ich saß direkt hinter ihm und konnte seinen entrückten Blick im Rückspiegel beobachten. Hatte ich meinen Bruder überhaupt schon einmal so glücklich gesehen?

Ich hatte keine Ahnung, aber ich freute mich einfach für ihn. Ich hätte nie gedacht, dass es mich selbst so erfüllen würde, meinen Bruder glücklich zu sehen. Ich kannte dieses Gefühl ja gar nicht. Aber jetzt wusste ich von seinen Problemen, wusste, was ihn umtrieb, und ich wünschte mir nichts sehnlicher, als ihn hier, in seiner alten Wahlheimat Providence, einer der schönsten und ältesten Städte der Vereinigten Staaten von Amerika, auf andere Gedanken zu bringen.

Neben Hauke drückte Derek aufs Gas, siebzig Stundenkilometer, achtzig, neunzig. Die Mall, *Burger King* und das *Redhole* zogen in der Dämmerung zischend an uns vorbei wie Glühwürmchen. Derek musste immer wieder seine Patriots-Kappe festhalten, weil der Wind von der Seite ins Auto blies. Er machte das Radio an, es rauschte und knisterte, dann waren Nachrichten zu hören, er drehte weiter und blieb schließlich auf einem Classic-Rock-Kanal hängen.

I don't know where I'm going
But I sure know where I've been

Wir sangen sofort mit, obwohl wir den Text eigentlich gar nicht kennen konnten, weil wir doch viel zu jung waren. In Deutschland wäre Derek sogar zum Autofahren zu jung gewesen. Aber nicht hier auf dem Highway. Hier war alles möglich – nie war mir das klarer als an diesem diesigen Abend in dem alten Chevy, den Derek auf dem Schrottplatz von Jennas Eltern aufgetrieben und fit gemacht hatte. Die Karre war klapprig, und noch am selben Abend würde er sie zurückbringen müssen, aber bis dahin war es *unsere* Karre.

And I've made up my mind
I ain't wasting no more time

Das Schlagzeug setzte ein, Derek trommelte auf dem Lenkrad mit, Hauke haute mit der Hand aufs Dach, ich spielte dazu ein Luftgitarrensolo auf der Rückbank. Aus vollen Kehlen grölten wir mit:

Here I go again on my own
Goin' down the only road I've ever known

Und es fühlte sich tatsächlich so an, als wäre dieser Highway die einzige Straße, die wir je gekannt hatten. Die E-

Gitarren dröhnten um mich herum, schmalzige Scheißrockmusik, die in diesem Moment einfach der beste Song aller Zeiten war und sich wie ein kühlendes Handtuch auf meine Schulter legte. Jetzt kurbelte auch ich mein Fenster runter und streckte die Hand nach oben. Ich versuchte, die frische und trockene Luft zu greifen, und konnte spüren, wie meine heiße Hand sich im Wind entspannte. Ein Gefühl wie Brause.

Like a drifter I was born to walk alone
And I've made up my mind, I ain't wasting no more time

Derek drehte sich zu mir um.

»Na, was hab ich dir gesagt?«, fragte er grinsend, als wüsste er, was ich gerade dachte. »Dafür hat es sich doch schon gelohnt!«

Ich nickte, denn egal, was er ganz genau meinte, was er mir gesagt hatte, was sich gelohnt hätte und überhaupt, denn: Ja, es hatte sich gelohnt. Ich konnte in diesem Moment nichts anderes denken als: Es hat sich gelohnt. Was auch immer.

Derek verzog das Gesicht: »Was muss ich eigentlich in letzter Zeit über dich hören?«

»Häh?«

»Na, du und Amy!«

»Amy?«

»Amy Fisher!«

»Amy Fisher?«

Er grinste mich an. »An der Schule wird gemunkelt, dass bei euch was geht …«

Von dem Gerücht hörte ich zum ersten Mal, aber es ehrte mich.

»*Bullshit*«, sagte ich und winkte ab. »Als ob ich in Amys Liga spielen würde ... Wir sind nur gute Freunde. Wir verstehen uns nur sehr gut, das ist alles.«

»*Yeah, right*«, sagte Derek und richtete seinen Blick lachend zurück auf die Straße.

»Amy Fisher?«, rief Hauke ganz aufgeregt. »Kenn ich, warte ... ist das nicht die beste Freundin von Jenna?«

»Absolut«, sagte Derek.

»Jenna«, säuselte Hauke und warf einen verträumten Blick in den Rückspiegel, »was für ein Mädchen!«

»Du kennst Jenna?«, fragte ich.

Hauke nickte hastig.

»Jenna und ich haben noch eine Rechnung offen«, sagte er, und es klang nicht wie eine Drohung, im Gegenteil.

»Aha.« Ich fragte nicht weiter nach.

Hauke drehte sich zu mir um und sagte: »Das ist doch das Schöne an amerikanischen Mädchen – sie interessieren sich nicht dafür, in welcher Liga du spielst. Sie machen nur das, worauf sie Lust haben.«

»*Oh yeah?* Hast du nicht gerade andere Sorgen?«

Ich ließ meine Frage so provokant wie möglich klingen. Hauke machte eine Handbewegung, als würde er eine lästige Fliege vertreiben.

»Ich bin hier in Providence«, rief er, weil der Whiskey zu wirken schien. »Das wahre Leben ist zu Hause in St. Pauli. Aber für ein paar Tage will ich das wahre Leben nicht spüren, Digger! Ist das zu viel verlangt? Ist das verdammtnochmal zu viel verlangt?«

»Das klang gestern auf der Brücke aber noch ganz anders«, warf ich ein.

Er schüttelte den Kopf. »Das eine hat mit dem anderen doch nichts zu tun. Ich liebe Mara und werde alles für sie geben, für den Rest meines Lebens. Aber sie hat mich dahin geschickt, wo der Pfeffer wächst. Und da bin ich jetzt. Gucke blöd aus der Wäsche. Fick den Scheiß! Soll ich etwa aufhören zu leben, bis sie mir verzeiht?«

»Du bist ganz schön sprunghaft in deinen Launen«, sagte ich und verkniff mir ein Schmunzeln.

»Scheiß drauf!«, rief Hauke. »*What happens in Providence, stays in Providence!*«

»*Yeah!*«, stimmte Derek ein.

Hauke guckte verträumt aus dem Fenster, nahm einen großen Schluck aus der Pulle und sagte: »Amerikanische Mädchen sind einfach die besten.«

»Das kannst du laut sagen!«, rief Derek und trat das Gaspedal noch einmal kräftig durch.

11. kapitel

In den letzten Tagen habe ich Amy überall gesehen. Ich denke an sie, wenn ich einschlafe und wenn ich aufwache. Ich weiß, dass ich von ihr träume, denn ich wälze mich im Schlaf neuerdings so heftig hin und her, dass ich einmal mit den Füßen auf dem Kissen und dem Kopf über den Bettrand hängend aufgewacht bin. Amy ist immer in meinem

Kopf, und es fühlt sich an, als würden die Grenzen zwischen Realität und Fiktion verschwimmen. Das alles lässt mich zunehmend an meiner Zurechnungsfähigkeit zweifeln.

Ich habe Amy im Fernsehen gesehen. Gestern hatte ich gerade das dritte Glas Glenlivet in der Hand, da kam der Bericht über einen Terroranschlag in Istanbul. Irgendein Terroristenarschloch hatte sich mal wieder in eine Touristengruppe geschmuggelt und sie in die Luft gejagt. Zehn Tote, auch Deutsche unter den Opfern, ein Rentnerpaar aus Bad Kreuznach. Sie interviewten gerade ein paar Augenzeugen, als dieser Amerikaner plötzlich im Bild auftauchte und anfing zu erzählen, wie er den Anschlag aus ein paar hundert Metern Entfernung erlebt hatte. Ein braungebrannter Typ, vielleicht Anfang 40, der sich ständig durchs immer noch dichte, aber angegraute Haupthaar fuhr und die Ray-Ban-Sonnenbrille in den Kragen seines Ralph-Lauren-Polohemdes geklemmt hatte.

»Es gab einen großen Knall«, sagte er quäkend, *a big bang*, »und dann war überall Rauch.«

So ungefähr stellt man es sich auch vor, wenn man nicht dabei war, dachte ich, als ich ihn so erzählen hörte, und schämte mich sofort für meinen Zynismus.

»Die Menschen haben so laut geschrien«, sagte der Amerikaner mit brüchiger Stimme, seine Unterlippe zitterte, und schließlich kullerte eine Träne ganz schnell über seine Wange, als würde sie abstürzen, und dann noch eine und noch eine.

»Plötzlich war überall Blut«, ächzte er noch, bevor er schluchzend kein Wort mehr herausbrachte.

Neben ihm stand eine Frau, die nichts sagte und nur

tröstend den Arm um ihn legte. Sie hatte diesen hoffnungslosen Blick – gleichzeitig teilnahmslos und zu Tode betrübt –, der mich ein bisschen an Amy in ihren dunklen Phasen erinnerte, dieser Blick, der so stumpf und tief zugleich schien. Die Frau in Istanbul hatte diesen Blick, als sie ihren Mann im Arm hielt. Sie sah auch aus wie Amy. Die Haare, die Augen, dazu dieser Blick, vielleicht war es wirklich Amy. Aber ich war mir nicht so sicher wie am Flughafen und deshalb auch nicht so aufgebracht. Wäre sie zu Wort gekommen, hätte ich es gewusst, aber sie stand nur daneben und tröstete ihren flennenden Typen. Wenn sie es ist, dachte ich, kann ich ohnehin nichts ausrichten. Aber ich hing dem Gedanken noch einen Moment nach: Wer weiß, vielleicht ist sie gar nicht nach Amerika geflogen, sondern nach Istanbul, vielleicht wohnt dort ihr Freund, ihr Mann, eben dieser Typ im Fernsehen, um den sie den Arm gelegt hat. Vielleicht hat sie auf eigene Faust einen Abstecher nach Hamburg gemacht, weil sie auf der Suche nach mir ist, so wie ich auf der Suche nach ihr bin, weil es ihr genau so geht wie mir und sie mir unbedingt sagen will, dass sie mich immer noch liebt und dass sie es noch einmal versuchen will mit mir, aber diesmal für immer, keine Regeln, keine Grenzen. Das könnte doch sein. Ich meine: Heutzutage ist nichts mehr sicher – aber genau deshalb ist auch nichts auszuschließen.

Auch nicht, dass Amy und ich uns irgendwann gegenüberstehen, uns in die Arme fallen und gegenseitig gestehen werden, dass es nie einen anderen Mensch für uns gab, sondern immer nur Amy, immer nur Flemming, dass es immer nur Amy und Flemming für uns gab.

Ich gestehe: Mir kommen seltsame Sachen in den Sinn, seit ich Amy gesehen habe. Das ist mir noch nie passiert. Aber ich kann nichts dagegen tun.

Nur ein paar Tage zuvor war Amy mir schon einmal erschienen. Nach einem Termin in Bremen fuhr ich mit dem Zug in den Hamburger Hauptbahnhof ein. Müde und missmutig – der Pitch war nicht gut gelaufen – schlurfte ich die Rolltreppe hoch und durch die Wandelhalle in Richtung Spitaler Straße, aber auf Höhe des Tabakladens, kurz vor dem Ausgang, huschte eine Frau links an mir vorbei, und im Bruchteil der Sekunde war ich mir sicher, dass es Amy sein musste. Sie hatte denselben gleitenden Gang, fast auf Zehenspitzen, wie eine Balletttänzerin. Ich brauche einen neuen Gang, hatte Amy damals immer gesagt, weil sie ihren für *nicht sexy genug* hielt. Sie wollte einen Gang wie die schwarzen Mädchen aus den Videoclips. Außerdem hielt sie ihren perfekten Hintern für zu flach. Wenn ich erwiderte, was für ein Quatsch das alles sei, wurde sie sauer.

Das kann nicht sein, dachte ich, nicht schon wieder – aber als ich mich umdrehte, sah ich diese blonde Frau in ihrem braunen Blazer rechts abbiegen und in Richtung der Gleise gleiten, also stürzte ich hinterher, musste mich aber gar nicht beeilen, weil sie am Fahrkartenautomaten haltmachte und begann, in ihrem Portemonnaie zu wühlen. Ich konnte sie jetzt im Profil sehen, und wenigstens diesmal war ich mir sicher: Sie war nicht Amy. Sie hatte eine große, krumme Nase, einen richtigen Zinken, und auch sonst keine Ähnlichkeit mit Amys Gesicht. Ich hatte mich getäuscht. Schon wieder?

Jedenfalls sehe ich Amy jetzt und hier schon wieder, am Tresen des *Zoe II* im Hamburger Schanzenviertel. Es ist drei Uhr morgens, und die Bar, die am frühen Abend noch überwiegend von Pärchen für Dates frequentiert wird, ist inzwischen zum hemmungslosen Single-Basar mutiert. Es wird gelacht, gegrapscht, gefummelt. Die Nacht schreitet voran, und alle hier kommen kaum hinterher, inklusive mir: Ich bin total betrunken, nachdem ich schon seit Feierabend mit ein paar Agenturkollegen um die Häuser ziehe. Wir hatten sehr viele Herrengedecke, weshalb die anderen längst abgeknickt sind. Ich bin, wie so oft, der Letzte an der Bar, der Einzige, der noch steht – aus meiner Agenturgruppe, versteht sich. Im *Zoe II* bin ich keineswegs der Letzte, sondern nur einer von vielen, aber deswegen zieht es mich auch so gerne hierher, je tiefer die Nacht. Manchmal verabrede ich mich im *Zoe II* auch mit Kata, aber meistens ist das gar nicht nötig, findet man hier doch schnell weiblichen Anschluss.

Heute bin ich aber nicht mit Kata verabredet, weil ich mich erst mal umschauen will. Ich tanze im Koma der Drinks, die ich gerade hatte. Und ich weiß nicht, ob ich wirklich so voll bin, dass ich schon Gespenster sehe, aber was ich sehe, kann ich kaum glauben. Zu meiner Verteidigung muss ich sagen, dass es ein eindeutiges Indiz für meine Betrunkenheit gibt: Wenn ich selbst bemerke, dass ich zu viel hatte, weiß ich normalerweise, dass es zu spät ist. Aber heute will ich das nicht wahrhaben.

Trotzdem ist das Amy hinter dem Tresen. Ich bin mir ganz sicher. Obwohl ich sie hier noch nie gesehen habe, nimmt sie die Bestellungen so souverän entgegen, als würde sie hier jedes Wochenende arbeiten. Ich beobachte sie für ein paar Minuten aus sicherer Entfernung. Wie sie die Longdrinks mixt, drei Bierflaschen auf einmal aus dem Kühlschrank jongliert, für jeden Typen ein Lächeln übrighat, von dem er auch ein paar Minuten später noch denken wird, dass es auch so gemeint war: Ihre gesamte Performance an der Bar ist von bemerkenswerter Klasse. Und diese Geschmeidigkeit in ihren Bewegungen, wie sie mit dem kleinen, geilen Hintern wackelt – das ist Amy. Das muss sie sein.

Sie sieht jünger aus, als sie ist. Ich kann für einen Moment kaum fassen, dass es fast 20 Jahre her ist. Ich nehme noch ein paar hastige Schlucke vom Whisky, bevor ich beschließe, dass ich keine Zeit mehr zu verlieren habe.

Ich stelle mich an den Tresen, ein bisschen seitlich, damit ich dem durstigen Volk bei seinen ungeduldigen Bestellungen nicht den Weg versperre. Ich stütze mich mit den Ellenbogen auf der Theke ab, lege das Gesicht in meine Handflächen und beobachte das hastig umherwuselnde Personal. Neben Amy sind es noch zwei Mädels: eine hat blasse Haut, knallroten Lippenstift, die rostbraunen Haare zum Dutt gebändigt und ein Outfit, als würde sie in den 50er Jahren des vergangenen Jahrhunderts in einem amerikanischen *Diner* arbeiten; die andere trägt ein enges, fleckiges Trägertop, unter dem sich die Nippel ihrer kleinen Brüste abzeichnen, und eine graue Jogginghose, die etwas verrutscht ist und den Blick auf ihren schwarzen String freigibt. Das Mädel aus den 50ern ist deutlich spektakulärer zurechtgemacht, aber die Jogginghosenschlampe ist für die Typen hier eindeutig der

Blickfang. Ein Paar Nippel und ein Höschen haben nun mal hypnotische Wirkung, erst recht um diese Uhrzeit. Außer auf mich, ich habe nur Augen für Amy. Sie unterhält sich gerade mit dem einzigen Typen hinter der Theke: Er heißt Martin und ist schwul. Das kann ich eigentlich nicht wissen, weil ich ihn noch nie in meinem Leben gesehen habe, aber ich weiß es trotzdem, denn er sieht aus wie ein schwuler Martin. Er sieht aus wie ein Typ, der Martin heißt und schwul ist. Er hat das, was ich den schwulen Blick nenne – an diesem Blick kann ich erkennen, ob ein Typ schwul ist. Ein verschmitzter, etwas unruhiger Blick ist das, ich kann das schlecht erklären, aber es ist so, denn ich liege immer richtig. Ich habe nichts gegen Schwule – im Gegenteil: Sie sind stets nett zu mir, und es ist auch gar kein Problem, dass sie mich ständig anflirten. Sie machen sich einen Spaß daraus, mich als Hetero zu verunsichern. Zumindest beabsichtigen sie das mit ihrem offensiven Verhalten. Es ist ein Spiel, bei dem sie vorgeben, auf einer Mission zu sein – der Mission, mich zu bekehren, mich auf ihre Seite des Ufers zu holen. Sie denken, ich würde nicht merken, dass sie schwul sind, und dass sie deshalb ihr Spielchen mit mir treiben können. Aber da muss ich sie enttäuschen, denn ihr schwuler Blick verrät sie. Sie können mir nichts vormachen.

Amy und Martin diskutieren hektisch, wobei er mit einem Geldschein herumwedelt. Wahrscheinlich ist eine Abrechnung schiefgegangen. Ich habe früher selbst gekellnert und weiß deshalb: Wer nachts kassiert, der kann sich schon mal verzählen. Schnell beenden Amy und

Martin ihr Streitgespräch wieder, weil der Andrang so groß ist, dass sie sich keine Auszeit leisten können.

Ich versuche mich so lässig an die Bar zu lehnen wie möglich und suche dabei den Augenkontakt mit Amy. Sie hat noch kein einziges Mal in meine Richtung geschaut. Mein Blick folgt ihr, wie sie drei Bierflaschen aus dem Kühlschrank holt und einem Typen in die Hand drückt. Dazu lächelt sie mechanisch, völlig steril, steckt sein Geld in ihren Beutel und wendet sich dem nächsten Kerl zu, der sich ungeduldig am Tresen reibt.

Ich kneife die Augen zusammen. Ich befürchte, der Whisky hat mir den Rest gegeben. Alles ist plötzlich so verschwommen. Ich stütze mich mit aller Kraft auf der Theke ab, aber nicht mehr, um cool rüberzukommen, sondern weil ich sonst umkippen würde.

Und dann wird es schwarz.

Als ich wieder zu mir komme, lümmle ich in Embryonalstellung quer über einem der gemütlichen Ohrensessel und starre aus den Augenwinkeln an die hohe Decke des *Zoe II*, dessen Einrichtung aus Möbeln besteht, die aussehen, als seien sie vom Sperrmüll vergessen worden. Dieser Abschleppschuppen ist das stylisch-verranzte Äquivalent zu den Hauptsache-Altbau-Wohnungen der Hipster – aber er zieht nun mal die schönsten Menschen der Stadt an.

Ich realisiere gerade, wo ich bin und was passiert ist, da hängt Kata auch schon über mir. Sie legt ihren eiskalten Handrücken auf meine Stirn.

»Ist alles okay?«, fragt sie in einem ungewohnt sanften Ton.

Ich zucke mit der Schulter. »Was soll schon sein?«

Sie weicht einen Schritt zurück.

»Du bist umgekippt«, herrscht sie mich an. »Die Leute sagen, du hast die ganze Zeit vorne an der Theke rumgegammelt, nichts bestellt, nur geglotzt und den anderen Gästen im Weg gestanden.«

»So ein Quatsch!«, rufe ich. »Ich wollte nur ein Bier.«

Kata verzieht den Mundwinkel, um mir zu bedeuten, dass sie mir kein Wort glaubt. Ein spöttisches Lächeln kann sie sich dabei aber nicht verkneifen.

»Was machst du überhaupt hier?«, frage ich und merke, dass ich nur nuscheln kann. Ich muss mir wohl beim Sturz auf die Zunge gebissen haben. Sie ist ganz dick und schmerzt. Es fühlt sich an, als hätte ich ein nasses Taschentuch im Mund – ein Taschentuch aus Eisen, denn ich schmecke ein bisschen Blut.

»Ich kam gerade zur Tür rein, als es passiert ist«, sagt Kata.

Ich nehme sie in mein unscharfes Visier. »Wir waren nicht verabredet, oder?«

Sie gibt mir noch so einen Blick. »Nein, du Idiot. Du kannst dir aber sicher sein, dass ich auch ohne dich schon viele unvergessliche Abende hier hatte.«

»Da bin ich mir sicher«, nuschle ich.

»Tut dir irgendwas weh?«, fragt sie.

Alles, denke ich und schüttle den Kopf.

»Du musst wirklich weniger trinken«, sagt Kata, ausgerechnet Kata, die mehr kokst und trinkt und mehr verträgt als alle meine Kumpel.

Als ich endlich wieder etwas klarer sehen kann, richte

ich mich im Sessel auf und werfe einen angestrengten Blick zur Theke. Alles noch ein bisschen verschwommen, ich muss blinzeln und erkenne den schwulen Martin und das Jogginghosenmädchen. Von Amy keine Spur.

Ich beschließe, das Beste aus dem Abend zu machen, und drehe mich zu Kata. Sie ist ein bisschen irritiert, weil ich sie so anstarre.

»Schön, dass du da bist«, sage ich schließlich.

»Freut mich auch«, sagt sie. »Schöner Zufall.«

In den folgenden zwei Wochen kehre ich jeden Abend auf mindestens einen Drink im *Zoe II* ein, um auf Nummer sicher zu gehen. Amy lässt sich nicht blicken. Ich frage den schwulen Martin nach der blonden Kollegin, die am Wochenende mit ihm gearbeitet hat – diese Hübsche, mit der er so leidenschaftlich diskutiert habe, aber er kann sich an keine blonde Kollegin erinnern: »Wir haben hier eigentlich nur *Brownies!*«

Er schenkt mir noch einen schwulen Mitleidsblick, bevor er die nächste Bestellung aufnimmt.

»Was darf es für dich sein, Süßer?«, fragt er den Poser neben mir, der mit glasigen Augen, Trenchcoat und seinem schmandigen Hut aussieht wie Pete Doherty in seinen härtesten Zeiten.

12. kapitel

Hauke und ich hockten auf der Wiese im Wohlers Park in der Sonne und tranken Bier. Hier, nur wenige hundert Meter Luftlinie von unserem heimischen Hochhaus entfernt, hatten wir früher schon Stunden verbracht, wenn wir mal wieder die Schule schwänzten. Damals waren stets die Mädchen unser Thema gewesen, diesmal auch – nur anders: Hauke redete mir ins Gewissen.

»Ist meine Meinung«, sagte er und rückte die Sonnenbrille zurecht. »Bei Amy musst du aufpassen.«

Ich nahm ihn zunächst nicht ernst. »Na, das sagt ja der Richtige!«

»Ist doch so«, erwiderte er. »Sag ich dir als dein Bruder.«

»Als mein Bruder, der seine Traumfrau nicht halten konnte und nebenbei auf die verrückte Jenna steht!«

Er lachte, als hätte er geahnt, dass ich das sagen würde.

»Das hier ist was anderes. Bei Amy setzt dein Verstand aus.«

»Und was soll daran bitte schön schlecht sein?«, protestierte ich, während sich eine dunkelgraue Wolke vor die Sonne schob. »Was gibt es denn Besseres, als den Verstand zu verlieren?«

Hauke nahm einen großen Schluck aus seiner Holsten-Dose und sagte dann: »Hab kein gutes Gefühl bei ihr, Digger. Das ist alles.«

Er legte sich mit dem Rücken auf die Wiese, verschränkte die Arme hinter dem Kopf und atmete tief durch. Die ersten Regentropfen fielen.

»Ich liebe das Wetter in Providence«, sagte er.

»Wir sind hier in Hamburg, Hauke.«

»Ich nicht«, sagte er. » Ich bin in Providence. Ich bin immer in Providence.«

»Aha.«

»Pass einfach auf, Bruderherz.«

»Wie meinst du das?«, fragte ich betont beiläufig, aber Hauke antwortete nicht mehr. »Ich meine … du kannst doch nicht einfach so einen raushauen, du musst das schon begründen, warum du glaubst, dass mit Amy irgendwas nicht stimmt.«

Hauke antwortete nicht.

»Amy macht mich glücklich.«

Ein dicker Regentropfen landete auf meiner Nase. Hauke reagierte nicht.

»Sie ist anders als die anderen.«

Er reagierte nicht. Der Regen wurde noch stärker.

»Sie durchschaut die Welt.«

Ein Blitz und, nur wenige Sekunden darauf, ein Donner. Hauke schwieg.

»Wenn ich mit ihr zusammen bin, brennt es in meinem Bauch.«

Biblischer Regen prasselte nun nieder, aber Hauke schien es ebenso wenig zu stören wie mich.

»Ich habe eine Scheißangst, sie zu verlieren.«

Ein lauter Donner ließ mich zusammenzucken.

»Ihr nicht gerecht zu werden.«

Es blitzte und donnerte jetzt beinahe zeitgleich, die

dampfende Luft wurde erleuchtet wie bei einem Techno-Festival.

»Hauke!«, rief ich. »Wach auf!«

Er regte sich nicht. Ich schüttelte ihn.

»Hauke! Hauke!«

Ich begann zu brüllen, als ich merkte, dass er nicht mehr atmete, dass seine leeren Augen hinter kleinen Schlitzen hervorblitzten.

»Hauke! Du musst aufwachen, verdammte Scheiße!«

Ich sackte in mich zusammen. Ich wollte schreien, aber meine Stimme versagte. Ich richtete mich auf. Wimmernd nahm ich meinen Bruder in den Arm, ich wollte ihn hochheben, aber ich war zu schwach. Ich sackte wieder zusammen.

Dann schreckte ich hoch.

So nacherzählt, klingt es natürlich bescheuert. Aber: Alles war real. Ich schwöre. Es war keiner dieser Träume, in dem man schon währenddessen merkt, dass das hier nur ein Traum ist. Das wurde mir erst klar, als ich – auf der Mayweather-Couch kauernd – langsam wieder zu Bewusstsein kam, zitternd und einen feinen Schweißfilm auf dem ganzen Gesicht. Der Fernseher war auf stumm geschaltet, die Boston Red Sox spielten gegen die Baltimore Orioles und führten 7-3.

»Alles in Ordnung, *bitch?*«, fragte Derek, der am Tisch saß und sich mit fettigen Fingern die Peperoni-Pizza aus dem überdimensionalen Pappkarton von *Tommy's Pizzeria* in den Mund schob. »Du hast dich so wild hin und her gewälzt.«

»Wo ist Hauke?«, fragte ich schmatzend.

»Der wirft draußen ein paar Körbe«, sagte Derek.

»Ach so.« Ich musste mich erst mal schütteln. Es heißt, so ein kleiner Mittagsschlaf soll gesund sein. Ich war mir da nicht mehr so sicher.

13. kapitel

Otto war der andere Deutsche in Providence. Er war cooler, als es sein Name vermuten lässt.

»Was bist du denn für ein Otto?«, war damals eine beliebte, beleidigend gemeinte Frage in meiner Jahrgangsstufe daheim in Deutschland.

Otto war Austauschschüler wie ich, er war Hamburger wie ich, war in Providence im selben Jahrgang wie ich. Wir kannten uns vorher nicht, er kam aus Bergedorf, was eine gefühlte Welt entfernt war von St. Pauli. Otto war ein Star, weil er zwar deutsch, aber schwarz war und Hip-Hop hörte und Baggypants trug und damit amerikanischer war als die meisten Jungs und Mädchen in Providence – zumindest nach den Maßstäben, die wir in Deutschland für amerikanisch hielten. Er sah ein bisschen aus wie Denyo von den Absoluten Beginnern.

Ich war tierisch genervt von Otto, weil er ein Wichtigtuer war. Er führte sich immer auf wie der erfahrenste Typ von allen, wie jemand, der alles schon gesehen hatte. Otto machte sich noch auf die eindeutigsten und allgemeingültigsten Dinge seinen eigenen Reim und laberte uns damit voll. Er kam sich unglaublich schlau vor und ließ das auch ständig raushängen. Wir Jungs waren alle genervt von ihm und nannten ihn bloß *Ohno*, wie *oh no* – statt Otto. Irgendwann nannten wir ihn dann Yoko, wegen *Ohno*, also wegen *Yoko Ono*.

Wie auch immer.

Otto war wie ein Kopfschmerz, der zum Leben erweckt wurde.

Er musste einfach in jeder Situation eine Schlaumeierei von sich geben.

Zum Beispiel waren wir einmal mit mehreren Jahrgängen im Kino, in *Scream*, dem heißesten Scheiß des damaligen Kinojahres. *Sophomores*, *juniors* und *seniors* waren dabei. Nach der Vorführung waren wir bei *McDonald's* und feierten den Film für seinen unterhaltsamen Nervenkitzel, während wir hastig unsere Sparmenüs runterschlangen. Alle waren begeistert, nur Otto musste sich wieder wichtigmachen: »Das ist doch der älteste Trick«, sagte er, »so einen Film mit so schnuckeligen Schauspielern zu drehen. Damit zeigen uns die Macher doch nur, wie leicht wir uns verarschen lassen, Leute. Gutes Aussehen entwaffnet uns, es macht uns willenlos. Weil doch jeder denkt, die schlimmen Typen riechen streng, haben drei Augen und schlechte Zähne. Alles, was uns an diesem Film verstört, basiert bloß auf diesem Trick.«

Wir anderen sahen uns nur an, dann prusteten wir in unsere Cola.

»Na und?«, rief Derek und lachte. »*Who the fuck cares, Yoko?!?*«

So war das mit Otto. Ein anderes Beispiel: Es hatte sich herumgesprochen, dass der Vater unseres Klassenkameraden Eric gerne in den Puff ging. Wir wussten nicht genau, woher die Gerüchte kamen und wie wahr sie waren, aber es war natürlich *das* Gesprächsthema. Irgendwann ließen sich Erics Eltern scheiden, und damit war die Sache für uns klar. Wir konnten Eric nie fragen, weil er in einer Nacht-und-Nebel-Aktion mit seiner Mutter die Stadt verließ – Rektor Brady teilte uns mit, Eric wäre mit seiner Mutter zurück zur Oma nach Flint in Michigan gezogen, so ähnlich, wie es sich damals bei Dr. Jennings zugetragen haben soll.

Wir waren traurig, dass Eric fort war, und trafen uns mit ein paar Jungs hinten am Footballfeld, um ein bisschen was auf unseren Kumpel zu rauchen. Otto war auch dabei. Während wir Anekdoten über Eric austauschten, uns Geschichten über ihn erzählten wie über einen verstorbenen Veteranen, kreiste Otto immer wieder um einen Aspekt, der ihn an Erics plötzlichem Abschied am meisten zu faszinieren schien.

»Monogamie«, sagte er allen Ernstes, »ist die Geißel der Menschheit.«

»Mono-*what*?«, rief Derek und fragte, was das denn bitte schön mit dem Pfeiffer'schen Drüsenfieber – das in den USA *Mono* genannt wird – zu tun habe.

Otto fuhr unbeirrt fort: »Bis dass der Tod uns scheidet, bloß nicht fremdficken und so weiter – alles *bullshit!* So hat die Natur das nicht vorgesehen! Die Vorstellung von der sexuellen Treue für alle Zeiten ist eine Erfindung unserer scheinheiligen Zeit. Am Ende leiden unsere Kinder darunter. Wir sind Tiere, wir sollten uns nichts vormachen!«

»Ohne Scheiß, Yoko«, sagte Derek und packte Otto am Kragen: »Halt einfach die Fresse!«

»Nicht jeder ist ein rücksichtsloses Arschloch«, sagte ich in Richtung Otto, aber er lachte nur.

»Das hat nichts mit rücksichtslos zu tun«, sagte er. »Aber Sex ist Trost. Ich glaube zum Beispiel nicht – wie es so häufig heißt –, dass jeder Mensch seine Dämonen hat. Aber jeder Mensch ist auf die eine oder andere Weise gebrochen. Und Sex hilft uns, damit umzugehen.«

»Und was ist mit Liebe?«, fragte ich.

»Liebe ist die logische Konsequenz«, antwortete er.

Otto nervte, aber ich war auch neidisch auf ihn, weil die hübschen Mädchen unseres Jahrgangs auf ihn standen, eben weil er so lässig war und so pseudo-weise und weltgewandt daherredete. Sie liebten seine weiten Hosen und die engen Feinripp-Tanktops, die sich an seinen muskulösen Oberkörper schmiegten (»Ich trainiere für mein seelisches Gleichgewicht«, sagte er immer). Sie liebten die dämliche Goldkette, die er unter das Tanktop stopfte. Sie verloren sich in seinen dunklen Augen, die so tief in ihren Höhlen lagen, dass es manchmal aussah, als habe er gar keine Augen, sondern nur zwei schwarze, geheimnisvolle Löcher.

Otto hatte die freie Auswahl und war schnell dafür bekannt, keine Gelegenheit auszulassen. Es sollte ihm zum Verhängnis werden.

Es war der Abend vor Haukes Abreise. Er musste wieder zurück nach Hamburg, in die wahre Welt, und nicht nur er selbst, sondern auch Derek war darüber untröstlich, denn er liebte meinen Bruder wie seinen eigenen. Also schlug er vor, den Abschied im großen Stil zu feiern, und zwar bei Ottos Gastfamilie – den Hamiltons, kinderlose Millionäre. Wir waren zwar nicht wirklich mit Otto befreundet, aber seine Gasteltern wohnten ein bisschen außerhalb und hatten ein riesiges Grundstück mit Pool. Das reichte als Argument für Dereks Vorschlag. Jedes Wochenende feierten die Hamiltons große Partys, zu denen sie die halbe Stadt einluden. Es waren gesellschaftliche Ereignisse, regelrechte Empfänge, wo Ärzte und Juristen und der Rest der *High Society* aus dem Großraum Providence ein und aus gingen.

Ein paar Dutzend Teenager mehr oder weniger würden da doch keinen Unterschied machen, meinte Derek und sollte recht behalten. Die Hamiltons hatten nichts dagegen.

Schon früh am Abend war die Party ein großer Erfolg. Wie immer bei einer Gartenparty in gutem Hause kamen auch zahlreiche Leute, die gar nicht eingeladen waren. Es war schwül, gegen 20 Uhr immer noch knapp 30 Grad, und die Luft fühlte sich feuchter an als in der fensterlosen Umkleidekabine nach dem Schulsport. Es schien, als habe sich ganz Providence auf dem Grundstück der Hamiltons eingefunden: Die Erwachsenen feierten in den gut klimatisierten Räumen des Hauses, während sie uns den Garten überließen – und damit auch den Pool, die riesige Wiese und die umliegenden Hecken. Das Gute war, dass es die Hamiltons nicht kümmerte, dass wir Alkohol tranken. Sie waren so beschäftigt, ihren eigenen Lokalprominenz-Event zum Erfolg werden zu lassen, dass sie nicht einmal bemerkten, wie wir aus dem Vorratsraum neben der Garage ständig Nachschub stahlen, wenn mal wieder eine Flasche leer war. Wir benutzten den teuersten Whiskey, um das Barbecue zu würzen.

Otto hatte hier innerhalb der wenigen Wochen seit seiner Ankunft schon die eine oder andere Party dieser Art gefeiert, und er heizte die Stimmung fast schon routiniert an: nicht nur mit Alkohol, sondern auch mit der richtigen Musik – also der *für ihn* richtigen. Er hatte seinen großen Ghettoblaster samt zweier Lautsprecherboxen auf den großen Gartentisch gestellt und wechselte ständig die CDs: Mase, Biggie, Tupac, Puff Daddy – alles, wozu man mit dem Arsch wackeln und Kauderwelschtexte mitrappen konnte. Zwischendurch streute er auch deutschen Kram ein: Die Firma, Fanta 4, Massive Töne, Freundeskreis und den ganzen Kram aus der Hamburger Heimat – Fünf Sterne Deluxe, Absolute Beginner, »Nordisch by Nature«.

Auf dem Rasen hatten die Mädchen eine kleine Tanzfläche eröffnet, auf der sie in ungelenker Manier nuttige Bewegungen ausprobierten. Heute würde man es vielleicht *twerking* nennen. Damals nannten wir Jungs es *peinlich*, fanden es aber natürlich gleichzeitig auch geil und einschüchternd, weil wir uns nicht mal in angetrunkenem Zustand zu ihnen auf die Tanzfläche trauten.

Ich beobachtete Jenna, wie sie zu »Hypnotize« den kleinen Pfirsich-Po in ihrer sandfarbenen Cordhose an Amys Schritt schüttelte. Kurz darauf übernahm Amy das Kommando, die heute ein blassrosa Bikinioberteil mit

Schleifchen zu dunkelblauer Sackhose trug und aussah wie ein Geschenk, das man unbedingt auspacken wollte: Sie legte beide Arme um Jennas Taille und rieb sich in rhythmischen Bewegungen am Unterleib ihrer Freundin auf und ab. Zwischendurch fuhren sich beide gegenseitig durch die Haare. Das machten sie auf jeder Party, und jedes Mal wünschte ich mich an Jennas Stelle.

Es war kompliziert zwischen Amy und mir. Ich wusste nicht recht, wo wir standen. Ich hatte ihr gesagt, dass ich sie liebe, worauf sie mich seitdem nicht wieder angesprochen hatte. Aber wir hingen immer häufiger zusammen rum, und langsam hatte ich das Gefühl, sie könnte tatsächlich an mir interessiert sein. Die unerreichbare Amy. Nicht zuletzt Derek, der selbst seit Jahren in sie verliebt war, sprach mich ständig darauf an, was denn da zwischen Amy und mir laufen würde.

»Nichts«, antwortete ich dann, oder: »Was mit Amy läuft, musst du schon Rob Ray fragen.«

Ich konnte nicht so richtig daran glauben, dass Amy mich auch wollte. Es war so abwegig. Also drehten sich meine Gedanken im Kreis wie Dönerfleisch. Ich war immer noch der festen Überzeugung, dass unser Quarterback sie irgendwann klarmachen würde. Bloß: Auf der Party bei den Hamiltons war Rob nicht am Start, also bildete ich mir ein, dass Amy an diesem Abend nur für mich tanzte. Und tatsächlich warf sie mir ab und zu einen Blick herüber und lächelte. Dann konnte ich mich für einen Moment nicht mehr bewegen, als sei ich mit der raushängenden Zunge an einem Laternenpfahl festgefroren.

»Bist du tot?«, fragte Hauke, als er mich so angewurzelt

dastehen sah. Er hatte schon den ganzen Abend ein Auge auf Jenna geworfen und beäugte die Szenerie skeptisch.

»Digger, ich kann das kaum glauben«, sagte er mit Fassungslosigkeit in der Stimme, »wie Jenna sich entwickelt hat. Vor zwei Jahren war die noch ein Kind und jetzt …«

»Jetzt *was?*«

Er winkte ab. »Ach, scheiß drauf!«

Als er bemerkte, dass ich ihn beäugte, sah er noch einmal zu Jenna hinüber, zurück zu mir, wieder zu Jenna, dann klatschte er in die Hände und rief: »Schon gut, schon gut …«

Alright, alright.

Entschlossen bahnte er sich den Weg durchs Getümmel und packte Jenna am Arm. Sie zogen sich auf einen Liegestuhl am Pool zurück. Kurz darauf stand eine amüsierte Amy neben mir und fuchtelte mit einer Dose *Budweiser* vor meinem Gesicht herum. Sie trug nur noch den Bikini mit den Schlaufen an der Seite, ihre Haare waren klitschnass. Sie sah aus wie Urlaub.

»Und wo ist *dein* Drink?«, fragte sie und strahlte.

»Leer«, antwortete ich mit einem Grinsen und zog leicht an einer der Schlaufen: »Ist das ein Schnellfick-Bikini?«

Sie lachte und sagte: »Nicht schlecht, Hansen! Nicht schlecht.«

»Ist es?«

»Nun«, tirilierte sie, »das liegt ganz im Auge des Betrachters …«

»Sieht gut aus«, sagte ich.

Sie stützte sich mit der flachen Hand auf meiner Brust ab und lehnte sich mit einem Seufzen nach vorne. »Dein Bruder hat mir gerade meine Freundin weggeschnappt …«

Sie kam mit ihren Lippen ganz nah an meine. Mein Herz setzte einen Schlag aus.

»… wäre es da nicht nur gerecht, wenn ich mir seinen Bruder schnappe?«

Ihr Mund zuckte nach vorne, als habe sie jemand von hinten angestupst. Sie drückte mir einen kurzen Kuss auf den Mund, als würde sie zuschnappen. Anschließend legte sie den Kopf in den Nacken und sah mich mit fassungslosen Augen an. Dann fielen wir uns in die Arme und küssten uns fast so wild, als würden wir miteinander kämpfen. Ich fühlte mich, als wäre ich in ein Luftloch gefallen. Ich schwebte. Es war, als würden Amy und ich zusammen gleiten, weit oben, unter uns die Lichter der Großstadt. Ich wechselte von einem Gefühl der Schwerelosigkeit in das nächste. Ich kann es nur so beschreiben: Als ich 13 Jahre alt war, hatte ich damals meinen ersten Alkoholrausch erlebt, der nicht mit dem Kopf über dem Becken im Bad geendet hatte, sondern mit dem Gefühl, der König der Welt zu sein – ohne dass irgendetwas Besonderes passiert gewesen wäre. In diesem Zustand hockte ich mich seinerzeit unten am Hafen, unweit des Fischmarkts, auf eine Mauer und starrte auf die Elbe. Und während der Rausch nur langsam nachließ und der Alkohol noch nachwirkte, stellte ich mir vor, einen Fuß nach dem anderen auf das Wasser zu setzen und ganz langsam loszuspazieren – den Fluss hinunter bis zum Meer, das

Kreuz in den Sturm gedreht. So frei hatte ich mich in meinem Leben noch nie gefühlt. Ich war genau dort, wo ich sein wollte. Amy küsste mir dieses Gefühl wieder ins Gedächtnis.

Als wir kurz voneinander abließen, schossen mir Fragen durch den Kopf, als hätten sie nur auf diesen Moment gewartet, die verdammten Fragen.

Der Zeitpunkt, dachte ich: Warum ausgerechnet hier bei Otto auf der Gartenparty?

Warum eigentlich nicht?

Aber warum nicht Rob Ray?

Was will so eine Mörderbraut mit mir?

Bist du das, Amy, oder ist das nur eine brillante Einbildung?

Ein Hirngespinst?

Bis hierher waren wir nur ein Gerücht gewesen, vielleicht ein Versprechen, das Bongs auf der Parkbank hinter der Bowlinghalle raucht, aber definitiv noch nicht wahr.

Und jetzt?

Wir verbrachten große Teile des restlichen Abends mit Knutschen – im Pool, auf dem Rasen, im Stehen. Ich kannte den Kick nicht: wenn eine Frau dich begehrt, dich unbedingt haben will, und zwar nur dich.

Ich hatte keine Ahnung, wie überwältigend sich das anfühlt.

Nichts wird mehr so sein, wie es war, dachte ich. Nie wieder.

Ich hatte bloß keine Ahnung, wie recht ich damit behalten sollte.

Wir fielen gar nicht weiter auf, weil irgendwann alle

miteinander rummachten. Jeder mit irgendwem, jeder mit jedem – nur gut, dass es damals noch keine Fotohandys gab und die Bilder später nicht online auftauchen konnten – die meisten hätten sich am nächsten Tag wohl an ihrem Anti-Kater-Ginger-Ale verschluckt. Es war ein großes Geknutsche und Gefummel, nur ein Trio diskutierte um kurz vor 23 Uhr noch am Pool, in dem inzwischen auch ein paar aufblasbare pinkfarbene Flamingos schwammen. Amy und ich lagen engumschlungen auf einer Liege und beobachteten die Szene aus ein paar Metern Entfernung.

»Ist das Yoko?«, fragte Amy.

»Das ist doch kaum zu überhören«, sagte ich und versuchte einen mutigen Themenwechsel: »Sag mal, Amy ... was ist das eigentlich mit uns? Ich meine ... was willst du von mir ...?«

Das war hart. Ich musste mich zusammenreißen, um diese Fragen auszusprechen. Sie mussten raus. Ein Gefühl wie beim Kotzen: Man weiß, es führt kein Weg dran vorbei, aber zuerst funktioniert es nicht, und dann würgt man immer und immer wieder, so lange, bis es kommt. Anschließend geht es einem sofort besser. Und auch ich fühlte mich auf einmal viel leichter.

Amy lachte. »Was ich von dir will? Ist das nicht offensichtlich, Hansen?«

»Nein, nein«, sagte ich hastig, »ich meine das mehr so: Was willst du mit einem Typen wie mir?«

»Hansen!«, sagte sie und klang jetzt ungeduldig, wenn nicht bereits leicht genervt. »Halt einfach den Mund und küss mich!«

Sie nahm mein Gesicht in beide Hände und küsste mich für immer. Es fühlte sich zumindest so an: für immer. Für immer und Amy. Dieser Kuss hätte bis heute andauern müssen. Es war der Moment, in dem ich mir erstmals sicher war: Amy und ich waren ein Paar, und vielleicht wären wir für immer eines geblieben, ohne lästige Unterbrechung und jahrzehntelanges Nichts-voneinander-wissen. Wir hätten nur einfach nicht mehr voneinander ablassen dürfen.

Aber irgendwas ist immer.

Plötzlich hörte ich Hauke, wie er wütend herumbrüllte.

14. kapitel

Das mit Kata geht so nicht weiter. Ich habe keine Lust mehr auf diese Affäre. Es ist wie immer: Was ich anfangs so aufregend fand, geht mir nur noch auf die Nerven. Ich fühle mich, als hätten wir uns alles gegeben und nichts mehr zu sagen. Der Reiz ist weg, zumindest meinerseits. Klar, der Sex ist immer noch gut, sogar sehr, sehr gut, aber alles andere an ihr macht mich mürbe wie Nieselregen: ihr Akzent, ihr Lachen, ihre Weltsicht. Wenn ich mit ihr zusammen bin, fühlt es sich nur noch an wie die einsame Kühle kurz vor Sonnenaufgang – ich weiß, dass es bald wieder wärmer wird, nur eben ohne Kata. Ich habe mich mal wieder nicht verliebt, und das lässt sich nun mal über einen längeren Zeitraum nicht leugnen. Ich würde es auch gar nicht leugnen wollen. Es ist, wie es ist. Es ist die Geschichte meines Lebens.

Ich muss an Ottos Worte von damals denken, wie immer bei diesem Thema: »Wir sind Tiere, wir sollten uns nichts vormachen.«

So viel Scheiße er auch verzapft hat – da lag er ausnahmsweise mal hundertprozentig richtig, der Otto. Ich muss weiterziehen.

Allerdings tue ich mich noch ein bisschen schwer, der Sache ein Ende zu bereiten. Ich pirsche mich langsam vor – ich sage unsere Verabredungen kurzfristig ab, provoziere kleine Meinungsverschiedenheiten, werde rücksichtsloser. Einerseits ist Kata viel zu klug, um den Braten nicht zu riechen, andererseits fühlt sie sich wegen meines rüden Verhaltens noch stärker zu mir hingezogen.

Immer häufiger taucht Kata auch rein zufällig dort auf, wo ich bin: beim Feierabendbier auf der anderen Seite der Elbe, im *Zoe II*, auf dem Konzert von D'Angelo im *Docks*, bei *Erika's Eck* um fünf Uhr morgens zum Katerfrühstück vor dem Nach-Hause-Gehen. Sie kennt meine Vorlieben und Routinen inzwischen gut genug, um zu wissen, wo sie mich findet.

Manchmal freue ich mich sogar, sie zu treffen – egal, ob es nun Zufall ist oder ob sie es darauf anlegt. Das hängt ganz davon ab, wie einsam ich mich gerade fühle. Aber wenn ich ehrlich bin: Sobald sie nicht in meiner Nähe ist, denke ich auch nicht mehr an sie. Es ist, als ob das Angebot die Nachfrage bestimmt. Das klingt hart, ist aber gar nicht böse gemeint. Streng genommen hat es noch nicht einmal mit Kata zu tun, damit, was sie mir bedeutet oder eben nicht.

In meinem Kopf ist im Moment einfach kein Platz für eine zweite Frau.

Ich frage mich inzwischen, ob Amy am Flughafen nur eine Einbildung war. Schließlich häufen sich seitdem die Momente, in denen mir Frauen über den Weg laufen, die ich für Amy halte – das macht die Sache auch für mich selbst nicht glaubwürdiger.

Amy ist überall. Was sagt das über meinen Zustand aus?

Ich beschließe, nicht zu viel darüber nachzudenken, und arbeite lieber weiter akribisch meine Liste ab. Keiner scheint eine Idee zu haben, wo Amy abgeblieben sein könnte. Schlimmer noch: Manche können sich nicht einmal an sie erinnern – was ich kaum glauben kann. Für mich ist es ausgeschlossen, dass irgendein Mann sie anders wahrnehmen könnte als ich: weniger atemberaubend, weniger wunderschön. Andererseits: Umso besser, wenn es so sein sollte. Auf Konkurrenz, die das Geschäft belebt, kann ich in dieser Angelegenheit gut verzichten.

In den asozialen Netzwerken komme ich auf meiner Suche nach Amy also nicht wirklich weiter, aber eines Morgens schlägt mir Facebook mal wieder eine »Person, die du vielleicht kennst« vor. Name: *Yoko Otto*. Wie ferngesteuert klicke ich auf das Profil und zucke kurz zusammen: Es handelt sich tatsächlich um *unseren* Otto.

Obwohl wir damals in Providence nie wirklich befreundet waren, musste ich über die Jahre immer mal wieder an Otto denken. Wegen seiner Weisheiten, die sich irgendwie ins Unterbewusstsein eingebrannt haben und ab und zu unverhofft aufpoppen wie Online-Werbung.

Nach dem Vorfall auf Haukes Abschiedsparty war Otto seinerzeit nicht mehr derselbe gewesen. Einen schlauen Spruch hatte er manchmal noch parat, ansonsten wurde er immer ruhiger, nicht mehr so selbstbewusst, manchmal wirkte er regelrecht verunsichert – besonders gegenüber den Mädchen, die ihm vorher doch so wohlgesonnen waren. Nach der Party kicherten sie, sobald er ins Klassenzimmer kam. Davon hat er sich während unseres Highschool-Jahres nicht mehr erholt.

Kein Wunder, wenn man bedenkt, was Amy ihm angetan hatte. Damals haben wir darüber gelacht, und vielleicht hatte Otto es sogar verdient. Heute bin ich längst überzeugt, dass Amys Aktion zu hart war.

Obwohl ich weiß, dass ausgerechnet Otto mir wohl kaum auf der Suche nach Amy weiterhelfen kann, schreibe ich ihn aus purer Neugier an, und nach nicht einmal fünf Minuten habe ich eine Antwort im Postfach: Das sei ja eine schöne Überraschung und natürlich freue er sich, von mir zu hören. Tatsächlich gelingt uns ein kurzer *Chat* wie zwischen alten Freunden, wir holen die letzten 20 Jahre im Zeitraffer auf: Wir wohnen beide immer noch in Hamburg und wissen auch nicht, warum; er ist nicht verheiratet (»Bin kurz vorher gescheitert«), sondern glücklicher Single (»Ich kann mich über Anfragen nicht beklagen«); er arbeitet als Berater irgendwelcher digitaler Start-ups; und an Haukes Abschiedsparty kann er sich heute nach eigenen Angaben nicht mehr erinnern.

Letzteres glaube ich ihm nicht.

Wir schwelgen noch in ein paar lustigen Erinnerungen, ein großes Weißt-du-noch, an dessen Ende wir uns auf ein Bier in der Schanze verabreden.

»Um 8 im *Thier*?«, schlage ich vor, und Otto antwortet mit dem Daumen-hoch-Emoji. Ich sage trotzdem nicht sofort wieder ab.

Als ich um kurz vor 20 Uhr das Schulterblatt erreiche, sitzt Otto schon an einem der Tische auf der Bordsteinterrasse vor dem *Thier*. Wir begrüßen uns mit einer herzlichen Umarmung. Er trägt immer noch denselben Style wie früher: Jeans-Baggy, schwarzes Tanktop, darüber ein schwarz-rotes Karo-Hemd von *H&M*.

»Bist du noch schwärzer geworden als früher?«, frage ich, und er lacht auf, dabei war die Frage ernst gemeint, denn es sieht wirklich so aus. Ansonsten macht er den Eindruck, als wäre unsere Zeit kurz nach der Schule stehengeblieben.

Er bemerkt meinen Blick und sagt: »Du hast dich auch kaum verändert.«

Wir lachen.

Durch das offene Fenster ordern wir per Handzeichen ganz entspannt zwei Bier von der Theke, als er plötzlich sagt: »Du wirst nicht erraten, wer hier eben an mir vorbeispaziert ist.«

Ich stecke mir eine Zigarette zwischen die Zähne und nuschle: »Wer denn?«

Schief strahlt er mich an. »Kannst du dich noch an Amy Fisher erinnern?«

15. kapitel

Amy schleppte Otto einfach ab, gewissermaßen. Sie zog ihn aus der Gefahrenzone. Sie wusste, wie sie das machen muss. Packte ihn einfach am Arm und schleifte ihn in eine dunkle Ecke hinten beim Gartenhäuschen. Ich war ein bisschen eifersüchtig: Sie trug bloß den Schlaufen-Bikini, und aus seiner Baggy-Hose lugte der rote Bund seiner schwarzen Calvin-Klein-Boxer-Shorts hervor. Er hatte sein Tanktop längst ausgezogen, weil es so warm war. Sein schwarzer, muskulöser Oberkörper war nackt. Ich wusste genau, dass er bei Amys Anblick scharf auf sie war. Überhaupt war hier alles ein bisschen zu sexy für meinen Geschmack. Im Garten der Hamiltons dampfte es inzwischen wie in der Sauna, und ich schnappte überfordert nach Luft.

»Mach dir keine Sorgen«, hatte Amy gesagt, »ich regle das schon.«

Ich hatte keine Ahnung, wie sie das meinte.

Otto und Hauke hatten sich in die Haare bekommen. Hauke versuchte schließlich gerade bei Jenna zu landen und war deshalb ein bisschen aus der Haut gefahren, als sich Otto dazugesetzt hatte, er hatte ihn ein bisschen cholerisch angeschrien, wie es Haukes Art war, wenn er sauer war.

»Verpiss dich, du Otto! Merkst du nicht, dass du störst?« So in der Art.

Otto hatte ebenfalls ein Auge auf Jenna geworfen, das war nicht zu übersehen. Andererseits zog Jennas billiger

Sex-Appeal ohnehin die Blicke der Jungs auf sich. Außerdem hatte Otto auf alle Mädchen ein Auge geworfen. Auch auf Amy.

»Ich tue deinem Bruder jetzt einen Gefallen«, hatte Amy gesagt, »für den er mir ewig dankbar sein wird.«

»Ach ja?«

»Ich nehme Otto aus dem Rennen«, hatte sie erklärt.

Kann das wirklich sein, dachte ich, dass du so ein Glück hast, Flemming? Dass diese unfassbar lässige Lady ausgerechnet *dich* will?

Es schien so. Erst jetzt bemerkte ich, dass ich offenbar schon die ganze Zeit lächelte. Seit Amy weg war, stand ich hier etwas verloren herum auf der Terrasse. In meiner näheren Umgebung machten alle rum oder flirteten zumindest heftig. Die Nacht brach zwar herein, aber es wurde trotzdem immer heißer. Der Sex in der Luft war so omnipräsent wie ein Fjällräven-Rucksack in der Schanze.

Ich fragte mich, was Amy wohl mit Otto machte. Und wusste nicht, ob ich es wissen wollte. Ich vertraute ihr, weil mir nichts anderes übrigblieb.

Mach dir keinen Kopf, Flemming, sie hat sich für dich entschieden.

Hatte sie das?

»Halt einfach den Mund und küss mich!«, hatte sie gesagt und mich für immer geküsst.

War das nicht Beweis genug?

Ich musste nicht eifersüchtig sein, sie wollte Hauke einen Gefallen tun.

Aber warum verschwand sie dafür mit Otto hinter dem Gartenhäuschen?

Mein Herz klopfte, und der Alkohol wirkte.

In mein alles verzehrendes Verlangen nach Amy mischte sich die rasende Angst, ihr nicht gerecht zu werden. Sie war ein Wildfang – warum sollte ausgerechnet ich sie bändigen können?

Hallo, ich meine: Zehn Sekunden nach unserem ersten Kuss verschwand sie mit Otto hinter dem Gartenhäuschen. Zehn Sekunden! Hinter dem Gartenhäuschen!

Das ist doch nicht normal.

Amy war mit Otto verschwunden, und ich krallte mich an diesem unheilvollen Gedanken fest wie eine Katze am Kratzbaum.

Ich musste irgendwas unternehmen, also griff ich nach der halbvollen Flasche Whisky, die verwaist auf dem Gartentisch herumstand, und nahm einen großen Schluck direkt aus der Pulle.

Das tat gut.

Eine warme Welle strömte durch meinen Bauch, so ähnlich wie eben, als Amy in meinen Haaren gewühlt hatte.

Es dauerte noch ein paar Minuten, die sich wie Stunden anfühlten, bis Amy plötzlich wieder vor mir stand – wie aus dem Nichts, jedenfalls hatte ich sie nicht kommen sehen. Wie sehr mich die Situation überforderte, war daran zu erkennen, dass es einen langen Moment dauerte, bis ich den Unterschied bemerkte: Amy trug jetzt eine Hose. Eine tief sitzende Baggy-Hose, aus der frech ihr Bikini-Höschen hervorblitzte.

Mit einem grellen Leuchten in den Augen grinste sie mich an. »Steht mir, oder?«

Ich beugte mich nach vorne. »Ist das Ottos Hose?«

»*Sure*«, sagte sie, als würde ich Selbstverständlichkeiten kundtun. »Der Typ hat keine Ahnung, wie man eine Frau behandelt. Es war allerhöchste Zeit, dass er für uns alle mal die Hosen runterlässt.«

Sie bemerkte meinen Blick, den ich nicht verbergen konnte, und zog den Mund kraus.

»Jetzt sag bitte nicht, dass du eifersüchtig bist!«

»Du hast ihm die Hose ausgezogen?«, fragte ich, weil ich es nicht fassen konnte.

Sie winkte ab. »Quatsch, das musste ich nicht. Ich habe es ihm bloß befohlen.« Sie fuhr sich lachend durch die nassen Haare, die jetzt streng nach hinten über ihrem Kopf, ihrem perfekt geformten Kopf, lagen: »Zieh dich aus!«, rief sie mit rauer Stimme und gespieltem Befehlston, bevor sie dreckig loslachte.

»Dachte er etwa, du willst ihn hinterm Gartenhäuschen flachlegen?«

»Natürlich dachte er das«, sagte sie und lachte. »Ich wusste, dass er es mir leichtmachen würde.«

Sie drückte mir einen nassen, schmatzenden Kuss auf den Mund, als Otto plötzlich aus dem Dunkeln angerast kam. Splitterfasernackt und mit beiden Händen vor seinem Gemächt wetzte er ungelenk über die Wiese, an uns und allen anderen vorbei ins Haus der Hamiltons.

Alle hielten für einen Moment inne, ließen voneinander ab und schauten ihm mit offenstehenden Mündern hinterher.

Nach der Schrecksekunde rief Jenna in die staunende Stille: »Süßer Arsch, Otto!«

Es war die beste Bemerkung zur richtigen Zeit: Wir brachen in schallendes Gelächter aus.

Sichtlich zufrieden beobachtete Amy die allgemeine Begeisterung, dann drehte sie sich zurück zu mir.

»Geile Aktion, oder?«, sagte sie und grinste wie ein kleines Mädchen nach einem gelungenen Streich. »Musst du zugeben.«

»Ja, schon«, murmelte ich.

»Der macht uns so schnell keinen Ärger mehr«, sagte sie und deutete mit dem Daumen auf das Haus der Hamiltons.

»Ja, schon«, sagte ich. »Aber jetzt zieh bitte endlich diese hässliche Hose aus!«

16. kapitel

Manchmal macht man im Leben genau das Gegenteil dessen, was man machen möchte. Ich will aufspringen und Amy hinterherrennen. Nur habe ich keine Ahnung, in welche Richtung und wie weit sie weg ist. Außerdem würde sich Otto doch sehr wundern, was mir natürlich egal wäre. Aber mir fällt gerade auch keine Ausrede ein, um sofort wieder abzuhauen.

Nervös rutsche ich auf der Bierbank herum. Die Zigarette rauche ich in Rekordzeit, mit dem verglühenden Stummel stecke ich mir gleich noch eine an.

»Bist du dir sicher, dass es Amy Fisher war?«, frage ich

und versuche dabei, so cool wie möglich zu tun. Bloß nichts anmerken lassen. Ein hoffnungsloses Unterfangen. Gib es doch einfach auf, Flemming!

»Ziemlich sicher«, antwortet Otto. »An die *bitch* werde ich mich für den Rest meines Lebens erinnern …«

Wusste ich doch. Jetzt hast du dich verraten, du Otto. Von wegen, du kannst dich an die Party nicht erinnern. Du warst schon immer ein Schnacker.

»Kann ich verstehen«, sage ich. »Wie lange ist das denn her?«

»Weißt du doch selbst«, sagt Otto und lächelt ein bisschen bitter. »20 Jahre oder so.«

»Nein«, sage ich, und wir stoßen an, denn unsere Biere sind inzwischen da. »Ich meine, wie lange es her ist, dass sie hier vorbeispaziert ist.«

Er zuckt mit den Schultern. »Zehn Minuten? Ungefähr.«

Fuck! Das darf doch alles nicht wahr sein. Es wird langsam zu einem schlechten Scherz, der sich ständig wiederholt: Amy läuft mir vor der Nase weg.

Sehr witzig, wirklich.

Unsere Biere stürzen wir schnell hinunter, weil uns das Wiedersehen nach so langer Zeit überfordert. Otto steckt die hässliche Goldkette in den Kragen und bestellt noch zwei Herrengedecke nach, was ich für eine sehr gute Idee halte.

»Dass du die Kette immer noch hast«, sage ich und lache.

»Warum nicht?«, fragt er und meint es auch so.

Wir klammern uns für ein paar weitere schnelle

Drinks an den *smalltalk* wie Stripperinnen an die Stange, bis Otto irgendwann über die Liebe reden möchte. In seinem Fall besser gesagt: über die Abwesenheit der Liebe. Er ist ziemlich angetrunken und scheint einiges auf dem Herzen zu haben, das er lange nicht loswerden konnte. Mit der flachen Hand schlägt er auf den Tisch und beginnt die Erzählung von seiner Fast-Frau, die ihn vor einem halben Jahr sitzengelassen hat. Abgehauen sei sie, mit einem Italiener, und in das Wort *Italiener* packt er alle irdische Verachtung, zu der er fähig ist. Nichts habe er geahnt, rein gar nichts. Von einem Tag auf den anderen habe sie ihn vor vollendete Tatsachen gestellt, sei sie »mit Adriano an die Adria abgehauen«. Das sagt er wörtlich so.

»Ich war in dieser Zeit viel geschäftlich unterwegs«, erzählt er und schüttelt den Kopf, »wahrscheinlich hat sie es mit dem Typen sogar in unserem Bett getrieben.«

Der Gedanke sei ihm erst vor ein paar Wochen gekommen, aber seitdem verfolge ihn die Vorstellung bis in den Schlaf.

Der Kerl muss wirklich fertig sein, wenn er mir so was erzählt, wenn er so was denkt. Er tut mir fast ein bisschen leid.

»Bist du gerade verliebt?«, fragt er mich plötzlich. »Oder besser: Liebst du jemanden? Liebst du eine Frau?«

Ich zögere zu antworten. Ich kann spüren, dass es mir guttun würde, über Amy zu reden – über meine Suche nach ihr und was sie mit mir macht. Aber alles in mir sträubt sich, mich ausgerechnet mit Otto auszutauschen. Es fühlt sich falsch an. Außerdem ist Otto wohl der letzte

Mensch, der irgendwas über Amy hören will. Verständlicherweise.

Er hebt die Hand, als wolle er mir bedeuten, dass es jetzt wichtig wird: »Weil, ganz ehrlich, Flemming: Meistens lieben wir jemanden und sagen es ihm nicht. Oder?«

Er fummelt die Kette unter dem Tanktop hervor. Bling-bling.

»Ich habe zu häufig versäumt«, sagt er, »es mir zu gestehen und es ihr zu gestehen. Ich habe in meinem Leben viel geliebt, aber weder ich noch die Menschen, die ich liebte, haben es wirklich gemerkt. Ich hätte mir mehr Zeit nehmen müssen.«

»Es ist nicht zu spät«, sage ich.

Er seufzt. »Weißt du, Flemming, es ist komisch: Ich sehe aus, wie ich aussehe, ich habe mehr Geld, als ich ausgeben kann, weil ich in einer Branche arbeite, in der sie dich für ein paar gute Ideen zuscheißen mit ihrem Geld – ich habe also alle Möglichkeiten, aber ich kriege es nicht auf die Kette, weil ich zu dumm bin, um zu lieben wie ein richtiger Mann!«

»Du bist zu hart mit dir«, sage ich und stecke mir wie zur Untermauerung dieser These noch eine Zigarette an.

Otto schüttelt den Kopf.

»Der Zug ist abgefahren«, sagt er. »Weißt du, woran ich das merke?«

»Na?«

»An der Musik.«

»Welche Musik?«, frage ich und blase den Rauch aus.

»Jede Musik. Ich fühle nichts mehr, wenn ich die alten Dinger höre – weißt du noch, den HipHop von damals?

Ich kaufe mir immer noch Tickets für die Konzerte von den alten Jungs, aber dann stehe ich da im Innenraum zwischen den ganzen Kiddies, die eine Band feiern, die berühmt war, als sie noch im Sack von ihrem Vater waren, und dann höre ich die alten Songs und fühle nichts mehr. Früher hatte ich auf Konzerten zwei Stunden lang eine Gänsehaut – aber heute? Da ist nichts mehr. Wenn es ganz schlimm kommt, frage ich mich sogar, was ich damals bloß so toll an dieser oder jener Band fand. In diesem Moment hasse ich mich dann so richtig!«

Ich weiß nicht, was ich dazu sagen soll. Ich würde am liebsten gehen, da steht plötzlich Fiete an unserem Tisch. Das war nur eine Frage der Zeit. Fiete gehört zu den Jungs, die den ganzen Tag über das Schulterblatt – die Hipster-Hauptstraße des Schanzenviertels – torkeln und die Leute anschnorren. Wer ihnen nichts gibt, bekommt einen bösen Spruch – vor allem die Polen, die tagein, tagaus vor den Haspa-Automaten an der Ecke hocken, können bisweilen sehr forsch sein. Aber die meisten lassen sich nicht lumpen, weil Fiete nett und höflich ist.

»Einen schönen guten Abend«, sagt er mit leichtem Lallen, »bitte entschuldigen Sie die Störung, aber ich bin obdachlos und wollte fragen, ob Sie für mich und meinen kleinen Kumpel –«

Er deutet auf den zotteligen Affenpinscher, der ihm den ganzen Tag mit traurigen Augen hinterhertrottet. Der Hund sieht noch desillusionierter aus als sein Herrchen.

»Schon gut, Fiete«, falle ich ihm ins Wort und schnippe ein Zwei-Euro-Stück in seine Mütze. Fiete faltet die Hände zum Dank.

»Sehr freundlich«, sagt er. »Vielen Dank.«

Er will sich schon wegdrehen, da hält ein entgeisterter Otto ihn am Arm fest.

»Hallo? Wartest du mal gefälligst!?«

Fiete stutzt. »Ja bitte?«

»Ich hab doch auch noch was für dich«, sagt Otto und bedeutet mit einer hektischen Handbewegung, dass Fiete doch noch mal seine Mütze aufhalten möge.

Otto kramt aus der Seitentasche seiner Baggy-Jeans eine Geldklammer hervor. Ich traue meinen Augen kaum, als er die Scheine abzählt: Ein 500er, zwei 100er, zwei 20er.

»740 Euro«, sagt Otto und legt die Klammer in die Mütze. »Das sollte fürs Erste reichen.«

Fiete macht große Augen und fängt ein bisschen an zu zittern. Ein breites Lächeln erhellt sein schmales Gesicht. Wie gerührt streicht er sich eine fettige Haarsträhne aus der Stirn.

»Meinst du …«, stammelt er, »meinst du das jetzt ernst oder was?«

Ungläubig wirft er einen Blick in die Mütze.

Otto macht eine wegwischende Handbewegung: »Aber nicht alles versaufen!«

Wie auf Zehenspitzen entfernt sich Fiete langsam von unserem Tisch, so als wollte er uns nicht aus den Augen lassen. Er verzieht die Miene, als habe er große Angst, dass jeden Moment das Team mit der versteckten Kamera um die Ecke kommt. Aber es kommt niemand, und Fiete geht, aber nicht zum nächsten Tisch: Er hat genug gebettelt für heute. Vielleicht sogar für die nächsten Monate.

Otto lächelt leise, zum ersten Mal an diesem Nachmittag.

»Alter«, sage ich, »was war das denn?«

Otto zuckt mit den Schultern.

»Der Abend geht auf dich, Flemming.«

17. kapitel

Der Autofriedhof der Andersons war unser Rückzugsort. Die Andersons waren die Familie von Amys bester Freundin Jenna. Sie betrieben einen Schrottplatz namens *Anderson's Auto Salvage*, ein riesiges Gelände, auf dem Hunderte Autowracks vor sich hin rosteten. Die Kinder aus der Gegend spielten gerne bei den Andersons, und auch Amy und ich fanden hier Zuflucht. Wenn der Psychoterror bei Fishers zu Hause mal wieder kaum auszuhalten war, verkrochen wir uns in einem roten SUV am Rand des Geländes. Wir hatten uns den Wagen ausgesucht, weil er wegen seiner Farbe und Größe gut wiederzufinden war im Labyrinth der Rostlauben. Eines Nachts hatten wir die vergleichsweise intakte Karre aufgebrochen und eine alte Schaumstoffmatte und zwei Schlafsäcke im hinteren Teil des Wagens deponiert.

Wir lagen auf dem Rücken und starrten durch das Dachfenster in den Sternenhimmel über der Ostküste.

Unzählige Flugzeuge kreuzten da oben die Wege. Von hier unten schien es wie ein Wunder, dass sie nicht kollidierten.

»Was meinst du, wo es hinfliegt?«, fragte Amy einmal und zeigte zum Himmel auf eine der Maschinen. »Es fliegt gerade über Providence, aber es könnte Kurs auf jedes Land der Welt nehmen.«

Ich war mir nicht sicher, ob das technisch der Wahrheit entsprach, wollte aber auch nicht klugscheißen.

»Mich überfordert das«, fuhr sie fort, »wie mich auch der Gedanke an die Größe der Weltmeere überfordert.«

»Ich frage mich weniger, wo es hinfliegt«, erwiderte ich, »sondern ob ich gerne mitfliegen würde.«

»Das ist doch dasselbe, Hansen.«

Ich zuckte die Schultern und nahm einen tiefen Zug vom Joint. »Wahrscheinlich hast du recht«, krächzte ich, als ich den Rauch in Kringeln ausblies.

»Oh, ich würde mitfliegen«, sagte Amy nach ein paar Sekunden des Schweigens, »egal, wohin.«

So wurde der SUV unsere Höhle, unser Versteck vor der Welt. Hier konnten wir ungestört reden, trinken, kiffen, vögeln. Meistens alles auf einmal. Die Andersons merkten nichts, in die gottverlassene Peripherie ihres Platzes verirrten sie sich selten. Nur Jenna wusste Bescheid. Sie fand es witzig, aber Jenna war ohnehin wild und für jeden Spaß zu haben.

Eines Donnerstagabends war ich mit Amy mal wieder in unserem SUV auf dem Schrottplatz verabredet. Jeden Donnerstag verbrachten die Fishers den Abend im Golfclub, also konnte Amy ein bisschen länger raus, bis halb zehn – ohne das Einverständnis der Eltern einholen zu müssen. Der Donnerstag war unser Tag, und der Schrottplatz war der unkomplizierteste Treffpunkt.

Wie immer traf ich überpünktlich um kurz vor 7 bei *Anderson's Auto Salvage* ein und machte es mir auf der Schaumstoffmatte im Wagen gemütlich. Während ich auf Amy wartete, döste ich ein bisschen weg. Als ich wieder aufschreckte, saß Jenna in ihren löchrigen hellblauen, fast weißen Stone-Washed-Jeans von *Abercrombie & Fitch* auf mir und legte eine Hand in meinen Nacken, mit der anderen fummelte sie an meinem Schritt herum. Ihre warmen, mageren Finger schlüpften in meinen Hosenlatz. Ihre Handvoll Brüste hielt sie dabei in mein Gesicht. Es dauerte Sekunden, bis ich mir der Situation bewusst wurde. Als ich auswich, versuchte sie mit ihrem Schmollmund einen ungestümen Kuss.

Ich drehte mich aus ihrer Umklammerung und rollte mich zur Seite.

»Was ist denn los?«, fragte sie leiernd und zog dabei diese verspielte Schnute, die so viele amerikanische Mädchen draufhaben: *What's the matter?!?* – die dritte Silbe betont, die vierte in die Länge gezogen.

»Bist du verrückt?«, fuhr ich sie an, während ich meinen Schwanz zurück in die Hose steckte und eilig den Reißverschluss hochzog.

»Reg dich ab, *Honey*«, sagte sie und pfiff sich durch ihre beiden etwas hervorstehenden Hasenzähnchen eine schwarze Strähne aus der Stirn. »Amy kommt nicht.«

»Was soll das heißen?«

Jenna rückte ihr rosafarbenes Trägertop mit zickigen

Bewegungen zurecht. »Sie hat angerufen und mich gebeten, es dir auszurichten: Ihre Eltern sind zu Hause geblieben, und sie konnte nicht weg.«

»Das ist noch lange kein Grund, dich auf mich zu setzen!«

Sie tätschelte mir die Schulter wie einem hysterischen Kind. »Jetzt krieg dich mal wieder ein, *Honey*. War doch nur Spaß.«

Ich musste tatsächlich fast lachen vor Schreck. »Das ist nicht witzig, Jenna. Amy ist deine beste Freundin.«

Sie lächelte, als gäbe es kein Problem. »Ich wollte doch nur wissen, wie du küsst.«

»Du wolltest … *what?*«, rief ich. »Was stimmt denn nicht mit dir?«

Der Mondschein setzte ihr sonst so gesundes Gesicht in ein fahles Licht.

»Na ja, nicht dass Amy es mit einem schlechten Küsser zu tun hat …«

Ich musterte sie. »Das kann nicht dein Ernst sein!«

»Seid ihr Deutschen alle so prüde?«, hauchte sie und beugte sich schon wieder mit geschürzten Lippen zu mir herüber. »Komm schon …«

»Ich meine es ernst!«, zischte ich und versuchte sie wegzudrücken. Wir rangelten ein bisschen, bevor sie von mir abließ.

»Na gut «, seufzte sie genervt und ließ sich neben mich auf die Rückbank fallen, »aber so wie du mich immer anglotzt, hatte ich ein bisschen mehr von dir erwartet …«

Mein altes Problem: Ich sah Mädchen immer auf eine bestimmte Weise an, als hätte ich eine gewisse Absicht.

Auch wenn ich gar kein Interesse an ihnen hatte. Ich bemerkte diesen Blick selbst gar nicht, konnte ihn aber offenbar auch nicht abstellen. Das hatte in der Vergangenheit schon mal Missverständnisse verursacht, als sich Freundinnen von guten Kumpels von mir angebaggert fühlten. Dabei sind Freundinnen von guten Kumpels für mich erklärtermaßen asexuelle Wesen, wie meine Schwestern oder so.

»Ich habe dich gar nicht angeglotzt«, erwiderte ich hilflos.

Für einen Moment war es still zwischen uns. Hinten am Haus bellte der Hund der Andersons.

»Sorry«, sagte Jenna, »ich konnte nicht wissen, dass du so langweilig bist.«

»Und ich konnte nicht wissen, dass du wahnsinnig bist«, erwiderte ich und kletterte aus dem Kofferraum. Ohne mich zu verabschieden, rannte ich los. Ich sprintete zwischen den alten Mustangs und Buicks quer über den Schrottplatz. Als ich endlich die staubige Landstraße erreicht hatte, wurde ich etwas langsamer. Ich versuchte zu verstehen, was im SUV passiert war. Doch es machte einfach keinen Sinn.

Also versuchte ich es zu verdrängen. Aber fortan konnte ich Jenna nicht mehr in ihre großen schwarzen Augen sehen. Sie machte mir Angst.

18. kapitel

In Providence schien alles so weit weg: Hamburg und Vater und das andere Leben. Aber gar nichts war mehr weit weg, als Rektor Brady mich aus dem Unterricht holte. Wir hatten gerade Mathe bei Frau Simpson. Rektor Brady sah mit seiner runden Brille, weißen Turnschuhen, beiger Chino und schlecht sitzendem Karohemd aus wie Woody Allen. Er erzählte, dass Mama bei meiner Gastfamilie angerufen hätte. Immer wieder stockte er, um sich Tränen aus den Augenwinkeln zu wischen. Ich wusste in dem Moment, dass es etwas mit Hauke zu tun haben musste. Ich kann nicht erklären, warum. Ich wusste es einfach.

»Ist es wegen Hauke?«, habe ich Brady gefragt, und er nickte nur. Ich wusste nicht wohin mit mir und schlug meine Faust mit voller Wucht gegen die Wand, wieder und wieder. Brady fing so richtig an zu flennen. Keine Ahnung, warum ihn das so mitgenommen hat. Aber die Amis sind emotionale Typen. Immerhin war er noch in der Lage, mich nach Hause zu fahren. Im Auto sprachen wir kein Wort. Draußen rauschten die *Blockbuster*-Filiale, *Tommy's Pizzeria*, die Parkanlage und schließlich die Vorstadtgrundstücke mit den Basketballkörben über dem Garagentor an uns vorbei wie eine Kulisse, die mir noch künstlicher vorkam als sonst.

Es ist mir irgendwie peinlich, aber auf eine seltsame Weise fühlte ich mich stark, nachdem ich die Nachricht erhalten hatte. Nicht unverwundbar, im Gegenteil, aber irgendwie hart. *Tougher.* Als wäre ich dem Rest der Welt ein bisschen überlegen, weil ich diese Erfahrung den anderen voraushatte, und weil ich wusste, dass ich damit klarkommen würde. Natürlich war ich wütend und traurig. Ich fühlte mich, als ob mir jemand die Eingeweide rausgerissen und anschließend aus ihnen ein Drei-Gänge-Menü gekocht hatte wie Hannibal Lecter. Aber ich wollte nicht umfallen. Ich wollte wie ein Boxer sein. Ich dachte nur: Du musst es für Hauke tun, er hätte es so gewollt. Es muss weitergehen.

Meine Gastmutter half mir, den nächstbesten Flug zu buchen.

»Komm gut nach Hause«, sagte Mom, und ein warmes Lächeln schlich über ihr verheultes Gesicht, »hörst du?«

Sie hatte panische Angst vorm Fliegen.

»An Bord eines Flugzeugs befindest du dich grundsätzlich in akuter Lebensgefahr«, hatte sie einmal gesagt. »Und du gibst dein Leben in die Hände völlig fremder Menschen.«

Das war, wohlgemerkt, Jahre vor dem 11. September.

Am nächsten Tag befand ich mich an Bord der *Continental*-Maschine von Boston über London nach Hamburg. Ich hatte den Gangplatz in Reihe 34, ab Reihe 35 begann der Raucherbereich – also lehnte ich mich immer ganz weit zurück und rauchte über dem Aschenbecher meines Hintermannes mit. Es war ein schlimmer Flug, nicht nur wegen der Turbulenzen kurz nach dem Start, irgendwo über Martha's Vineyard, sondern weil ich ahnte, dass es zu Hause noch viel schlimmer sein würde als in Providence oder hier oben in den wilden Wolken.

Mama stand total neben sich. Sie hatte gerade ihre Morgenzigarette auf dem Balkon geraucht, als sie Hauke unten liegen sah. Erst kürzlich hat sie mir gesagt, dass sie dieses Bild immer wieder vor Augen hat: wie er da liegt, so seltsam verdreht, eine kleine, rote Pfütze um seinen Kopf. Es sei ihr sofort klar gewesen, dass es sich nicht um einen Unfall handelte.

»Warum hast du dir das angetan?«, rief sie in den folgenden Tagen immer wieder. »Warum, mein kleiner Schatz, hast du dir das angetan?«

Warum, warum, warum?

Auch ich habe mich das gefragt: Warum hat er sich das angetan? Aber ich habe mich auch gefragt: Warum hat er *uns* das angetan? Warum hat er uns seinen selbstgerechten Scheißselbstmord angetan?

Unsere Wohnung kam mir noch dunkler vor als sonst. Sie war es immer gewesen, genau wie das Haus, düster und grell zugleich: die dunklen Flure, durch die der Geruch von Frittiertem waberte, und die grünen Kacheln an der Wand, die im Dielenlicht schimmerten wie die Außenbeleuchtung eines *Irish Pub*, bloß kühler. Und ganz am Ende des Gangs unsere Wohnungstür. Das Krankenhauslicht unserer Küche, in dem die schlechte Gesichtshaut meiner Teenagerjahre noch ungesünder aussehen musste als ohnehin, in dem jedes Sorgenfältchen meiner Mutter zum Krater geriet. Das Wohnzimmer, in dem nur eine seit Weihnachten liegengebliebene Lichterkette für ein wenig Helligkeit sorgte. Der orangefarbene Schein der Straßenlaterne, der in mein Zimmer fiel.

Alle Schattierungen der Dunkelheit in einem ganz normalen Wohnhochhaus in St. Pauli – wobei hier nicht das St. Pauli gemeint ist, wo Junggesellenabschiedshorden die Art von komatösen Partynächten feiern, an die sie sich für den Rest ihres Lebens (nicht mehr) erinnern; sondern das St. Pauli, das mit einem *Banlieue* von Paris mehr gemeinsam hat als mit Pigalle oder einem anderen Vergnügungsviertel der westlichen Welt – das St. Pauli, in dem der schmierige Schmutz der Gosse gemächlich durch den Rinnstein fließt, bis er in den nicht erschließbaren Weiten der Kanalisation verschwindet. Das St. Pauli, wo alles zu Abwasser wird, wo alles aus ist. Ein Dorf, über das nachts die Welt hereinbricht.

Tagsüber heulte Mama die meiste Zeit. Am Abend war Vater so betrunken, dass er auf dem Küchenboden einpennte. Er wurde regelrecht ohnmächtig. Bis zur Beerdigung sprachen wir fast kein Wort. Ich konnte ihm kaum in die Augen schauen. Trotzdem war die Stimmung irgendwie aggressiv. Als wäre der Teufel mit uns im Raum. Unsere Trauer schlug langsam in Wut und Hass um, seine und meine. Nur Mamas Trauer nicht. Ich glaube, sie war zu müde, um wütend zu sein. Auch meine Schwestern ließen sich nicht zu irgendwelchen Ausfällen hinreißen. Sie hatten auf Autopilot geschaltet und kümmerten sich um alle Formalitäten rund um die Beisetzung, wofür ich ihnen ewig dankbar sein werde.

Mein Vater und ich fraßen die Wut und den Hass in uns hinein, und nach der Beerdigung ist es dann passiert. Weil es passieren musste.

Ich war in der Küche und wollte den Kuchen für die

Gäste anschneiden. Plötzlich stand er neben mir an der Spüle, glotzte mich an und schnaubte, so wie er immer schnaubte, wenn er voll war. Als würde er nach Luft schnappen. Er war wirklich fertig an dem Tag, Oberkante Unterlippe, noch besoffener als sonst. Ich hielt den Atem an.

»Machst du dich also nützlich«, nuschelte er mit seiner nasalen Stimme und zeigte auf den Kuchen. »Na immerhin.«

Seine Stimme hatte einen ganz eigenen Klang, wenn er besoffen war. Er hörte sich dann an wie ein aggressiver Frosch.

»Was soll das heißen?«, fragte ich. Ich konnte an seinem Blick erkennen, dass er Streit suchte – souveräner machte mich diese Erkenntnis aber nicht.

»Na wenn du schon mal hier bist«, rief er so laut, dass er ins Lallen geriet, »und nicht in Amerika …«

Er zog die Vokale in die Länge und versuchte, es so abschätzig wie möglich klingen zu lassen: *Aameeeeeerikaaaaaa.* Dazu verzog er das Gesicht, als hätte der Urologe gerade einen Abstrich gemacht.

»Ich wäre lieber nicht hier«, erwiderte ich.

»Was?« Er schlug mit der flachen Hand auf die Spüle.

»Du hast mich schon verstanden«, sagte ich.

»Willst du dich wieder verpissen?«, zischte er. »Hä? Na los, du kleiner Schisser, dann mach dich doch wieder vom Acker, du feige Sau!«

Er beugte sich ganz nah zu mir herüber. Seine Speicheltropfen prasselten auf meine Wange wie klitzekleine Gewehrsalven. Ich hielt den Griff des Messers immer fester, so dass meine Fingerknöchel fast durch die Haut platzten.

Er legte den Arm auf meine Schulter, mit seinen 100 Kilogramm lehnte er sich an mich, auf mich, über mich, und ich konnte kaum das Gleichgewicht halten: »Er würde noch leben«, spuckte er mir ins Ohr, »wenn du dich nicht verpisst hättest.«

19. kapitel

Eigentlich hatte ich vermeiden wollen, Jenna zu kontaktieren. Sie ist die Letzte auf der Liste. Aber Derek hatte mir nicht helfen können, die anderen Jungs von damals auch nicht, und Mom hatte Amy ebenfalls seit Highschool-Zeiten nicht mehr gesehen, Abigail war zumindest in der virtuellen Welt nicht aufzufinden. Mit Derek verabredete ich mich natürlich trotzdem für das nächste Mal, wenn ich in Providence oder er in Deutschland sein sollte, also voraussichtlich: nie.

Seit dem Treffen mit Otto haben zwar meine Halluzinationen nachgelassen und ich sehe Amy nicht mehr an jeder Ecke – trotzdem ist es mir in Hamburg nicht gelungen, weitere Hinweise auf ihren Verbleib einzuholen. Einerseits beruhigt es mich, dass Otto sie offenbar auch gesehen hatte – zumindest fühlt es sich seitdem nicht mehr so an, als würde ich langsam den Verstand verlieren. Andererseits setzt es mich unter Druck, denn: Eigentlich kann Amy nicht weit sein. Jeder Tag könnte einer zu viel sein, um meine Suche nach ihr erfolgreich abzuschließen.

Jenna ist also meine letzte Hoffnung, als ich sie endlich über *Skype* erreiche.

Skype, noch so eine Zumutung. Was tut man nicht alles aus Liebe.

Sie sieht noch genauso aus wie früher – ein bisschen üppiger vielleicht, aber davon abgesehen ist sie die Jenna, die ich in Erinnerung habe: pechschwarze Haare, vornehme Blässe, staunende Augen, volle Lippen, aus denen die beiden Vorderzähne etwas herauslugen, und ein tiefes Dekolleté mit nicht mehr ganz so runden und aufrechten Brüsten wie früher, die sie aber trotzdem auf fast schon professionelle Weise prominent in die Webcam hält.

»*Honey*«, haucht sie in die knisternde Leitung, »wie lange ist das denn her?«

»Fast zwanzig Jahre«, sage ich. Ihr Erstaunen darüber bringt sie mit einem derben »*Fuck me!*« zum Ausdruck, das ich durchaus als Aufforderung verstehen könnte, denn bei Jenna weiß man nie.

Immerhin: Als ich ihr erzähle, warum ich sie kontaktiere, kann sie viel besser zuhören als früher. Das Problem ist bloß, dass sie Amy selbst seit Jahren nicht mehr gesehen hat.

Sicher sieben, acht Jahre, sagt sie. Vielleicht auch zehn.

»Aber ihr wart doch die besten Freundinnen«, entgegne ich.

»Ich bin eine Mutter mit drei Kindern«, sagt sie und lacht, als hätte ich keine Ahnung. »Da hat man leider nicht mehr so viel Zeit, eine beste Freundin zu sein.«

»Auch nicht, wenn man die allerallerbeste Freundin ist? *I mean, like BFF?*«

»*BBF*«, korrigiert sie mich und lacht: »*Best Bitches Forever.*«

»Oder so«, sage ich.

»Du kennst doch Amy«, seufzt sie. »Sie fühlt sich oft nicht ernst genommen. Ihre Eltern waren nie zu Hause. Das kann sie nicht verbergen.«

»Was hat das mit euch zu tun?«

»Amy und ich waren mehr als Freundinnen, wir waren Familie. *She was my sister from another mister.*«

»Weiß ich doch«, sage ich. »Deshalb ja!«

»Aber irgendwann hatte ich meine eigene Familie und nicht mehr so viel Zeit. Amy hatte große Probleme damit. Sie angelte sich alle zwei Monate einen neuen Typen. Während ich bis zu den Knien in Windeln, Spielzeug und Babykotze stand, musste ich mir ihre narzisstische Beziehungsscheiße anhören. Was dieser Typ für ein Arschloch ist, was jener Typ für ein Schlappschwanz ist. Sorry, aber da konnte ich sie dann ausnahmsweise *wirklich* nicht mehr ernst nehmen.«

»Das ist sehr traurig«, sage ich.

»Irgendwann werden wir wieder zusammenfinden«, sagt sie, »aber im Moment habe ich keine Ahnung, was sie treibt.«

»Nicht mal eine Idee, wo sie sein könnte?«

Sie zuckt mit den Schultern. »Nun, sie ist nicht bei Facebook, so viel ist sicher.«

»Ist mir auch schon aufgefallen.«

»Wohnt sie noch in Providence?«

»Ich hatte gehofft, *du* könntest mir diese Frage beantworten.«

»Keine Ahnung«, sagt sie. Ich glaube ihr sogar: Providence ist eine dieser eigentlich kleinen Städte, die mit ihren knapp 180 000 Einwohnern erstaunlicherweise trotzdem groß genug ist, dass man sich völlig aus den Augen verlieren kann, wenn der Zufall es so will.

»Du willst sie wiedersehen?«, fragt sie.

Ich erzähle ihr von der Begegnung am Flughafen.

»Bist du dir sicher, dass es Amy war?«, fragt sie. »Ich meine: *in Hamburg?*«

Sie lässt es klingen, als läge Hamburg auf dem Mars.

Ich zucke mit den Schultern. »Ich dachte, es ist einen Versuch wert. Aber es scheint hoffnungslos zu sein.«

Sie kommt ganz nah an die Webcam und legt die Stirn in Falten: »So schnell willst du aufgeben?«

»Ich weiß nicht mehr, wo ich noch suchen soll.«

Sie verdreht die Augen, als sei ich schwer von Begriff: »Vielleicht hier vor Ort, in Providence? Wann warst du denn das letzte Mal hier?«

»*Prom.*«

»*Holy fuck!* Dann wird es ja höchste Zeit!«

»Weiß nicht.«

»*Honey!*«

»Was denn?«

»Sie ist jahrelang nicht über dich hinweggekommen«, sagt Jenna in einem verschwörerischen Ton. »Du warst der Mann ihres Lebens.«

Jenna erzählt mir in verschwörerischem Tonfall, wie Amy immer wieder von mir schwärmte. Mir wird ganz warm, während sie von ihr spricht. Es ist genau, was ich hören möchte. Wahrscheinlich hat sie recht: Es wird höchste Zeit. Ich muss nach Providence. Ich muss mich nach 20 Jahren endlich vor Ort auf die Suche nach Amy machen.

»Du solltest wirklich herkommen«, sagt Jenna schließlich, »und hier nach ihr suchen. Offenbar findest du in Deutschland ja auch keine bessere Frau …«

Jenna grinst. Ich verspreche ihr, mich zu melden, wenn ich da bin. Was man halt so sagt.

»Wehe nicht!«, sagt sie und lacht.

»Jenna«, rufe ich noch, als sie die Verbindung schon kappen will, »ich muss dich noch was fragen.«

»Was denn?«

»Warum bist du damals im SUV über mich hergefallen?«

Sie stutzt. »Ich weiß nicht, wovon du redest.«

»Und den Abend bei *Blockbuster?* Erinnerst du dich noch an den?«

»*Blockbuster?* Wir waren doch ständig bei *Blockbuster*, die ganze Zeit. Tut mir leid, keine Ahnung.«

»Als ob!«, rufe ich. »Amy war doch deine beste Freundin!«

»*Honey*«, ruft sie so laut, als verliere sie langsam die Geduld mit mir, »ich bin Mutter von drei Kindern – glaubst du wirklich, ich kann mich an so einen *bullshit* noch erinnern?«

20. kapitel

Moin Digger,

jetzt haben sie den Brief gefunden und dir gegeben. Na endlich. Ich weiß, was du denkst. Bitte mach dir keine Vorwürfe. Deshalb schreibe ich dir diesen Brief. Ich erwarte nicht, dass du mich verstehst. Du musst es nur akzeptieren.

Erinnerst du dich daran, wie wir damals auf der Schnellstraße lagen und die Sterne über unserer Stadt gezählt haben? Schon damals habe ich mir manchmal gewünscht, dass ein Auto kommt. Selbst in diesen guten Momenten. Ich hatte es immer irgendwie in mir. Es ist nichts, was hätte verhindert werden können. Nicht von Mama, nicht mal von Mara. Mara hat mir Hoffnung gegeben. Aber jetzt, wo es endgültig aus ist, ist mir klargeworden, dass sie mein Ende auch nur aufschieben konnte.

Ich bin so ein verdammter, dreckiger, erbärmlicher Wichser, Flemming! Ich habe alles kaputtgemacht. Ich war weg, und Vater hat den Job verloren. Dann hat er dir das Leben zur Hölle gemacht. Und Mama und den Mädels. Ich war einfach nicht da. Wie konnte ich nur, ich bin doch euer großer Bruder. Als großer Bruder darf man nicht versagen, Digger. Ich habe mich verpisst und alles schlimmer gemacht. Es ist alles meine Schuld, verdammte Scheiße! Ich habe so vielen Leuten immer wieder das

Leben schwergemacht – keiner weiß das besser als du. Und jetzt habe ich es sogar geschafft, alles mit Mara zu verkacken. Sie wollte mir noch eine Chance geben. Sie wollte mir wirklich noch eine Chance geben, die ich sowieso nicht verdient habe. Kannst du dir das vorstellen? Warum waren wir nur auf dieser verdammten Gartenparty in Providence, warum war Jenna da? Und warum um alles in der Welt schreibt sie mir diesen Brief? Sie hat mir einfach einen Brief per Post geschickt. Keine Ahnung, was sie sich dabei gedacht hat. Schreibt so eine Scheiße von wegen, wie es mir geht und dass es schön war mit mir und so. Ich meine, ist ja ganz nett, aber was soll der Scheiß? Gut, ich glaube, sie wollte nur spielen, bisschen flirten und so. Auf Distanz gibt's da ja auch keine Verträge. Keine Ahnung. Ist auch egal. Jedenfalls hat Mara diesen Brief in die Hände bekommen, weil ich ihn neben meinem Bett liegen lassen habe. Musste ja so kommen.

Mara ist gegangen. Sie ist nicht mal mehr ausgeflippt. Sie hat mich einfach nur gehasst und ist gegangen. Und hat so geguckt, weißt du: mit diesem Blick.

Ich kann nicht mehr kämpfen. Ich habe lange genug gewusst, dass ich nicht gewinnen werde, und trotzdem immer wieder mein Kinn hingehalten. In dieser Welt, in die ich nicht gehöre, die eine einzige große Enttäuschung ist, eine einzige Lüge. Diese Welt, der ich nicht die Stirn bieten kann, in der ich nicht bestehen kann. Und ganz ehrlich, Digger: Am Ende läuft es doch für uns alle aufs Gleiche hinaus. Ich habe lange genug auf eine Antwort gewartet. Aber da kommt nichts. Und da wird auch nichts kommen. Nie mehr. Aber der Gedanke an den Tod macht mich glücklich. Die Kraft und Stärke, die Kontrolle, es selbst in der Hand zu haben. Das ist meine Macht. Eine Macht, die mir niemand nehmen kann. Nicht mal der Tod, denn ich komme ihm einfach zuvor.

Ich stelle mir nicht die Frage: »Warum ich?«, wie das so viele machen, wenn sie unglücklich sind oder eine niederschmetternde Diagnose bekommen. Ich stelle mir die Frage: »Warum *nicht* ich?« Warum, verdammt, Flemming? Was ist das für eine Welt, in der ich nicht erlöst werde, aber jemand, der das Leben wählt, sterben muss? Ich will es einfach nur noch hinter mich bringen. Ich lebe doch schon tot, was ist also der Unterschied? Ich bin eine Totgeburt, eine Missgeburt. Ich habe Angst, aber noch größer ist die Angst vor dem, was sie Leben nennen. Vielleicht habe ich sogar Glück und mich erwartet eine bessere Welt. Ich werde nicht daran glauben, weil ich sie nicht verdient hätte. Aber ich hoffe darauf.

Flemming, bitte sei nicht traurig. Und bitte mach dir keine Vorwürfe. Unsere Momente waren die guten Stunden in diesem Leben, die Stunden, ohne die ich es viel früher beendet hätte. Ich habe es nicht verdient, dass ihr um mich trauert. Du nicht, die Mädels nicht, Mama nicht, Mara nicht.

Macht das keinen Sinn für dich? Kann ich verstehen. Aber es ist, was ich denke, Digger. Ich weiß, dass du es besser machen wirst. Es tut mir alles so leid, aber ich kann es nicht ändern.

Ich danke dir für alles. Vor allem dafür, dass du mir verzeihen wirst.

Hau rein, Digger. Ich lieb dich.

Dein großer Bruder
Hauke

PS: Sorry, dass ich an Amy gezweifelt habe. Ich wollte dich nicht verletzen, und es war nicht so gemeint. Du liebst sie ehrlich, das ist das Beste, was dir passieren kann. Mach das jetzt nicht kaputt! Und vergiss, was ich gesagt habe. Amy ist eine Gute!

PPS: Natürlich gehören meine Platten dir. Tu mir nur einen Gefallen: Wirf mir anstatt Sand oder Blumen einfach *Radiohead* hinterher. *Fake Plastic Trees*. Sollte es im Jenseits besser sein, will ich es zu schätzen wissen.

21. kapitel

Mit Kata Schluss zu machen, ist gar nicht so einfach. Sie ist einfach zu gut im Bett und fühlt sich außerdem durch meine zunehmend abweisende Art nur angestachelt. Für sie ist alles ein Spiel, und das ist ja auch unser Deal.

Am Abend vor meiner Abreise nach Amerika gibt es aber keine Ausreden mehr. Ich lade Kata noch einmal ins *20Up* ein, weil ich mag, wenn sich ein Kreis schließt. Bei einem Gin Tonic (sie) und einem Glenlivet (ich), der sehr großzügig ausgefallen ist (ich bin für meine lächerlich großzügigen Trinkgelder an den Theken der Stadt bekannt und beliebt), lasse ich sie von meinen Plänen wissen – und dass in diesen Plänen für sie künftig kein Platz mehr sei. Ich beschönige nichts, denn Kata ist eine Frau, die Offenheit zu schätzen weiß.

Es ist aus, sage ich.

Schon in Ordnung, sagt sie.

Wir kommen zu der Übereinkunft, dass ein Ende unserer Affäre, gemessen an unseren sehr unterschiedlichen Persönlichkeiten, nach so langer Zeit nicht unbedingt unerwartet kommt.

Es läuft erwartungsgemäß entspannt, unserer Affäre angemessen. Anschließend unterhalten wir uns gleich viel ungezwungener. Als wäre der Schlussstrich lange überfällig gewesen. War er auch. Allein: Der Sex war zu gut.

»Wir hatten eine schöne Zeit«, sage ich und lasse es wie eine Frage klingen.

Kata nickt und fährt mit dem Finger über den Rand ihres Weinglases, als wolle sie Töne erzeugen, die wir wegen der Lounge-Musik des französischen DJs aber ohnehin nicht hören könnten.

»Wir haben uns einfach auseinandergelebt«, sagt sie, zahlt aber keine drei Euro ins Phrasenschwein ein.

»Wir haben uns in unterschiedliche Richtungen entwickelt«, fasele ich, »aber das ist ganz normal in der langen Zeit. Menschen ändern sich. Früher mochte ich auch Mädchen mit dreckigen Chucks.«

Sie lacht auf. »Schatzi, seit wir uns kennengelernt haben, hast du dich aber nicht wirklich verändert.«

Sie sieht heute noch ein bisschen seriöser aus als sonst,

mit ihrem braunen Bleistiftrock und dem dunklen Augen-Make-up. Die sonst so wilden Haare hat sie geglättet, was ihrem gemeißelten Gesicht besonders schmeichelt.

»Kata«, hebe ich an und greife nach ihrer Hand, »auf uns! Ich habe sie gerne an dich verschwendet.«

Sie wirft mir einen fragenden Blick vor den Latz.

»Na, meine Zeit«, sage ich. »Wir haben schließlich eine Menge Zeit miteinander verbracht.«

»Na und?« Sie zieht ihre Hand zurück.

»Irgendwann wirst du verstehen, was ich meine«, sage ich und nippe am Glas.

»Was hast du jetzt vor?«, fragt Kata und klingt dabei, als ob es sie wirklich interessiert.

»Wenn ich zurück bin?«, frage ich und werfe einen Blick aus dem Fenster, wo die whiskyfarbene Glut der Dämmerung über den Hafen hereinbricht – das Lichtermeer reicht bis zur Köhlbrandbrücke, wo die Autos wie an einer Schnur gezogen in beeindruckend gleichmäßigem Tempo Kolonne fahren. »Ich weiß es noch nicht. Weiter arbeiten, denke ich. Zuletzt kam ein Auftrag nach dem anderen rein. Bei *Scholz & Friends* sind sie gerade in Geberlaune. In einigen anderen Agenturen auch.«

Sie winkt ab. »Das habe ich nicht gemeint. Du bist bald 40 Jahre alt, was hast du denn eigentlich noch vor in deinem Leben? Was ist mit Kindern? Willst du für immer ein Streuner bleiben?«

Streuner – das gefällt mir irgendwie, das klingt gut, das klingt selbstbestimmt.

»Nein, nein«, sage ich. »Kein Streuner.«

Sie zieht eine Augenbraue hoch: »Sondern?«

»Eigentlich will ich doch nur ankommen«, sage ich. »Ein weißes Haus direkt am Meer. Schwarze Oliven und Rotwein und Brot …«

»*LOL!*«, ruft Kata in Versalien, und es stört mich nicht mehr, weil es vorbei ist mit uns. »Das glaubst du dir doch selbst nicht.«

Ich lache. »Absolut!«

Von Amy werde ich dir nicht erzählen, Kata. Vergiss es.

Sie verengt die Augen zu kleinen Schlitzen. »Und mich siehst du also nicht in deinem weißen Haus? Soso …«

»Siehst du mich denn in deinem?«, gebe ich zurück.

Sie schüttelt den Kopf. »Für mich sehe ich kein weißes Haus. Aber wenn ich eines sehen würde, dann ohne dich. Du bist nicht drin in meinem weißen Haus. Versteh das nicht falsch, Flemming, du bist ein guter Fick – aber mehr nicht.«

Ironischerweise fühle ich mich durch ihr herablassendes Urteil geehrt und muss zum ersten Mal an diesem Abend lächeln. Ein guter Fick – in meinen Ohren klingt das beruhigend. Wie eine Bestätigung meiner Leistung.

»Vielen Dank für die Blumen!«

»Du hast ein Problem mit Frauen«, sagt sie ernst und rollt das R dabei besonders radikal. »Soll ich dir sagen, was für eines?«

Wie zum Gebet stütze ich mich mit den Ellenbogen auf der Theke ab und sage: »Ich bin sehr gespannt …«

Bin ich wirklich. Kata ist schlau. Sie mag noch jung sein, sie mag ihre Sätze mit Abkürzungen und Anglizismen verwürzen, sie mag auf den ersten Blick wirken wie jemand, der beim Lesen seine Lippen bewegt – aber sie ist verdammt klug, keine Frage. Vielleicht liegt es an ihrer beinahe obszönen Schönheit, die so spektakulär anmutet, dass der objektive Betrachter geneigt ist, hinter dieser optischen Sensation nicht auch noch ein Gehirn zu vermuten. Zu Beginn ging es mir nicht anders. Längst hat sie mich eines Besseren belehrt.

Apropos belehrt: »Du liebst Frauen zu sehr«, sagt sie in vorwurfsvollem Ton, »deshalb wirst du nie glücklich werden mit einer.«

»Interessante Theorie«, sage ich, »aber ich verstehe kein Wort. Für mich klingt das nach einem Widerspruch.«

»Du stellst Frauen auf ein Podest und himmelst sie an«, sagt sie, »und anschließend beklagst du dich über Nackenschmerzen.«

Ich würde jetzt gerne eine rauchen.

»Du bist wahrscheinlich der einzige Mann«, legt sie nach, »der einer Frau verfallen kann, ohne sich jemals auf sie einzulassen.«

»Ich brauche die Euphorie«, sage ich und suche ihren Blick.

Sie hält mir stand, schüttelt den Kopf und sagt: »Euphorie brennt zu schnell.«

»Ich liebe Frauen«, sage ich mit einem Achselzucken, »aber ich sehe das Problem nicht. Es geht hier doch um uns – und da hat es einfach nicht gepasst.«

Sie lacht auf. »Mit wem hat es denn jemals gepasst?«

Mit Amy, lautet die ehrliche Antwort. Die ehrliche Antwort, die ich für mich behalte. Morgen fliege ich in die USA. Ich werde sie finden. Die schönste Frau der

Welt. Die Liebe meines Lebens. Ich bin aufgeregt. Ich hatte nie Probleme, Frauen kennenzulernen, hatte nie Probleme, die Frauen zu kriegen, die ich wollte. Auf meine Größe, mein volles Haar und meine Figur, die auch ohne Sport erstaunlich gut in Form bleibt, kurz: auf meine ansehnliche Gestalt kann ich mich bei aller Bescheidenheit verlassen. Aber eigentlich, das weiß ich jetzt, ging es immer nur um Amy. Die ganze Zeit.

»Sei ehrlich«, sagt Kata, »hast du Angst vor der Liebe?«

»Das ist doch Unsinn«, protestiere ich.

»Manchmal«, fährt sie fort, »kommt es mir so vor. Es gibt nur zwei Gefühle, die über alles entscheiden, was wir tun: Liebe und Angst. Und du, Flemming Hansen, hast Angst.«

»Das ist doch Quatsch«, sage ich und genehmige mir einen großen Schluck.

Sie öffnet ihren Zopf und fährt sich mit beiden Händen durch die Haare.

»Dein Verhalten ist Quatsch«, kontert sie. »Du darfst mich nicht falsch verstehen, es geht hier nicht um mich oder uns. Wir hatten unseren Deal. Aber ich mache mir Sorgen, dass du es nie hinkriegen wirst.«

»Was denn hinkriegen?«

»Na das Glück!«

»Ich bin glücklich.«

Sie zieht eine Schnute. »Ach wirklich?«

»Glück hängt nicht automatisch mit einer festen, funktionierenden Beziehung zusammen«, erwidere ich. »Jedenfalls nicht in meiner Welt.«

»Finde ich gut«, sagt sie und nickt, »solange du dir da nichts vormachst.«

»Ich weiß deine Ehrlichkeit zu schätzen«, sage ich und lasse wieder den Blick über den Hafen schweifen, als ihre Hand meinen Oberschenkel hochkrabbelt. Langsam beugt sie sich zu mir herüber, und ihr Mund ist schon leicht geöffnet, als sie haucht: »Jetzt muss ich dich mal was fragen.«

Du stellst doch die ganze Zeit Fragen, denke ich, bleibe aber trotzdem mit erwartungsvollem Blick an ihren geschürzten Lippen hängen.

»Was würdest du sagen«, hebt sie an, »wenn zwei Menschen eine Menge Zeit miteinander verbringen ... aber irgendwann getrennte Wege gehen wollen ...«

Ich schlucke, als sie fortfährt, ihre Hand inzwischen in meinem Schritt: »... aber noch einen gemeinsamen Abend haben ... noch eine gemeinsame Nacht ...«

Mit gekonnten Griffen massiert sie meinen Schwanz durch die Hose.

»Tja«, ächze ich leise, »was würde ich ... da wohl sagen?«

»Wie würdest du es finden«, flüstert sie und fährt mit der freien Hand durch meine Haare, »wenn diese beiden Menschen sich noch eine Nacht Zeit nehmen würden, um Geschichte zu schreiben?«

»Das ... würde ich ziemlich gut finden.«

Sie greift nach meiner Hand und führt sie zwischen ihre Beine. »Bloß *gut?*«

Ich muss schlucken. »*Ziemlich* gut.«

Sie weicht ein wenig zurück, um mich anzusehen.

»Worauf wartest du dann noch?«, haucht sie mit heißem Atem in mein Ohr.

Eine Stunde später liegen wir keuchend und schwitzend nebeneinander auf meinem Boxspringbett.

Ich habe in jedem Mundwinkel eine Zigarette und stecke sie für uns in Brand. »Ich würde sagen«, sage ich und reiche ihr eine der beiden Zigaretten, »das war einen Eintrag in die Geschichtsbücher wert.«

Sie nickt. »Das war gut.«

»*Gut?*«, rufe ich empört und lache. »Es war nackte Poesie. Eigentlich haben wir gerade Kunst mit unseren Körpern geschaffen. Wie das Bolschoi-Ballett, nur ohne Kostüme.«

»Quatsch nicht so viel!«

Kata legt die Kippe auf ihren Lippen ab, klatscht in die Hände und ruft mit der Unmissverständlichkeit eines russischen Militäroffiziers: »Musik jetzt!«

Sie liebt es, in meiner Plattensammlung zu wühlen und nach irgendwelchen Perlen zu tauchen. Immer wenn sie bei mir ist, verbringt sie den halben Abend damit, Musik aufzulegen. Trinken, rauchen, Musik hören – das ist genau ihr Ding. Fast wie bei Amy. Eigentlich sogar genau wie bei Amy.

Kata legt »Songs In The Key Of Life« von Stevie Wonder auf, das Album hört sie nach dem Sex besonders gern. Zu »Isn't She Lovely« tanzt sie nackt durchs Zimmer und singt schief, aber dafür laut. Sie wackelt mit dem Hintern, wirft ihren Kopf hin und her und lässt die Haare kreisen. Eigentlich ist sie die perfekte Frau. Aber ich fühle nicht genug, wenn ich sie tanzen sehe.

»Was für ein geiler Song!«, jubelt Kata später, als »Another Star« ausklingt.

Sie liebt es, dass meine Sammlung fast ausschließlich aus alten Soulplatten besteht. Soul ist mein Rock'n'Roll. Ich hätte gerne in den Sechzigern oder Siebzigern gelebt und geliebt, diesen flirrenden Zeiten. Früher war mehr Sex. Alles hatte mehr Schwung. So kommt mir das zumindest vor.

»Diese Songs sind das einzige Mittel gegen Krisen und Kriege«, stimme ich ein, weil ich nach dem Orgasmus gerne philosophisch werde.

»Liebe ist das einzige Mittel«, widerspricht Kata.

»Die Liebe ist eine launische Schlampe«, sage ich, »aber die Musik ist ein treues Mädchen.«

Zwei Joints und eine Marvin-Gaye-Platte später dösen wir zusammen weg, ihr Kopf an meiner Schulter. Ein vertrauter, freundschaftlicher Moment, in dem mir klarwird: Wir haben uns abgehakt. An diesem Abend haben wir uns gegenseitig aus unseren Systemen gevögelt.

Der Kreis hat sich wirklich geschlossen, denke ich. Ein fairer Deal.

In der Nacht habe ich einen Alptraum: Amy und ich sitzen in einem Restaurant, es wird nicht klar, in welcher Stadt oder in welchem Land, weil kein Kellner an unseren Tisch kommt. Vor uns stehen Häppchen, mit Honig überzogener Ziegenkäse, den Amy mit der Hand nascht. Alles ist seltsam verschwommen, schlimme Dinge pflege ich schnell zu verdrängen. Aber ihr Blick geht mir nicht mehr aus dem Kopf – der Blick, als sie keine Luft mehr bekommt. Wir unterhalten uns gerade angeregt darüber, ob Providence oder Hamburg der logische Lebensmittelpunkt wäre, als sie sich noch einen Käsehappen in den Mund steckt. Sekunden später hält sie inne und reißt die Augen auf. Ihr Hals beginnt unkontrolliert zu zucken, mit weiten Augen starrt sie mich an. Ein Blick, wie ich ihn nur von Schauspielern kenne in dem Moment, wenn ihnen im Film in den Rücken geschossen wird. Ein Blick, dessen Hilflosigkeit meine spiegelt. Wie gelähmt sitze ich vor ihr und starre zurück, ohne auf die Idee zu kommen, ihr mit einem Heimlich-Manöver das Leben zu retten. Das übernimmt der Kellner, der plötzlich doch noch auftaucht und Amy mit beiden Händen packt und schüttelt. Er ist ein Kerl wie ein Haus, aber während seiner lebensrettenden Maßnahme sieht er überfordert und ängstlich aus, als würde er gerade zwölf Pitbulls zurückhalten. Amy windet sich aus seinem Griff, als wollte sie sich nicht helfen lassen. Mit ihrem Blick lässt sie nicht eine Sekunde von mir ab. Noch einmal schnappt sie vergeblich nach Luft, sie keucht und röchelt, ihr Oberkörper bäumt sich ein letztes Mal auf. Der Kellner weicht einen Schritt zurück.

Amy sackt in sich zusammen und rutscht vom Stuhl.

Ein letzter Blick, als wollte sie sich in mein Gedächtnis einbrennen.

Dann wache ich auf.

Es ist bereits hell.

Ich bin immer noch nass vor Schweiß. Oder schon wieder? Im Zimmer ist es schwül, es riecht nach Sex. Ich drehe mich zur Seite, Kata ist nicht da. Ich kann nicht sagen, dass ich traurig darüber wäre – zu perfekt war unsere letzte Nacht.

Es dauert ein paar Sekunden, bis ich realisiere, dass ich mich besser beeilen sollte. Ich schnelle hoch und will nach dem Handy in meiner Hose auf dem Boden suchen, aber als ich aus dem Bett springe, rutsche ich aus und lande unsanft auf dem Rücken.

Im ersten Moment muss ich loslachen – wie ein Käfer liege ich hier und starre an die Decke. Nackt, verkatert, durchgevögelt, und drauf und dran, meinen Flieger nach Amerika zu verpassen. Das Lachen vergeht mir schnell. Als ich mich mühsam aufrapple wie ein alter, fußkranker Mann, der aus dem Rollstuhl gefallen ist, greife ich in Scherben. Der ganze Boden ist voll von ihnen. Es sind schwarze Scherben aus Vinyl, die zwischen zerschnittenen, zerrissenen, aufgeweichten, kaputten Covern liegen. Erst jetzt bemerke ich das leere Plattenregal. Sie sind alle zerbrochen. Keine einzige Scheibe ist noch heil. Die Pappschuber und Cover und Hüllen sind zerfleddert, zerfetzt in tausend Stücke. Die Supremes, Ray Charles, Ike & Tina, Michael Jackson, Prince – alle kaputt.

Ich stürze auf den Flur, alles so weit sauber. Ich reibe mir die Augen, als mir das pinkfarbene Post-it an der Wohnungstür ins Auge fällt. Ich erkenne ihre Schrift sofort.

Danke für nichts. Hoffentlich verpasst du deinen Flug nicht. Kata

Die Wohnungstür ist abgeschlossen. Der Schlüssel, der sonst immer von innen steckt, ist weg. Ich suche alles ab. Er ist weg. Sie hat mich eingeschlossen. Ich bin gefangen, in meiner eigenen Wohnung.

Das darf alles nicht wahr sein, denke ich und bin nur einen Schritt davon entfernt, in meinem eigenen Selbstmitleid zu ertrinken, auf alles zu scheißen und nach dem Glenlivet zu greifen. Aber es sind noch zwei Stunden Zeit, bis der Flieger abhebt, mit mir oder ohne mich. Ich beschließe, den Schock zu verdrängen und mit kühlem Kopf zu handeln. Wie in Trance kehre ich die Splitter der Scheiben, die mal meine Plattensammlung waren, zusammen. Anschließend rufe ich zunächst den Schlüsseldienst, damit er mich aus meiner eigenen Wohnung befreit. Dann bestelle ich das Taxi zum Flughafen. So zahle ich an diesem verkaterten Morgen noch vor dem ersten Kaffee über 250 Euro.

Ich schaffe es in letzter Minute. Mit dem Herz im Mund erreiche ich das Gate. Diesmal lassen sie mich noch rein.

22. kapitel

Das war der Moment! Ich war so wütend, und Vater stand direkt neben mir, hier in unserer Küche, wo er so oft alleine gesessen hatte und sich vollaufen ließ. Ich erinnerte mich daran, wie Hauke und ich Pläne geschmiedet hatten, ihn einfach zu töten. Wie wir diskutiert hatten, was wohl die beste Methode wäre. Wie wir uns gefragt hatten, ob wir wegen mildernder Umstände davonkommen würden. Wie wir nachgeschlagen hatten, ab welchem Alter man in Deutschland strafmündig ist.

In diesem Moment schien sich alles zu fügen. Ich hielt das Messer ganz fest in der Hand, ich hätte es ihm einfach in den Hals rammen können. So schnell hätte er gar nicht reagieren können. Ich malte mir aus, wie ich in seinen Hals stechen und das Messer einfach stecken lassen würde, wie er hilflos röchelnd zu Boden gehen würde, wie er sich winden würde, und wie ich das Messer schließlich ganz langsam wieder herausziehen würde und wie das Blut in einer großen Fontäne im Rhythmus seines rasenden Pulsschlages aus dem Hals sprudeln würde. Wie ich ihm alles vorhalten würde, was er uns angetan hat, während das Leben langsam aus ihm weicht.

Ich habe es nicht getan. Ich weiß nicht, warum. Wahrscheinlich hatte ich Schiss vor den Konsequenzen. Ich konnte damals nicht ahnen, dass ich ihn nie mehr wiedersehen würde. Mein Glück, dass ich die Beherrschung nicht verloren habe.

Am nächsten Tag flog ich zurück nach Providence. Natürlich habe ich meine Mutter vorher gefragt. Sie sagte, dass es besser so wäre, und dass ich mir keine Sorgen machen müsse. Ich war also froh, als ich zurück in Amerika war, und meine Mutter auch. Nicht weil sie mich nicht vermisst hätte. Sondern weil sie nur das beste Leben für mich wollte.

Erst in den folgenden Wochen dachte ich an Hauke. Als der Schock endlich nachließ, hatte ich Zeit für ihn, setzte die Trauer ein. Ich erinnerte mich an die ganze geile Scheiße, die wir erlebt hatten: die Scheiben der alten Schule einschmeißen; Sangria im Tetra Pak aus dem *Minimal*-Markt klauen und beim Spielplatz auf der

Schaukel sitzen und die Packung leer saufen; jeden Abend so spät wie möglich nach Hause kommen, die langen Haare vorsichtshalber im Kragen vom Regenparka verstecken und hoffen, ihm nicht über den Weg zu laufen; die Lieder singen, die davon handeln, das Leben zu lieben; nachts wieder rausschleichen und bekifft auf dem Standstreifen der Schnellstraße liegen – »die Sterne über unserer schönen Stadt mal zählen«, hat Hauke damals gesagt; und immer wieder Pläne schmieden, wie wir einfach abhauen vor ihm.

Wir waren uns nie einig, wo wir auf dieser Welt am liebsten landen würden. Aber ich weiß noch ganz genau, was für ihn das wichtigste Kriterium war: »Ich will da wohnen, wo man die Fenster einfach auflässt.«

Das hat Hauke immer gesagt.

Ich war lange sauer auf ihn. Er hat Mama im Stich gelassen, er hat seine Schwestern im Stich gelassen, er hat mich im Stich gelassen, ich dachte damals nur: was für eine passiv-aggressive Scheiß-Aktion! Er war mein großer Bruder – er hatte kein Recht, mich mit ihm alleine zu lassen. Er hatte sich gefälligst vor mich zu stellen und mir Deckung zu geben! Er hatte sich um mich zu kümmern. Dachte ich zumindest.

Aber wer zur Hölle hat behauptet, dass es immer die *älteren* Brüder sein müssen? Ich habe lange gebraucht, bis ich verstanden habe, was für einen Druck es bedeutet, der ältere Bruder zu sein. Ich habe mich immer gefragt, warum er so verzweifelt war. Ich konnte nicht begreifen, was er getan hatte.

Das war damals. Ich glaube, inzwischen habe ich es

gerafft: Eigentlich wollte er immer nur ein Kind bleiben. Aber Vater hat ihn nicht gelassen. Dafür hasse ich ihn so sehr, wie Hauke ihn gehasst haben muss. Manchmal wäre ich auch gerne gesprungen. Aber ich wollte Vater nicht gewinnen lassen.

Irgendwie ist es verrückt: Damals war Hauke mein großer Bruder, inzwischen ist er längst für immer jünger als ich.

Verdammte Scheiße, wie sehr ich ihn vermisse.

23. kapitel

Es gibt diesen Song, in dem der Sänger behauptet, dass Raucher vor Krankenhaustüren das Traurigste sind, was er je gesehen hat. Ich möchte ihm widersprechen: Das Traurigste, was ich je gesehen habe, ist das Essen im Flugzeug. Dankend lehne ich das erbarmungswürdige, in genmanipuliertes Gemüsegelee eingelegte Hühnchen ab und lehne mich zurück. Nach einer Schlaftablette, zwei Stunden und drei Wein beginnen die Flugzeuggeräusche und das leise Schnarchen meiner Sitznachbarin mittleren Alters mich irgendwo über Island in den Dämmerzustand zu wiegen.

Als der Flieger Kurs auf den offenen Atlantik nimmt und ich mich von einem Film mit Jennifer Aniston und Ben Stiller berieseln lasse, erreicht mein Puls langsam wieder einen Wert, der nicht mehr gesundheitsgefährdend ist. Ich bin nicht mehr so aufgeregt, eher erleichtert. Es ist schade um meine Platten, aber wenigstens muss ich nicht befürchten, dass Kata mir noch lange nachtrauert. Die Sache ist durch.

Ich hätte wissen sollen, dass ich irgendeinen Preis zahlen muss. Also kann ich mich auch gleich den wichtigen Dingen zuwenden.

Kurz vor dem Abflug hat Derek mir eine *Facebook*-Nachricht geschickt. Wir treffen uns gleich morgen bei ihm, er hat mich eingeladen. Vielleicht kann er mir doch helfen, hat er geschrieben.

Ich frage mich, was er wohl meint.

Hat er von Amy gehört?

Weiß er, wo ich sie finden kann?

Irgendwas in der Art muss es doch sein!

Vielleicht bin ich ihr schon ganz nah.

Vielleicht fügt sich alles zum Guten.

Aber noch bevor ich mich dem Gedanken an das Wiedersehen hingeben kann, steigt mir der Uringestank in die Nase. Es riecht wie damals zu meiner Zivildienstzeit auf Station 1 im DRK-Zentrum in Billstedt. Ein alter Mann in einer Art Schlafanzughose steht neben mir auf dem Gang und wippt von einem Bein auf das andere. Die unförmige Ausbeulung an seinem Gesäß lässt eine Windel vermuten. Erst als die Toilette frei wird und der Opa die Tür von innen verriegelt, lässt der Gestank etwas nach. Eine der Stewardessen läuft mit großen Schritten durch das Flugzeug und klopft dabei auf einen Kaffeebeutel.

»Das hilft vielleicht ein wenig«, sagt sie und lächelt unangenehm berührt. Der Duft der gemahlenen Bohnen erinnert an die Rösterei in der Speicherstadt, in der ich vorletzte Woche mit ein paar anderen Textern vor dem Pitch für die Kampagne eines neuen, fair gehandelten Hipster-Kaffees zum Rundgang eingeladen war, und das Aroma verbreitet sich wie eine Wohltat.

Anschließend wendet sich eine andere Flugbegleiterin an mich und fragt, ob ich – »nicht doch bitte womöglich auch« – mit dem freien Platz in der Reihe am Notausgang vorliebnehmen könne und würde. Den inkontinenten Mann möchten sie nämlich für den Rest des Fluges lieber hier hinten platzieren, sagt sie, damit der Weg auf die Toilette für ihn nicht so lang und beschwerlich ist.

Sie zwinkert verschwörerisch.

Ich gebe die letzte Reihe nur ungern auf, sehe aber keinen Verhandlungsspielraum – der alte Mann ist schließlich in Not.

»Was ist mit meinem Handgepäck?«, frage ich die Stewardess, als sie mich zu meinem neuen Platz in der Mitte der Maschine begleitet.

»Das bringe ich Ihnen«, sagt sie und zeigt auf den leeren Platz neben einer schlanken Brünetten. »Da wären wir.«

Wegen des Notausgangs handelt es sich um die einzige Reihe mit nur je zwei Plätzen links und rechts, auch die Beinfreiheit ist größer.

»Hallo«, grüße ich und lasse mich seufzend in den Sitz fallen. »Ist ja wie die Reise nach Jerusalem hier.«

Die Frau neben mir lacht kurz und freundlich auf. Die Stewardess kehrt zurück, verstaut das Handgepäck in dem Fach über meinem Kopf und bedankt sich abermals. Ich habe Angst, dass die Wirkung von Wein und Tablette langsam nachlässt, und schließe für einen Moment die Augen.

»Nicht einschlafen«, sagt meine Sitznachbarin, »ich muss die nächste raus.«

Sie hat eine kratzige, leicht heisere Stimme und spricht in Zimmerlautstärke, sehr angenehm, nicht zu laut, aber auch nicht so leise, dass der Fluglärm sie übertönt. Ich muss schmunzeln und drehe mich zu ihr. Sie lächelt. Ihre Haare leuchten rotbraun wie der Herbst, und ihre Augen schimmern türkisfarben wie das Meer vor Mexiko.

»Ich habe gehört, hinten hat der urologische Pflegedienst die Arbeit aufgenommen«, sagt sie, während sie sich die schulterlangen Haare zu einem strengen Zopf bindet, der gut zu ihrem schwarzen Hosenanzug passt. Für Frauen in Hosenanzügen habe ich eine Schwäche. Ihre Bluse darunter ist einen Knopf zu weit offen und gibt den Blick auf ihr Dekolleté in einer Weise frei, die unabsichtlich anmutet.

»Es ist ein langer Flug«, sage ich und zucke mit den Schultern.

»Und ich hatte schon gehofft, dass ich die Reihe für mich alleine habe«, sagt sie und grinst mit ihrem breiten Mund über das ganze Gesicht.

Was für eine Stimme, denke ich, ein bisschen heiser fand ich schon immer sexy, früher bei Jessica Schwarz zum Beispiel. Die Frau sollte Moderatorin werden oder Hörbücher einlesen oder so was.

»Das tut mir leid«, sage ich, und sie schenkt mir einen anerkennenden Blick, weil ich ihre Sticheleien souverän pariere.

»Wollen wir was trinken?«, fragt sie und hebt das Kinn.

Ich nicke. »Auf unsere Sitznachbarschaft!«

Ich winke die Flugbegleiterin zu uns heran.

»Auf eine gelungene Ozeanüberquerung!«, sagt sie, als wir mit Wein anstoßen. Kennenlerngespräche machen mir normalerweise keinen Spaß, weil sie zu viel Zeit kosten, aber das hier wird ungewöhnlich interessant – vielleicht liegt es auch daran, dass ich nicht flüchten kann, selbst wenn ich wollte, und außerdem schon leicht einen sitzen habe.

Sie heiße Lena Bergmann, sagt sie, sei gebürtige Hamburgerin und arbeite für *Red Bull.* In den nächsten Tagen müsse sie im Namen der Aufputschplörre kreuz und quer durch die USA reisen, von Großstadt zu Großstadt, von Termin zu Termin hetzen, Ostküste, Westküste, Mittlerer Westen, New York, Los Angeles, Dallas, Chicago, alles dabei. Es gelte, die Marke ausgerechnet im Coca-Cola-Land USA zu etablieren.

»*In Coca-Cola-Country*«, sagt sie und verzieht das Gesicht zu einer Grimasse.

Als die beruflichen Eckdaten abgehakt sind, hüpft sie munter plaudernd von einem Thema zum nächsten: Veganerin sei sie, aber es sei ihr völlig egal, was andere Leute essen; Hockey habe sie zu Teenagertagen in Uhlenhorst gespielt, weshalb ihr Hintern heute noch in Topzustand sei, wie sie selbst sagt, obwohl sie doch aus Termingründen kaum noch dazu komme, überhaupt Sport zu treiben; und die *Lustige Mamma* auf St. Pauli sei ihre Lieblingskneipe.

»Kenne ich gar nicht«, sage ich.

Mit ihrer flimmernden Stimme erzählt, klingt das alles interessant.

»Und für wen machst du so die Beine breit?«, fragt sie und guckt mich angriffslustig an.

Ich lache auf und antworte wahrheitsgemäß.

»Werbung also«, wiederholt sie. »Du wirkst auf mich aber nicht wie ein großer Verkäufer.«

Ich kann nicht einschätzen, ob das ein Kompliment oder eine Beleidigung sein soll. »Ich hätte auch nicht gedacht, dass du *Red Bull* trinkst«, erwidere ich.

»Ich trinke *Red Bull* nicht«, sagt sie und hebt den Zeigefinger, »ich arbeite für *Red Bull*. Großer Unterschied.«

»Siehst du«, sage ich, »und ich mache Werbung, weil es mir leichtfällt. Aber in der Werbepause schalte ich um wie jeder andere auch.«

Heiter einigen wir uns darauf, dass sich unsere Berufe nicht unähnlich sind, wir ihnen aber mit professioneller Distanz nachgehen.

»*Red Bull* und ich«, sagt Lena, »das ist rein geschäftlich.«

Die Österreicher würden gutes Geld zahlen.

Ich lasse sie wissen, dass man auch in der Werbung immer noch gut verdiene. Aber das Texten von Slogans sei auch kein Kindergeburtstag.

»Warst du schon mal auf einem Kindergeburtstag?«, fragt Lena.

»Wieso?«

»Weil du dann wissen müsstest, dass der Vergleich hinkt. Auch wenn er ständig verwendet wird. Nichts ist stressiger als ein Kindergeburtstag.«

»Hast du Kinder?«, frage ich.

»Nein, ich will auch keine«, sagt sie. »Aber in der Familie und im Freundeskreis habe ich genug Kinder um mich herum. Im Job auch, so kommt es mir manchmal vor. Deshalb bin ich immer und überall die Tante Lena. Und das reicht mir auch vollkommen.«

Sie will keine Kinder, das ist mir gleich sympathisch. Ich verstehe diese gesellschaftliche Fixierung auf Fortpflanzung nicht. Der Gründung einer Familie wird allgemein viel zu viel Bedeutung beigemessen. Ich könnte mir nichts Schlimmeres vorstellen als die Verantwortung für das eigene Kind: die völlige Selbstaufgabe, der Verlust der Freiheit, gleichzeitig die ständige Angst, dass dem Kind etwas zustoßen könnte. Ich glaube auch nicht, dass ein Kind der Liebe zwischen Mann und Frau guttut – zumindest habe ich die Leidenschaft von so mancher Beziehung im Freundeskreis schon komplett und unwiderruflich erlöschen sehen, als der Nachwuchs da war. Und das klingt jetzt vielleicht depressiver, als es gemeint ist, aber: Kinder fesseln uns ans Leben. Ich will mir die Option aber lieber offenhalten. Im Notfall möchte ich selbst entscheiden können, wann es vorbei ist. Das ist sehr theoretisch gedacht, versteht sich – schließlich liebe ich das Leben, irgendwie. Ich glaube nicht, dass ich mich so entscheiden könnte wie Hauke.

Aber trotzdem. Man weiß ja nie. Wie gesagt: Es geht um die Option.

»Kinder gehen mir auf den Sack«, sage ich, denn die Zunge ist längst lose vom Wein, »auf gut Deutsch gesagt.«

»Weißt du«, hebt Lena an und lächelt, »Leute, die etwas *auf gut Deutsch sagen*, können meistens gar nicht so gut Deutsch.«

Wir lachen und bestellen noch zwei Fläschchen und vergessen die Zeit, und dann bestellen wir wieder Nachschub, und bald darauf befinden wir uns bereits über Neufundland.

»Das war wirklich ein netter Flug«, sage ich.

Lena fasst mich einen Moment zu lange ins Auge: »Aber wir sind doch noch gar nicht da!«

Sie lacht – seit der Wein bei ihr wirkt, lacht sie viel, was ihren kupferfarbenen Teint leuchten lässt.

»Aber es dauert nicht mehr lange«, sage ich.

Was ich in den USA zu tun habe, will sie noch wissen.

Ein paar Termine in Agenturen, antworte ich.

Kurz darauf verabschiede ich mich auf die Toilette, die der inkontinente Opa für einen Moment freigegeben hat. Im kalten Licht der winzigen Kabine betrachte ich mich im Spiegel. Wie immer gegen Ende eines langen Fluges, sehe ich aus wie wundgefickt und weggeworfen: geplatzte Äderchen rund um Nase und Augen, blassrote Gesichtsfarbe, zwei, drei neue Pickel.

Nur mit angetrunkener Gleichgültigkeit ist dieser Anblick zu ertragen.

Ich strecke mir die Zunge raus, sie ist belegt, die Schicht ist dunkelrot, fast blau, der Wein. Scheißegal, denke ich noch, als es knallt und die Maschine absackt und ich auf dem Hosenboden lande. Das Flugzeug ist aus seiner sicheren Bahn geworfen, die Motoren jaulen auf. Das Licht in der Toilettenkabine fällt kurz aus, bevor es unregelmäßig flackert. Ich höre, wie eine der Flugbegleiterinnen während ihrer Durchsage für den Bruchteil einer Sekunde die hart antrainierte Beherrschung verliert und einen kieksenden Schrei ausstößt. Ein fahrlässiger Moment, denn bei Turbulenzen denken die Passagiere immer: Solange die Stewardess ruhig bleibt, wird alles gut. Wenn sie aber *so* reagiert, stecken wir anscheinend in ernsten Schwierigkeiten.

Es rumpelt wie in einem Karton, der eine Wendeltreppe herunterpurzelt. Ich klammere mich an der Klobrille fest, als würde mich das retten, wenn wir vom Himmel fallen. Normalerweise würde ich eher einer Wurzelbehandlung ohne Betäubung zustimmen, als mich freiwillig an eine öffentliche Klobrille zu schmiegen, aber der Schock ist stärker als jeder Ekel.

Noch ein Donnerschlag, die Maschine wird jetzt hin- und hergeworfen.

Reiß dich zusammen, Flemming! Die gefährlichsten Minuten eines Fluges sind jene kurz nach dem Start und kurz vor der Landung, aber wir sind schon seit Stunden unterwegs und noch meilenweit vom Zielort entfernt – was soll schon passieren?

Leider lautet die Antwort auf meine rhetorische Frage: Wir könnten abstürzen.

Der Druck auf meinen Ohren nimmt zu – wie damals, als ich für das Schwimmabzeichen in Gold die Ringe vom Boden des tiefen Beckens holen musste. Nur noch dumpf höre ich die vereinzelten Schreie der Passagiere durch die Kabine hallen. Ich frage mich, wie es Lena gerade geht, aber ich kann nicht aufstehen, solange die Maschine im Sturzflug gegen den rasenden Wind ankämpft.

Wie pflegte Mom, die notorische Nichtfliegerin, stets zu sagen: »Die Technik wird die Natur niemals besiegen können.«

Parallel zur nächsten Erschütterung springt das Schloss aus der faltbaren Tür. Knarzend öffnet sich die Klappe einen Spaltbreit nach innen. Ich hänge über der Kloschüssel und die Tür ist nicht abgeschlossen, aber es könnte mir nicht egaler sein, ob mich hier und jetzt jemand so sieht. Mit der Todesangst ist jedes Schamgefühl vergessen. Ich möchte einfach nur leben. Das sind allen Ernstes die einzigen Worte, die mir in diesen Minuten durch den Kopf gehen, immer wieder, wie ein Mantra: *Ich möchte einfach nur leben.* Es war mir gar nicht so bewusst, aber es stimmt.

Ich kann durch den Spalt eine Stewardess auf ihrem Platz sitzen sehen, mit bleichem Gesicht scheint sie ihre Füße zu fixieren. Ob sie es war, die eben geschrien hat?

»Scheiße«, rufe ich, »verdammte Scheiße!«

Ich habe mich immer darüber lustig gemacht, wenn Actionhelden in brenzligen Situationen herumbrüllen. Aber jetzt befinde ich mich selbst in Gefahr und muss feststellen, dass es tatsächlich für einen kurzen Moment der Erleichterung sorgt, laut »Scheiße!« zu rufen. Ein Lächeln über diese Erkenntnis kann ich mir nicht verkneifen, obwohl ich weiterhin kaum atmen kann vor Angst. Ein schrilles Quietschen, wie bei der Notbremsung eines ICE, pfeift durch den Türspalt. Ich halte mir die Ohren zu und beginne darüber nachzudenken, was ich in meinem Leben alles verpasst habe, als Lena mit weit aufgerissenen Augen in die Toilettenkabine stürzt.

24. kapitel

Ich hatte also kein schlechtes Gewissen, als ich nach Haukes Beerdigung zurück in die USA flog. Es war die Phase, in der ich es zum ersten Mal richtig zu schätzen wusste, zwei Mütter zu haben.

Wir haben Mama immer viel nachgesehen, weil sie es so schwer hatte: die dunklen, manchmal unerklärlichen Phasen, in denen ihr Gemüt über Tage von grauen, dichten Wolken umhüllt schien; ihren Hang zur Flasche Wein zu viel.

»Zu heiraten«, hat sie einmal zu mir gesagt, »das ist nichts als ein Behördengang, Junge. Was Offizielles, im Grunde wertlos. Es ist wie mit allem im Leben: Es kommt nicht darauf an, was du sagst, sondern was du tust.«

Niemand wird behaupten, dass sie jemals Glück mit Männern gehabt oder irgendeinen anderen, wie auch immer gearteten Jackpot im Leben geknackt hätte. Wir wussten, dass wir alles für sie waren, dass sie jeden verdammten Tag ihr Leben für uns gab – meine Schwestern wussten das, ich wusste das, und Hauke wusste es auch. Aber ihre Probleme machte sie lieber mit sich alleine aus. Sie wollte nicht von uns in den Arm genommen werden. Es reichte ihr, zu wissen, dass wir da waren. Wir mussten uns nicht bemerkbar machen.

Mom war dagegen ganz anders als Mama: offen und liebevoll. Auch sie hatte nicht gerade das große Los gezogen, aber sie ließ sich nichts anmerken. Dereks Vater hatte sie vor Jahren einfach sitzenlassen, war in die entgegengesetzte Ecke der Staaten nach San Diego gezogen, und es hielten sich hartnäckige Gerüchte, dass er seine Hände bei den Deals an der mexikanischen Grenze im Spiel hatte und eine Menge illegale Kohle machte: mit dem Schmuggeln von Drogen und Menschen.

»Ich will von dem Wichser nichts wissen«, sagte Derek.

»Geld geht durch tausend Hände«, soll sein Vater immer gesagt haben, »du musst nur zusehen, dass du zwischendurch alle deine Finger im Spiel hast.«

Er war schon seit Jahren weg, als ich nach Providence kam. Mom hatte sich komplett der Aufgabe verschrieben, aus Derek einen besseren Mann als seinen Vater zu machen. Theoretisch wäre hier kein Platz mehr für mich gewesen. Aber Mom ließ mich mit ihrer Herzlichkeit keinen Unterschied zwischen Derek und mir spüren. Ich sei ein Geschenk, sagte sie und fasste sich vorsichtig an ihre perfekt zurechtgesprühte Haartolle, die in der Farbe von lackiertem Holz glänzte. Nach zwei Wochen hingen erste Fotos von mir über dem Treppengeländer, gleich neben den Fotos von Hauke. Als wäre ich ein echter Mayweather.

»Du bist ein echter Mayweather«, sagte Mom und lächelte mich mit ihren warmen, müden Augen an. »*You hear me?*«

Das hätte sie gleich gemerkt, dass ich ein echter Mayweather wäre.

Als ich nach Haukes Beerdigung zurück in Providence war, wurde ich mit einer Party empfangen. Die ganze Straße, ach was: das ganze Viertel war da, die ganze Vorstadtgemeinde, die Milners, die Westwoods, der Pfarrer, sogar der indische Inhaber des *7-Eleven*, den wir in Anlehnung an den indischen Supermarktinhaber der *Simpsons*, Apu Nahasapeemapetilon, immer nur *Apu* nannten.

Mom hatte ein großes selbstgemaltes Banner mit der Aufschrift *Welcome back, Flemming!* über der Treppe im Wohnzimmer drapiert, es dröhnte gute, ehrliche, altmodische amerikanische Rockmusik von *Journey* (»Don't Stop Believin'«) über die *Eagles* (»Lyin' Eyes«) bis *Toto* (»Hold The Line«) aus den Lautsprechern, und überall hingen kleine und größere US-Flaggen – das *Star-Spangled Banner*, das noch zu jedem festlichen Anlass seine Verwendung fand.

In der Auffahrt vor der Garage wurde gegrillt, wofür es eigentlich viel zu kalt und windig war, aber Derek hatte die Heizpilze angeworfen, hatte die schweren Dinger irgendwie aus dem Garten nach vorne getragen, und jetzt stand er da, flippte die Burger, packte den Gästen die leicht angebrannten Steaks auf die Pappteller und schickte sie mit einem forschen »*Here you go, Buddy*« und einem Klaps auf die Schulter zurück ins Haus. Zwischendurch wärmte er sich mit kräftigen Schlucken aus der Bierdose.

In den USA weicht man dem Tod nicht aus, man konfrontiert ihn vielmehr mit dem omnipräsenten Optimismus: Alles wird gut, was für eine schöne Zeit wir hatten, klar, es ist schlimm, aber was willst du machen, »*Whaddyagonnado*«, lasst uns auf den Toten trinken – mit dieser Haltung begegneten mir die rund 50 Gäste, mit dieser Einstellung nahmen sie Abschied von Hauke, meinem Bruder. Diese Form der fröhlichen Trauer ist nicht mit der morbiden Ausgelassenheit gleichzusetzen, wie sie in Lateinamerika zu solchen Anlässen zelebriert wird, wo man so laut wie möglich singt, um die Toten aufzuwecken, aber sie kommt ihr nahe. Nach dem Motto: Wir sind unendlich traurig über den Verlust, aber Lachen ist trotzdem erlaubt, sogar definitiv erwünscht. Wir lachen dem Teufel ins Gesicht.

Mir war natürlich nicht nach Feiern zumute. Trotzdem war ich zu gerührt, um mir etwas anmerken zu lassen. Es war komisch, wie gut und richtig sich die netten Worte und das Lächeln dieser Leute anfühlten. Sie wussten, was für eine schwere Zeit ich gerade durchmachte, sie wussten von Haukes Selbstmord, dass er also keiner Krankheit zum Opfer gefallen war und auch keinem Unfall, dass Haukes Tod vielmehr eine besondere persönliche Tragödie darstellte – aber sie begegneten mir so respektvoll und aufmunternd, so – ja: furchtlos, dass es auf mich abfärbte. Jeder Satz, jede Miene, jede Geste, jeder Blick schien mir zu bedeuten: Es ist hart, aber du darfst nicht vergessen, den Moment zu leben.

Oder so was in der Art.

Und nichts daran wirkte aufgesetzt, nichts daran fühlte sich seltsam an.

Jedenfalls schämte ich mich fast ein bisschen, wie gut mir diese Stimmung tat.

Derek hatte sich die Patriots-Pudelmütze – sozusagen die winterliche Version seiner Kappe – schon tief in die Stirn gezogen und zitterte vor Kälte, als ich mich zu ihm an den Grill stellte und sagte: »Das hättet ihr nicht machen müssen.«

Jetzt konnte ich es nicht mehr zurückhalten. Unkontrollierte Tränen schossen mir in die Augen.

Derek nahm mich in den Arm wie einen alten Freund. Er begegnete meinem kleinen Zusammenbruch, als habe er nichts anderes erwartet.

»Ich habe deinen Bruder geliebt«, schnaubte er in meinem Nacken, und ich konnte hören, wie er schluckte. Ich krallte meine Finger in seinen Hüftspeck und konnte seine Bierfahne riechen, als er leise schluchzte: »Er war Familie. Du bist auch Familie. Wir würden alles für dich tun.«

Aber warum?, wollte ich rufen, ehe mir klarwurde, dass es keinen Sinn macht, zu hinterfragen, warum man von jemandem gemocht, geschätzt, geliebt wird. Man soll es einfach annehmen und genießen.

Später am Abend waren Mom und ich die letzten Gäste auf der eigenen Party. Derek hatte sich – erschöpft von seinem Abend als Grillmaster – längst auf sein Zimmer zurückgezogen. Aber Mom wollte einfach nicht schlafen gehen. Wir saßen am Küchentisch, und ich nuckelte an einer letzten Dose *Miller Lite*. Ekelhaftes Zeug eigentlich.

»Jetzt erzähl doch mal«, hob Mom an, als habe sie sich ein Herz fassen müssen, »wie geht es deiner Mutter?«

Obwohl sie sich nicht kannten, fragte Mom oft nach meiner Mutter. Sie fühlte sich ihr verbunden, aber diesmal war die Frage natürlich noch ein bisschen berechtigter als sonst.

»Sie kommt schon klar«, sagte ich, als wollte ich beweisen, dass ich an diesem Abend meine Lektion gelernt hatte: *Klar, es ist schlimm, aber was willst du machen?*

»Hätte ich das Gefühl gehabt, sie nicht alleine lassen zu können«, fügte ich an, »wäre ich nicht hier.«

»Daran habe ich keinen Zweifel«, sagte Mom und nippte wie in Zeitlupe an ihrer Whiskey-Cola, ihrem absoluten Lieblingsgetränk: *Jack Daniel's* und *Dr. Pepper*, im Verhältnis 30 zu 70.

»*Whaddyagonnado*«, sagte ich. »Aber ich bin froh, wieder bei euch zu sein.«

»*I hear you*«, sagte Mom.

In diesem Moment stolperte Derek die Treppe herunter wie Butler James beim *Dinner for One*. Unten angekommen, klammerte er sich für einen Moment mit beiden Armen am Geländer fest und konnte einen Sturz so gerade noch verhindern.

»Wasishierlos?«, lallte er.

»Wo kommst du denn auf einmal her?«, rief Mom und zog die Nase kraus.

»Ist es nicht langsam Schlafenszeit?«, fragte Derek und verengte die glasigen Augen zu kleinen Schlitzen, aber seinen betrunkenen Blick konnte er nicht verbergen.

»Wir reden über Flemmings Mutter«, sagte Mom, »wie es ihr geht und so.«

»Oh, *sure*«, sagte Derek seltsam teilnahmslos, »muss hart für sie sein.«

Er stellte sich hinter seine Mutter, beugte sich herunter und drückte ihr einen Kuss auf den Kopf. Mom legte hinter ihrem Rücken die Arme um seine Hüfte. Sie schmiegten sich fest aneinander.

»Weißt du, was das Wichtigste ist, Flemming?«, fragte Derek, während er in ihrer Umklammerung schwankte, als stünde er an Deck bei leichtem Wellengang. Ich musterte meinen Gastbruder, wie er um Gleichgewicht bemüht war, und bemerkte den Unterschied: Vorher war er bloß betrunken gewesen – nun war er besoffen.

Hatte er sich auf seinem Zimmer etwa noch einen genehmigt?

»Das Wichtigste«, hob er zur Antwort auf die eigene Frage an, »das Wichtigste ist, dass deine Mutter dein Kumpel ist.«

»Das ist wahr«, stimmte Mom ein, »Derek weiß, dass er immer zu mir kommen kann. Was auch immer es ist. *You hear me, Buddy?*«

Sie nannte ihn gerne *Buddy*, und mich nach kurzer Zeit auch, was ich nur folgerichtig fand.

»*Sure, Mom.*« Mir wurde der Moment fast zu intim, als Derek ihr noch einen Schmatzer auf die Stirn gab und sie abermals an sich drückte.

Stell dich nicht so an, Flemming, zwang ich mich zu denken, *nur weil es bei dir zu Hause anders zugegangen ist, musst du nicht so verklemmt sein.*

Aber für den Moment verwirrte mich die offen zur Schau gestellte Vertrautheit.

Derek bemerkte meinen Blick und grinste: »Du«, rief er und zeigte mit dem Finger auf mich, »du bist Familie.«

»Das ist er«, nuschelte Mom, »das ist er wirklich.«

»Du bist Familie«, wiederholte Derek, den Finger immer noch auf mich gerichtet, »weißt du das?«

Das war schön zu hören, egal, wie voll er war.

»Wir würden alles für dich tun«, sagte Derek.

25. kapitel

Plötzlich wurde es laut. Amy schreckte hoch von meiner Brust, wo sie vorher selig mit ihrem Kopf gelegen und wahrscheinlich mein Herz gehört hatte, das stark und gleichmäßig zum Ticken der alten Wanduhr – einem Erbstück ihrer Großmutter, der wohl älteste Gegenstand im gesamten Fisher-Haus – schlug. Sobald ich Amy in Sicherheit wog, wurde ich auch selbst ganz ruhig.

Amys Augen wanderten hektisch umher, sie lauschte den Geräuschen: Im Wohnzimmer schienen Stühle gerückt zu werden, irgendetwas klimperte, dazu hörten wir Vater Fisher reden, ohne dass akustisch zu verstehen war, was er sagte. Amy zuckte zusammen und streifte sich hektisch ein T-Shirt über ihren nackten Oberkörper. Sie reagierte wie auf einen Weckruf.

»Versteck dich unter dem Bett!«, befahl sie mit hektischen Handbewegungen. »*Go, go!*«

»Was ist denn los?«

Es war einer dieser Abende: Amy hatte mich gebeten, bei ihr zu übernachten – was immer einen großen organisatorischen Aufwand bedeutete. Höchste Vorsicht war geboten, denn natürlich hätten die Fishers mich standrechtlich erschossen und meine Leiche in kleinen Teilen im Providence River versenkt, wenn sie etwas mitbekommen hätten. Deshalb hatten Amy und ich den SUV als Rückzugsort, deshalb trafen wir uns fast nie bei ihr – aber manchmal ging es Amy einfach so schlecht, dass ich für sie da sein wollte, dass sie mich unbedingt bei sich haben wollte, und dann warteten wir bis 22 Uhr, bis ihre Eltern pünktlich ins Bett gingen, bevor ich über die Garage in Amys Zimmer kletterte. Ich habe ihre Augen nie glücklicher gesehen als in jenen Momenten, wenn ich ungeschickt durchs Fenster in ihr Zimmer kraxelte. Ich fühlte mich dann immer wie ihr Ritter in glänzender Rüstung.

»*Showtime*«, flüsterte Amy genervt und schlurfte in ihrem viel zu großen Micky-Maus-Shirt und der engen Schlafjogginghose zur Tür. Ich hatte keine Ahnung, was sie meinte. Ich dachte nur: Sie kann tragen, was sie will, sie sieht immer scharf aus.

»*You look hot, babe*«, flüsterte ich ihr hinterher.

Sie drehte sich zu mir um und legte den Zeigefinger auf die Lippen, während ich unter das Bett kroch: »Du bleibst, wo du bist, und rührst dich nicht vom Fleck!«

Sie machte ein so strenges Gesicht, dass ich keine weiteren Fragen stellte.

»Amy!«, hörte ich Vater Fisher jetzt aus dem Wohnzimmer rufen. »Abigail! Kommt her! *It's showtime*!«

Ich weiß nicht, ob Amy daran gelegen war, dass ich das folgende Schauspiel mitverfolgen konnte, aber sie ließ ihre Zimmertür einen Spaltbreit offen. Unter dem Bett auf dem Bauch liegend, konnte ich in einem kleinen Ausschnitt verfolgen, was in der Küche los war. Genauer gesagt: Ich konnte es verfolgen – aber ich konnte es nicht glauben.

Vater Fisher war auf den Küchentisch gestiegen und knöpfte feierlich das Hemd unter seinem Sakko zu. Er sah aus wie ein verrückter Professor. Na gut: Eigentlich sah er bloß aus wie ein Professor – den Rest besorgte sein Verhalten.

Am Kopfende des Tisches standen Amy und Abigail, stramm wie sonntags in der Kirche, und schauten zu ihrem Vater auf. Rechts daneben hatte Mutter Fisher Position bezogen und hielt mit der kleinen Videokamera drauf – in Abständen von etwa fünf Sekunden schwenkte sie vom Vater auf die Töchter und zurück. Klassische Musik dröhnte aus den Plattenspielerboxen, es war wirklich ohrenbetäubend laut – erst recht für diese Uhrzeit und für Vater Fisher, der einen guten Namen in der Gemeinde pflegte und immer an die Nachbarn dachte.

Aber hier und jetzt wirkte er wie in Trance. Als würde er seinem Körper entweichen.

Er hielt einen kleinen Holzstock in der Hand, vielleicht Besteck vom Chinesen, mit dem er in der Luft herumstocherte wie ein orientierungsloser Fechter. Bei jedem Tempowechsel der Musik hielt er kurz inne, bevor er mit noch mehr Inbrunst weiterzappelte.

Langsam dämmerte mir, was hier los war.

Der Typ hielt sich für einen Dirigenten.

Aussetzer im Verhalten der Erwachsenen hatte ich in meinem Leben schon zur Genüge gesehen – ob es sich nun um meinen Vater, meine Mutter oder Mom handelte. Der Unterschied: Bei ihnen waren die Peinlichkeiten, war alle Exzentrik meist auf übermäßigen Alkoholkonsum zurückzuführen gewesen. Ich wusste, dass Vater Fisher keinen Tropfen trank und Alkohol verabscheute – und fragte mich, woher der Wahnsinn rührte. Nach knapp zehn Minuten verklang die Sinfonie, Amy und Abigail applaudierten so kräftig wie pflichtbewusst und riefen: »*Great, Dad!*«

Vater Fisher setzte auf dem Tisch zu einer tiefen, feierlichen Verbeugung an, während die Mutter alles mit ehrfürchtiger Miene mitfilmte.

Kurz darauf kehrte Amy zurück ins Zimmer und schloss die Tür. Ich hatte während des gesamten Schauspiels vergessen zu atmen. Ich versuchte zu schlucken, aber mein Mund war zu trocken. Amy sprach kein Wort, und ich traute mich nicht zu fragen. Wir legten uns einfach nebeneinander ins Bett und starrten an die Decke. Es dauerte noch länger als sonst, bis ich spürte, wie Amy sich langsam entspannte. Endlich öffneten sich ihre Lippen mit diesem vertrauten Geräusch – ein kurzes Saugen, dann ein Ploppen –, und sie begann ganz sanft zu schnarchen.

26. kapitel

Ich stehe hinter Lena, das Gesicht in ihren Haaren vergraben, und keuche: »Krass, das war ... viel zu krass ...«

Sie lacht auf, hebt den Po kurz an wie ein bockiges Pony und schlüpft aus meiner Umklammerung.

»Das wollte ich schon immer mal machen«, sagt sie, als sie sich die Anzughose zurück über den Hintern stülpt und dazu die Hüfte schwingt wie eine Skifahrerin. Sie schüttelt den Kopf, als könnte sie kaum glauben, was wir da gerade gemacht haben. Als wäre sie im besten Sinne schockiert über unsere Kühnheit.

»Ich auch«, lüge ich. Es war nicht mein erstes Mal im Flugzeug – zu gut erinnere ich mich noch an Denise –, aber es war mein erstes Mal im Angesicht des Todes.

»Willkommen im *Mile High Club*«, sagt sie und wirft ihren Blazer mit einer lässigen Bewegung über die Bluse.

»*Mile High Club*«, wiederhole ich abschätzig, und wir müssen beide lachen.

Inzwischen sind wir aus dem Gröbsten raus: Der Sturzflug verliert parallel und passend zur postorgastischen Entspannung an Geschwindigkeit – ein Gefühl, als habe sich der Fallschirm endlich geöffnet. Die Maschine stabilisiert sich, die Motoren brummen wieder gleichmäßig. Ein Raunen geht durch die Sitzreihen – laut genug, dass es durch die Tür deutlich zu hören ist.

»Gleich ist alles vorbei«, hatte Lena mit ihrer Whiskeystimme gehaucht, bevor sie über mich herfiel, »lass uns das Beste draus machen.«

Was soll ich sagen: Haben wir gemacht, das Beste draus.

Ich weiß nicht, was meine Knie weicher gemacht hat – die Turbulenzen oder der Sex –, aber ich kann mich kaum auf den Beinen halten. Fühlt sich an wie zu viel Kaffee.

Lena legt den Finger auf ihren Mund und sagt: »Wir müssen unauffällig zurück zu unseren Plätzen!«

»Wir sollten uns beeilen«, gebe ich zu bedenken. »Sobald der Schock nachlässt, müssen bestimmt alle mal aufs Klo.«

»Keine Sorge«, flüstert Lena, als sie den Riegel am

Türschloss so behutsam zur Seite schiebt, als würde sie eine Bombe entschärfen.

»Vorsicht mit dem Riegel«, sage ich.

»Mit deinem Riegel war ich doch auch nicht vorsichtig«, sagt sie und zwinkert mir zu. Ich muss lachen.

Sie öffnet die Tür wie in Zeitlupe und sagt: »Ich gehe vor, du kommst in zwei Minuten nach. Es wird niemandem auffallen.«

Sie wirft mir noch eine Kusshand zu, als sie sich mit einem Hüftschwung durch den Türspalt dreht: »Nicht vergessen, wieder abzuschließen!«

Kurz darauf sitzen wir wieder nebeneinander am Notausgang. In der allgemeinen Aufregung sind wir offenbar niemandem aufgefallen.

Und falls doch, auch egal.

Ich bestelle uns Wein zum Runterkommen: rot für mich, weiß für Lena.

Kurz vor dem Erreichen des New Yorker Luftraums fragt Lena: »Und?«

»Und was?«

»Gehen wir in Hamburg auch mal was essen, bevor wir miteinander schlafen?«

»Wäre das meine Aufgabe gewesen?«

»Welche Aufgabe?«

»Diese Frage zu stellen. Habe ich den Moment verpasst?«

»Ich halte nichts von solchen Regeln.«

»Eine sehr gute Eigenschaft. Ich auch nicht.«

»Also?«

»Also was?«

»Essen?«

»Klar«, sage ich. »Warum nicht?«

Wir tauschen Nummern aus, sie gibt mir ihre Visitenkarte:

Lena Bergmann
Red Bull GmbH
PR & Events Services

»Aber dir ist hoffentlich klar«, sage ich, »dass Beziehungen, die aus Extremsituationen entstehen, keine große Zukunft haben.«

»*Beziehungen*?«

»Ich meine ja nur.«

»Komisch«, sagt Lena nach einer längeren Pause. »Bevor du das mit der Extremsituation gesagt hast, war ich mir sicher, dass du einer von den Guten bist.«

»War ich mir bei dir auch«, gebe ich zurück, »bevor du das mit dem Essen gefragt hast.«

Dann müssen wir beide lachen, weil wir nicht mehr wissen, was wir noch ernst meinen und was nicht.

Die Ironie der Ironie.

27. kapitel

Seit Jenna im SUV über mich hergefallen war, musste ich mit der Angst leben, dass es mich irgendwann einholen könnte. Ein paar Wochen später hatte ich an einem ganz normalen Freitagabend bei *Blockbuster* von Anfang an ein komisches Gefühl.

Dabei hatte ich mich eigentlich schon daran gewöhnt: Jenna war immer dabei. Sie und Amy waren *Best Bitches Forever*, wie sie gerne betonten. Bloß: Amy und ich hatten deshalb kaum Zeit für uns. Ob wir einen Kinobesuch planten oder einen Spaziergang im Park, ob wir zum Football-Spiel der Schulmannschaft gingen oder einfach nur zu *KFC* – Jenna musste mit. Sie lud sich einfach ungefragt ein. Manchmal war sogar Amy genervt von dieser Klette einer besten Freundin, aber sie ließ sich nichts anmerken. Sie waren unzertrennlich, weshalb ich mich auch nicht beklagte. Ich war der Ansicht, es stünde mir nicht zu, denn Amy spielte nicht in meiner Liga, und Jenna war schon lange vor mir da gewesen – also hielt ich die Klappe und machte gute Miene.

Dann kam dieser Freitagabend.

»Ich lade euch ein«, hatte Jenna gesagt, »zum Videoabend bei mir.«

Wir hatten kurz rumgedruckst, weil Amy und ich eigentlich alleine sein wollten. Wir hatten uns auf den Schrottplatz zurückziehen wollen: ein bisschen kiffen und rummachen im SUV. Aber Jenna hatte nicht lockergelassen. Also hingen wir erst mal bei *Blockbuster* herum, schlichen durch die Gänge, nahmen hier und da eine Videohülle aus dem Regal und lasen uns den Klappentext vor: »Es könnte der Plan zum perfekten Verbrechen sein: Der abgebrannte Autoverkäufer Jerry Lundsgaard (William H. Macy) engagiert zwei Galgenvögel, die seine Ehefrau entführen und vom reichen Schwiegervater ein Lösegeld erpressen sollen. Doch die beiden Schmalspur-Gangster, der eine ein hypernervöses Wrack (Steve Buscemi), der andere ein schweigsamer Psychopath (Peter Stormare), gehen derart stümperhaft zu Werke, dass plötzlich drei Menschen tot in der verschneiten Einöde Minnesotas liegen. Ein Fall für Marge Gunderson (Frances McDormand). Die hochschwangere Polizistin nimmt die Spur auf – Blutstropfen für Blutstropfen.«

Zum Beispiel.

Wie immer ging es weniger darum, sich für einen Film zu entscheiden, sondern um das Totschlagen von Zeit, ums Abhängen. Die anderen lungerten bloß gerne bei *Blockbuster* herum, jedes Wochenende. Ich war einfach nur froh, hier nicht mehr arbeiten zu müssen.

Auf den Film des Abends konnten wir uns mal wieder besonders schwer einigen.

Ich weiß, was du letzten Sommer getan hast?

Sieben?

Oder doch wieder *Jerry Maguire*?

Good Will Hunting, irgendjemand?

Zwischendurch ging der O-Saft rum. Eigentlich war es nur zur Hälfte O-Saft und zur anderen Hälfte Wodka. Jennas Lieblingsdrink sah aber aus wie O-Saft, und das war in den USA von entscheidender Bedeutung, erst recht für Minderjährige wie uns.

»Also, *honeys*«, sagte Jenna und lehnte sich direkt unter einen grüngesichtigen Jim Carrey auf dem Filmplakat von *Die Maske* an die Wand, während sie mit einem Finger den langen Faden ihres Kaugummis aus dem Mund zog, »wir müssen uns jetzt mal entscheiden – wir wollen hier doch nicht den ganzen Abend verbringen!«

»*Bitch*, was redest du da?«, rief Amy und lachte. »Wir verbringen hier doch ständig den ganzen Abend.«

Sie hatte schon leicht einen sitzen und gönnte sich noch einen großen Schluck.

»Rück die Flasche rüber, *honey*«, rief Jenna und stopfte den Kaugummi zurück in den Mund. Dann lachten beide.

»Was ist mit den *Üblichen Verdächtigen*?«, fragte ich. »Siskel und Ebert geben beide Daumen hoch.«

Aber die Mädchen beachteten mich nicht. Na herrlich, dachte ich, jetzt geht das Getuschel los. So kommen wir hier nie weg. Amy und Jenna kicherten, fummelten aneinander herum, gaben sich Küsschen, tuschelten noch mehr, lachten laut – auch deshalb war ich so genervt, dass Jenna nicht abzuschütteln war. Sie forderte Amys ganze Aufmerksamkeit ein, und ich stand daneben wie ein Trottel. Wie ein Trottel neben *honey & bitch*.

Na ja, dachte ich, solange Jenna keine Andeutungen wegen letzter Woche macht.

»Beide Daumen hoch!«, versuchte ich noch einmal, mir mit der Klappentext-Empfehlung der beiden berühmten Filmkritiker Gene Siskel und Roger Ebert Gehör zu verschaffen, aber es war zwecklos.

»Wir gehen eben eine rauchen«, rief Amy, und schon verließen sie kichernd und fummelnd und knutschend den Laden. Ich blieb zurück wie ein Häftling am Ende der Besuchszeit. Ich war sauer. Ich hasste *Blockbuster*.

»Warum gehen wir nicht zu *Hollywood Video* in der Taunton Avenue?«, schlug ich manchmal vor, weil mir die Videospielabteilung *Game Crazy* dort viel besser gefiel. Aber keiner interessierte sich für meinen Vorschlag.

Durch die Tür konnte ich Amy und Jenna beobachten, wie sie sich die Zigarette teilten. Jenna nahm drei tiefe Züge und reichte sie Amy, Amy zog zweimal und dasselbe Spiel zurück. Der Filter musste schon ziemlich heiß sein. Jenna redete auf Amy ein und tippte ihr dabei mit dem Zeigefinger aufs Schlüsselbein. Mehr Aufmerksamkeit kann man von seinem Zuhörer nicht einfordern.

Was für eine anstrengende *bitch*, dachte ich, diese Jenna.

Dabei kann ich noch nicht einmal behaupten, dass ich sie nicht mochte. Nein, sie war in Ordnung. Sie war wild und witzig, aber sie war auch laut und vulgär, und im Gegensatz zu vielen anderen Jungs törnte mich das ab.

»Manchmal denke ich, du stehst mehr auf Jenna«, hatte ich einmal nur halb im Spaß zu Amy gesagt, »als auf mich.«

Amy hatte große Augen gemacht. »Wie bitte? Auf *Jenna*?«

»Ihr knutscht rum, ihr streichelt euch, ihr nehmt euch ständig in den Arm … es ist alles wie ein riesengroßer Flirt.«

»Beste Freundinnen sind so.« Mehr hatte Amy dazu nicht zu sagen. Damit war das Thema erledigt. Zumindest für sie. Aber nicht für mich. Ich war immer noch genervt von Jenna.

Von ihrem ewigen Kaugummikauen, dem dreckigen Lachen. Ich kannte niemanden, der so dreckig lachte, außer vielleicht Abigail, die just in diesem Moment mit zwei Typen aus der *Adult*-Abteilung stolperte und, nun ja, dreckig lachte. Ihr Top war arg verrutscht, weshalb sie deutlich zu viel Ausschnitt für ihre 14 Jahre zeigte. Ihren beiden männlichen Begleitern, zwei groß geratenen Skatern – einer mit kahlrasiertem Schädel und *Thrasher*-Kapuzenpulli, einer mit Dreadlocks und blauer *Dickies*-Tankwarthose, beide mit einem letzten Schub Pubertätspickel im Gesicht –, schien Abigails Outfit zu gefallen. Ich konnte es ihnen nicht verdenken, aber eins wusste ich sicher: Wenn Amy ihre Schwester so sieht – angezogen und aufgekratzt und aufreizend und betrunken in den Armen dieser Halbstarken –, dann rastet sie aus. Ich überlegte, wie ich das Schlimmste verhindern konnte, und drehte mich zur Tür. Draußen lachte Amy über irgendwas und Jenna trat die Kippe aus. Ich stürzte auf Abigail zu. Sie erschrak kurz, dann lachte sie wieder dreckig.

»*The German dude*«, rief sie und fuhr sich lasziv durch die Haare wie eine löwenmähnige Tänzerin in einem Achtziger-Jahre-Rockvideo von *Guns N' Roses* oder *Mötley Crüe*. »*How's it hanging, Flemming*?«

Die beiden Skater lachten natürlich mit, schließlich wollten sie in Abigails Hose.

»Was ist denn los?«, fragte Abigail und schürzte ihre wulstigen Lippen. »Bist du nervös?«

Ich packte sie an der Schulter: »Abigail, hör zu: Entweder du ziehst dir was über und schickst diese beiden Skater-Trottel weg, oder du bekommst gleich große Probleme …«

»Was hat er gesagt?«, fragte *Thrasher* in Abigails Richtung, wahrscheinlich hatte ihm der Skater-Trottel nicht gefallen.

»*Yeah*, was hat der Typ gesagt?«, nölte *Dickies*.

Ich konzentrierte mich auf Abigail: »Verdammt, deine Schwester ist hier!«

Abigail zog eine Schnute, mit der sie meine Aufgeregtheit der Lächerlichkeit preisgeben wollte: »Ernsthaft?«

»Warum bist du um diese Uhrzeit nicht zu Hause?«, fragte ich wie ein großer Bruder, als der ich mich in diesem Moment auch fühlte – als Bruder, der seine wilde Schwester vor der strengen Schwester schützen wollte.

»Weil ich bei meiner Freundin Kelly übernachte«, antwortete Abigail und zwinkerte mir zu wie eine abgebrühte Barfrau, »ganz offiziell.«

»*What the fuck*?«, hörte ich Amy schon von weitem fluchen, als sie ihre Schwester zwischen den beiden Typen hängen sah.

»Meine große Schwester«, rief Abigail in gespielter Verzückung, »was für eine Überraschung! Was treibt dich an einem Freitagabend hierher?«

Sie lachte, aber die Skater trauten sich nicht mehr mitzulachen. Amys Ärger schüchterte sie ein.

»*Hiii*«, flötete Amy mit einem etwas wahnsinnigen Lächeln, das ihr beim Blick auf Abigails Ausschnitt wie auf Kommando aus dem Gesicht fiel: »Hast du dich für das Outfit im *Redhole* beraten lassen?«

Redhole war das berüchtigte Striplokal am Stadtrand, direkt an der *Interstate 95* gelegen, in dem die Trucker ein und aus gingen.

»*Jesus*, *honey*«, seufzte Jenna und schüttelte den Kopf, »mach dich mal ein bisschen locker …«

Amy schnitt ihrer Busenfreundin das Wort ab: »*Shut up*, *bitch*!«

»Darf deine kleine Schwester etwa gar keinen Spaß haben?«, rief Jenna, weil sie sich den Mund nicht verbieten lassen wollte. »Was stimmt denn mit dir nicht?«

»Ich sehe vielleicht aus wie eine Schlampe«, sagte Abigail und trat noch einen Schritt auf ihre schäumende Schwester zu, »aber ich habe auch von der Besten gelernt …«

In ihrer Stimme lag eine provokante Ruhe und Selbstsicherheit, die Amy für einen Moment die Sprache verschlug.

»*Holy shit*«, rief Jenna nicht ohne eine gewisse Anerkennung in der Stimme, »die Kleine wird immer frecher.«

Jenna lachte dreckig. Amy starrte Abigail an und biss auf ihre Unterlippe. Kein gutes Zeichen. Ich griff sicherheitshalber nach Amys Hand.

»Abigail«, sagte ich, »es ist wahrscheinlich besser, wenn ihr jetzt geht.«

Amy suchte immer noch nach Worten für ihre Wut.

Jenna klatschte in die Hände: »… und jetzt nehmen wir alle mal schön den Stock aus dem Arsch!«

Amy riss ihre Hand aus meiner Umklammerung und wandte sich mit einer drohenden Geste an Jenna: »Erzähl du mir nicht, was ich zu tun habe, *bitch*!«

Diesmal war die *bitch* nicht liebevoll gemeint.

Jenna zeigte sich unbeeindruckt von Amys Gebärde: »Du kannst dich wohl nicht mehr daran erinnern, wie du in Abigails Alter abgegangen bist, *honey.*«

»*Fuck you*«, zischte Amy und stampfte in großen Schritten aus dem Laden. Draußen steckte sie sich eine Zigarette an.

»Bin gleich wieder da«, rief Jenna und eilte ihr hinterher. Auf halber Strecke drehte sie sich noch einmal um und zeigte auf Abigail: »Und du … geh nach Hause, du kleines Miststück!«

»*Guys*, wir sollten gehen«, zwitscherte Abigail, sichtlich zufrieden über die Eskalation der Begegnung. Sie legte den linken Arm um *Thrasher* und den rechten um *Dickies* und ließ sich aus dem Laden geleiten.

Draußen redete Jenna auf Amy ein. Dabei fuchtelte sie mit der Zigarette, die sie Amy abgenommen hatte, wild vor ihrem Gesicht herum. Amy kam kaum zu Wort. Grußlos schlenderten Abigail und ihre feixenden *guys* an der Szene vorbei.

Jenna redete weiter und weiter, aber dann froren ihre wilden Gesten plötzlich ein, und Amy blieb der Mund offen stehen. Jenna senkte die Arme und schien plötzlich langsamer zu sprechen. Ich beobachtete die Szene aus der sicheren Entfernung, aber wohl fühlte ich mich trotzdem nicht. Es entwickelte sich eine tonlose Horrorshow. Fassungslos starrte Amy die scheinbar beruhigend auf sie einredende Jenna an. Dann drehte sie sich in meine Richtung, und unsere Blicke trafen sich durch die Fensterfront des Eingangs. Ihre Augen liefen rot an.

»Was ist los?«, fragte ich allen Ernstes. Ich sprach die Worte laut aus, obwohl Amy mich draußen gar nicht hören konnte. Will hockte hinter der Verleihtheke und schaute für einen Moment gewohnt gleichgültig zu mir herüber, dann versank er wieder in seiner Comic-Lektüre.

Jenna kehrte grußlos in den Shop zurück und begann ungerührt in der Comedy-Abteilung zu stöbern. Amy blieb draußen stehen und wollte den Blick einfach nicht mehr von mir nehmen – diesen bösen, brutalen Blick. Sie verschränkte die Arme vor der Brust, wie eine Frau, die gleich mit ihren Habseligkeiten flüchten will.

»Was hast du ihr erzählt?«, rief ich Jenna auf dem Weg zum Ausgang noch zu.

»Die Wahrheit«, rief sie mir hinterher.

Draußen verlor Amy keine Zeit: »Du solltest jetzt gehen.«

Tränen waren ihr in die Augen geschossen, das Wasser zitterte zwischen den Lidern. Nein, die Wahrheit konnte Jenna ihr wirklich nicht erzählt haben. Dafür war die Reaktion zu heftig.

»Amy, aber …«

»Hansen!«, schrie sie mich an, so laut und verzerrt, wie ich sie noch nie gehört hatte. »Du solltest jetzt wirklich gehen!«

28. kapitel

Er müsse dringend die Antibiotika absetzen, sagt Derek. »Aber das ist gar nicht so leicht nach so langer Zeit.«

Er seufzt und schnippt seine Zigarette in die zum Aschenbecher umfunktionierte *Pringles*-Dose. Deckel drauf, fertig.

Derek ist dicker geworden. Oder besser gesagt: *noch* dicker. Aus dem, wie meine Oma sagen würde, »properen Kerlchen« von früher ist ein veritabler Fettsack geworden. Er hatte mir immer wieder geschrieben, dass er regelmäßig ins *Gym* gehe – anzusehen ist ihm das jedoch nicht. Wenn er lacht, blasen sich die roten Pausbacken auf. Die fettigen Haare hat er zu einem schlampigen Zopf gebunden, seine alte Patriots-Mütze – ich befürchte, es ist wirklich immer noch dieselbe, so zerfleddert, wie sie inzwischen aussieht – hat er schief auf den Kopf gelegt. Er trägt einen beigefarbenen Morgenmantel, mit dem er aussieht wie ein Kurpatient. Wenn er spricht, muss ich auf die glitzernden Schweißtropfen in seinem Gesicht starren. Rund um die Nase perlt es wie auf einer Wiese im Morgentau.

Elf Monate ist es her, erzählt Derek, dass er sich beim Freizeitfootball mit den Saufkumpeln im *Prospect Terrace Park* alle Bänder im rechten Fuß gerissen hat. Seitdem nimmt er die Pillen.

Wir sitzen auf der Couch in der Zentrale seines Unternehmens, wenn man es *Zentrale* und wenn man es *Unternehmen* nennen will: ein typisches Vororthäuschen, in dem auch Roseanne und Dan mit ihren drei Kindern Becky, Darlene und D.J. wohnen könnten. Eine graue, eilig zusammengeschusterte Holzbretterbude für den *White Trash* der Nation. Wer so wohnt, wählt wahrscheinlich auch Donald Trump.

Wir sind nicht allein, in der Küche sitzen ein paar ziemlich gutaussehende, schwer aufgetakelte Asiatinnen, die dort in Maschinengewehrgeschwindigkeit plaudern und dabei rauchen und auf die Tiefkühlpizzen warten, die sie sich im ratternden Ofen langsam qualmend aufwärmen.

»Schön hast du's hier«, sage ich jetzt schon zum zweiten Mal, weshalb es nicht gerade glaubwürdiger klingt.

»Ach«, grunzt Derek und winkt ab, »ich wohne doch gar nicht hier, ich habe mein Apartment in der City. Das Haus hier ist nur für die Girls.«

Er zeigt mit der frischen Zigarette hinter seinen Rücken Richtung Küche.

»Wolltest du damals nicht eigentlich was mit Aktien machen?«, frage ich.

»Pfft«, macht er, »keine Chance. Kennst du nicht die neuesten Zahlen? Fast die Hälfte kann sich keine 400 Dollar für einen Arztbesuch oder eine Autoreparatur leisten. Amerika ist am Arsch, Mann. Das ganze System ist verrostet. Also gehe ich auf Nummer sicher. Cash ist alles, was noch zählt. Modrige, grüne Scheine.«

»Ist das nicht illegal?«, frage ich und nicke zu den Mädchen herüber.

»Ich sag's dir noch mal«, raunt Derek und fixiert mich mit kleinen Schweinsaugen, »das hier ist kein Puff, sondern ein *rub & tug*.«

»Ein *what?!?*«

»Eine Art Massagesalon«, sagt Derek und strahlt wie ein Staubsaugervertreter, »nur dass wir auch *happy endings* anbieten.«

Er zwinkert mir zu.

»Na dann ist das ja was ganz anderes«, sage ich und kann mir ein Schmunzeln nicht verkneifen.

»Da gibt's nichts zu lachen«, zischt er.

»Im Ernst: Wo ist der Unterschied zu einem Hurenhaus?«

»Du hast keine Ahnung, Bruderherz.«

Ich muss die Frage stellen: »Und was sagt Mom zu deinem Unternehmen?«

»Wer?«

»Du hast mich schon verstanden.«

»Wie auch immer«, sagt er. »Ich arbeite nebenbei in der Werkstatt der Andersons. Wenn ich wieder richtig auf den Beinen bin, wird das mein zweites großes Ding. Sie wollen nämlich, dass ich den Laden irgendwann übernehme, wenn sie tot umfallen.«

»Spätestens dann kannst du deinen Puff hier hoffentlich dichtmachen?!«

Er macht eine wegwischende Handbewegung und schnellt vom Sofa hoch: »Vielleicht sollten wir einfach zur Sache kommen.«

Ich bleibe sitzen und sage: »Was immer du willst.«

»Ich mach dir einen Vorschlag«, sagt er und schnallt die Schlaufe seines Morgenmantels enger, »aber nur weil du mein Bruder bist.«

»Und der wäre?«

Er fletscht die Zähne zu einem Grinsen: »Lily Thai! Sie ist 23, unser bestes Pferd im Stall. Wenn du willst, gebe ich dir eine Runde mit ihr aus.«

Jetzt werde ich wirklich sauer: »Bist du verrückt geworden? Hast du schon vergessen, warum ich hier bin?! Ich will doch nichts von deinen Mädchen. Ich bin auf der Suche nach Amy!«

»So verspannt, wie du bist, würde dir eine Massage aber ganz gut tun.«

»Fick dich!«

»Wir Amerikaner lieben die asiatischen Frauen, weißt du? Sie sind so viel sinnlicher, nicht so tollpatschig wie unsere.«

Nicht so *clumsy*, sagt er.

»Könnte mir nicht egaler sein.«

»*Yeah*, *yeah*«, stöhnt Derek, als wäre ich ein Spielverderber, »*whatever*.«

»Also lass uns lieber keine Zeit verlieren«, sage ich und klatsche aufmunternd in die Hände, »du sagst, du kannst mir helfen? Wie denn?«

Wortlos hält er mir die offene Hand hin.

Ich stutze. »Ich soll dich allen Ernstes für deine Hilfe bezahlen?«

»Nein«, sagt er und lacht mich an, als hätte ich den Verstand verloren, »die Kohle von damals. Wettschulden sind Ehrenschulden. Älteste Regel im Buch.«

»An so ein *business* hatte ich damals aber nicht gedacht«, gebe ich zu.

»Ich weiß gar nicht, was du hast«, sagt er und tupft sich mit dem Ärmel seines Morgenmantels ein paar Schweißperlen von der Oberlippe, »dieses Baby ist eine Goldgrube.«

Er zeigt mit dem Finger Richtung Küche und grinst: »Irgendwann kommst du auch auf den Trichter.«

Ich schüttle den Kopf und fingere die Scheine aus meiner Tasche. »Glaub ich nicht.«

»Das behaupten sie alle«, sagt er und kichert kehlig.

»Ich hab's leider nur in kleinen Scheinen«, sage ich und reiche ihm das Bündel.

Er klemmt es unter die Schlaufe des Morgenmantels.

Dann kommt er zur Sache.

»*I know a guy*«, sagt er und macht ein geheimnisvolles Gesicht, als er die Zigarette zwischen die Zähne steckt, »ich kenne da jemanden, der weiß, wo Amy ist.«

Ich werde hellhörig. »Wer? Wo?«, beziehungsweise: »*Who? Where?*«

Mister Connor werde er genannt, ein Privatdetektiv. Er kenne ihn schon länger, sagt Derek, er habe ihn mal auf eines seiner Mädchen angesetzt. Dank Mister Connor habe er herausgefunden, dass die besagte Masseurin nicht nur Geld aus der Firmenkasse entwendet, sondern nebenbei noch im Bordell an der Fulham Street gearbeitet hatte.

Und das Bordell an der Fulham Street ist *wirklich* ein Bordell und kein *rub & tug* oder so was.

Amy sei in Los Angeles, habe Mister Connor gesagt. Dort könne ich ihn treffen für weitere Informationen.

»In Venice«, sagt Derek. »Ist schön da am Strand.«

»Kann er mir die Infos nicht einfach per Mail schicken?«, frage ich. »Oder kann ich ihn anrufen?«

Derek schüttelt den Kopf. »Er legt Wert darauf, Informationen nur persönlich und vertraulich weiterzugeben. Alles andere ist ihm zu unsicher.«

»Unsicher?«

Ich versuche, die bizarre Situation kurz in meinem Kopf zu ordnen. Mir war nie bewusst, dass es den Beruf des Privatdetektivs auch im echten Leben gibt – nicht nur in Fernsehkrimis. Und dieser Mister Connor behauptet zu wissen, wo Amy ist. Warum sollte ich ihm das glauben? Warum sollte ich für ihn quer über das Land an die andere Küste fliegen?

»Weil er dich zu Amy führen wird«, antwortet Derek auf meine Nachfrage. »Ganz sicher. Er schuldete mir noch einen Gefallen, und als du mich angeschrieben hattest, habe ich mich an ihn erinnert. Er verrät seinen festen Wohnsitz nicht, aber er hat mir damals erzählt, dass er aus Providence kommt. Er kannte Amys Eltern ganz gut, hat er gesagt, als ich ihm von deiner Suche erzählte.«

»Die Fishers?«

»Hast du nicht davon gehört? Sie sind tot, Vater und Mutter. Mit dem Auto verunglückt, auf dem Heimweg vom Golfclub. Ist schon ein paar Monate her. Angeblich soll er betrunken gewesen sein.«

»Vater Fisher?«, rufe ich. »Niemals!«

Amys Eltern sind tot? Ich bin überrascht und fast ein bisschen erschrocken darüber, wie wenig es mich wirklich berührt.

Derek zuckt die Schultern.

»Wie Mister Connor herausgefunden hat, ist Amy daraufhin mit ihrem Mann nach Los Angeles gegangen.«

»Ihrem *MANN*?«

Derek hebt ratlos die Arme. »Was weiß ich, mehr hat er nicht gesagt.«

Ihrem Mann. Jetzt werde ich doch unruhig.

»Derek«, sage ich und greife nach seinem Arm, »du musst diesen Connor sofort anrufen, ich will ihn so schnell wie möglich in Venice treffen.«

Er klopft mir beruhigend auf die Schulter. »Das lässt sich einrichten.«

»Gut«, sage ich, »dann muss ich jetzt auch los, ich will unbedingt noch bei ...«

Ich komme nicht dazu, den Satz zu beenden. Aus der Küche ertönen schrille Schreie, die Mädchen stürzen ins Wohnzimmer und fallen dabei teilweise übereinander. Binnen Sekunden werden sie von einer Rauchwolke umhüllt. Es qualmt wie aus den Schornsteinen des Elektrizitätswerks an der Manchester Street.

»Derek, Derek«, kreischen die Mädchen, so dass ihr asiatischer Akzent noch schriller klingt als ohnehin.

»Was ist denn hier los?«, rufe ich, um mir Luft von meinem Schreck zu verschaffen. Mein Herz hämmert unangenehm.

»*What the fuck?*«, ruft Derek und zieht hastig einen Feuerlöscher hinter dem alten Fernseher hervor. Er hat immer noch die brennende Zigarette im Mund, als er mit flatterndem Morgenmantel in die Küche humpelt und zunächst wild um sich sprüht, bis er feststellt, dass kleine Flammen aus dem Ofen schlagen. Binnen Sekunden bringt er die Situation mit viel Schaum unter Kontrolle. Als der Brand gelöscht ist, jubeln die Mädchen ihrem

Chef zu wie ein paar Cheerleader dem Quarterback. Mit einem dreckigen Grinsen nimmt Derek die Triumphpose ein wie bei einer Siegerehrung. Dann lachen alle drauflos.

Flemming, sage ich zu mir, irgendwas läuft hier falsch. Aber ganz falsch.

29. kapitel

Mit lockerem Schwung schlug er Abigail ins Gesicht – als ob eine schallende Ohrfeige die logische Konsequenz wäre. Zwei Mal langte er hin – erst die linke Wange, dann die rechte. Erst mit der Handinnenfläche, dann mit der Rückseite. Ich schnappte vor Schreck nach Luft.

Es hatte ein paar Tage gedauert, ehe ich den Mut fasste, wieder an Amys Tür zu klopfen. Seit dem Abend bei *Blockbuster* hatte ich sie nicht mehr gesehen. Ich wollte ihr endlich erklären, was wirklich vorgefallen war im SUV. Dass Jenna sich einfach auf mich gesetzt hatte. Dass ich Jenna niemals angefasst hätte, niemals anfassen würde. Und alle anderen Mädchen auch nicht. Dass ich nicht weiß, was Jenna ihr für Wahnsinnsgeschichten aufgetischt hatte, aber dass es alles halb so wild war.

Abigail hatte gerade die Tür geöffnet und mich mit ihren schlauen Augen angeblinzelt, da stand er auch schon hinter ihr. Als seine Stimme erklang, wich das überraschte, freundliche Lächeln sogleich aus Abigails Gesicht – zurück blieb eine fahle Miene. Überhaupt sah sie dünn und erschöpft aus und hatte eine leicht gekrümmte Haltung, als würde sie permanent in Deckung gehen.

»Ich hole die Polizei«, sagte er, »wenn du nicht sofort von meinem Grundstück verschwindest!«

Immerhin spricht er mal mit mir, dachte ich und konnte mir ein Grinsen gerade noch verkneifen.

»Ich möchte gerne mit Amy sprechen, Mister Fisher.«

Ich gab mir große Mühe, jede Silbe betont freundlich klingen zu lassen. Aber er hatte Abigail bereits gepackt.

»Was ist bloß in dich gefahren?«, brüllte er sie an, als er zuschlug. »Wie kannst du diesem Abschaum unsere Haustür öffnen?«

Abigail stand plötzlich kerzengerade, als wäre mit den Ohrfeigen irgendeine Art von Leben in sie gefahren. Sie reckte das Kinn und sah ihren Vater trotzig an. Er machte einen furchterregenden Eindruck, als sei er zu vielem fähig. Aber ich nahm allen Mut zusammen und machte zwei Schritte auf ihn zu.

»Mister Fisher, es ist doch nicht Abigails Schuld …«

Ich griff nach seinem Arm, aber er schlug meine Hand weg.

»Nimm deine schmutzigen Finger von mir!«

In seinen abgrunddunklen Augen tanzten Lichtpünktchen. Ich hatte Schulhofschlägereien erlebt, ich war hier und dort schon mal aggressiven Menschen begegnet, ich hatte selbst einen aggressiven Vater, aber Mister Fisher war ein anderes Kaliber. Mit jeder Pore strahlte er einen nicht verhandelbaren Hass aus, eine unbändige Wut, absolute Kompromisslosigkeit. Er war eine auf überwältigende Weise einschüchternde Erscheinung. Ich bewunderte Abigail, wie stoisch sie sich ihm entgegenstellte, wie in kurzen Momenten immer wieder ihr Widerstand aufblitzte, und gleichzeitig fragte ich mich, wie sie dieses Leben aushielt.

My home is my castle, dachte ich – von wegen: Dieses Haus ist keine Burg, dieses Haus ist eine Falle, ein Verlies, und Amy und Abigail sind die Gefangenen, die es zu retten gilt.

Bloß wie?

»Lassen Sie mich mit Amy sprechen«, versuchte ich es noch einmal mit Nachdruck. Ich war erstaunt, wie fest meine Stimme klang, während mein Herz raste.

Mit einem großen Schritt versuchte ich mich an ihm vorbei durch die Tür ins Haus zu drängeln. Sofort schubste er mich zurück und brüllte abermals: »Verschwinde von meinem Grundstück!«

In diesem Moment erschien auch Mutter Fisher in der Tür und richtete das Gewehr auf mich, das normalerweise über dem Fernseher der Fishers hing. Alles, was amerikanischen Familien lieb und teuer und vorzeigbar ist, wird grundsätzlich im Bereich des Fernsehers drapiert – weil dort am häufigsten hingeschaut wird. Der Fernseher lief den ganzen Tag, bei Fishers, bei Mayweathers, überall. Meistens lokale Nachrichten, Sender mit seltsamer Konsonantenfolge als Namen: KW-Y, WWN, CCTV-10.

Würden sie nachher über den erschossenen Jugendlichen im Vorgarten der Fishers berichten müssen?

Ich wich wieder einen Schritt zurück, dann noch einen.

Mutter Fisher sagte nichts, sie stand nur da mit ihren

kurzen grauen Silberhaaren und Jesus Christus an der Kette um den Hals, in ihren Blümchenpantoffeln und dem hässlichen Rock, und sie starrte mich an, als wollte sie mir bedeuten: Du hältst dich besser daran, was mein Mann dir sagt. Ich zwang mich zum Hinsehen. Ihr Gesicht war kalkweiß, vielleicht vor Entsetzen über das, was sie hier tat. Sie hatte die linke Hand ganz fest um den Griff des Gewehrs gekrallt, ihre Knöchel waren weiß. Die rechte Hand lag zitternd auf dem Lauf.

Abigail hatte inzwischen Tränen in den Augen und wies mich mit tonlosen Lippenbewegungen an: *just go* – geh einfach, es ist besser so!

Vater Fisher bemerkte Abigails Kommunikationsversuch, griff mit einer rabiaten Bewegung in ihren Nacken und schubste sie zurück ins Haus.

»Auf dein Zimmer!«, rief er ihr hinterher – eine fast schon zu alltäglich klingende Aufforderung aus dem Mund eines Wahnsinnigen wie ihm.

Mit den langsamen Schritten eines Bedrohten schlich ich rückwärts und mit erhobenen Armen die Auffahrt herab, wie in Zeitlupe setzte ich einen Fuß hinter den anderen, ohne den Blick von Mutter Fisher zu nehmen. Ich hielt es nicht für ausgeschlossen, dass sie tatsächlich abdrückt – und sei es aus Versehen. Ich traute ihr alles zu, genau wie ihrem Mann.

Als ich das Gelände der Fishers verlassen hatte, begann ich zu laufen. 50 Meter, 100 Meter. Zwei, drei Blocks. Die Aufregung war so groß, dass mich die Kräfte schnell verließen. Ich stoppte ab, stützte die Hände auf den Knien ab und keuchte.

»Musst du dich übergeben, Junge?«, fragte eine vorbeischlendernde Oma.

Ich winkte kurz ab und brachte nur ein Krächzen heraus: »*It's alright, thank you* …«

»*You take care*«, sagte die Oma noch mit erhobenem Gehstock. Dann zog sie weiter.

Ich schüttelte die größte Erschöpfung ab und hockte mich für einen Moment auf die Bordsteinkante. Ich glotzte auf einen Gullideckel, atmete schwer und versuchte zu verarbeiten, was da gerade passiert war.

Was war da gerade passiert?

Ich wusste, dass Amy und Abigail es nicht einfach hatten mit ihren Eltern – ich hatte es ja bereits miterlebt.

Aber das hier hatte eine neue Qualität.

Ich vergrub den Kopf tief in meinen Armen und bemerkte zunächst gar nicht, dass Amy sich neben mich gesetzt hatte. Sie musste mir gefolgt sein.

»Das hättest du nicht tun sollen«, sagte sie und lachte ein bisschen verzweifelt auf.

»Ich habe Jenna nicht angerührt«, sagte ich, »du musst mir glauben!«

»Ich weiß«, sagte sie und drückte mir einen Kuss auf die Wange. »Sie hat mir erzählt, was wirklich passiert ist.«

Ich horchte auf. »Und? Was denkst du?«

Sie lachte wie über eine blöde Frage. »Dass Jenna eine Schlampe ist?!?«

»Und was noch?«

»Eine Schlampe und meine beste Freundin.«

»Und über uns?«

»Hansen«, sagte sie und legte den Kopf in meinen Schoß, »ich habe mich für dich entschieden. Nicht für Rob Ray oder irgendein anderes Arschloch. Ich weiß, dass unsere Zeit begrenzt ist. Du wirst nicht für immer in Providence bleiben, du wirst zurück nach Deutschland gehen müssen. Aber ich denke nicht über die Zukunft nach, das lohnt sich nicht. *Timing is a bitch*. Lass uns im Moment leben. Uns bleibt doch sowieso nichts anderes übrig.«

Ich bildete mir ein, ihren Gedanken folgen zu können. Ich liebte Amy so sehr, dass ich nichts hinterfragte. Ihr Wort war mein Gesetz. Meine Unterwerfung war zu süß, als dass sie mir bewusst werden würde. Ich war süchtig danach, wie schwach sie mich machte.

Mit den Fingern fuhr ich über ihre Wange, über die kaum sichtbaren Sommersprossen, durch ihre goldgelb schimmernden Haare.

»Ich liebe dich, Amy.«

»Ich weiß«, sagte sie nach einer kurzen Pause. »Ich weiß, Hansen.«

Ich spürte eine leichte Wut aufkommen, dass sie es schon wieder nicht zurücksagte. Aber ich riss mich zusammen und schluckte meinen Ärger herunter. Nicht jetzt, Flemming, nicht hier, nicht in diesem Moment.

»In der Liebe geht es nur um eine einzige Entscheidung«, sagte sie. »Für den einen Menschen und gegen alle anderen. Das ist alles, was zählt.«

»Ich weiß«, sagte ich.

Sie seufzte. »So wie meine Mutter.«

»Deine Mutter?«, fragte ich.

»Sie hat sich für meinen Vater entschieden«, sagte sie

und beendete das Gespräch, indem sie meinen Kopf zu sich herunterzog für einen tiefen Zungenkuss. Er schmeckte salzig und fühlte sich trotzig an.

30. kapitel

»*I hear you, Mom, I hear you.*«

Ich versuche sie zu beruhigen, aber sie ist hysterisch. Sie schluchzt unkontrolliert, sie verschluckt Worte. Als ich sie in den Arm nehme, bleibt sie steif wie ein Brett. So habe ich mir unser Wiedersehen nicht vorgestellt. Wie damals, als ich von meiner Reise zu Haukes Beerdigung zurück nach Providence kam, sitzen wir wieder am Küchentisch. Mom hat nicht das erste Whiskey-Cola-Glas des Tages vor sich stehen. Ich knacke eine Dose *Miller*-Bier.

Aber ansonsten ist nichts wie früher.

Mom sieht alt aus. Ihr zerfurchtes Gesicht könnte auch einer Bäuerin gehören, die ihr Leben lang bei Wind und Wetter raus aufs Feld musste – nicht einer Frau, die an der Ostküste der Vereinigten Staaten von Amerika ein ruhiges Dasein als Hausfrau fristet. Sie sieht aus, als sei ein halbes Jahrhundert vergangen, seit ich zum letzten Mal in Providence war. Ihr ehemals tiefbraunes Haar ist grau und länger geworden. Früher war es stets so akkurat mit Haarspray hergerichtet, als wäre sie eine Rockröhre, die gleich auf die Bühne musste, um eine Power-Ballade zu schmettern – *Total Eclipse Of The Heart* oder so. Jetzt hängt es in fahrigen, fettigen Strähnen von ihrem Kopf herab wie dünne Blätter einer nassgeregneten Topfpflanze.

Ich greife nach ihrer Hand. »Wenn du lieber alleine sein willst, dann musst du es mir nur sagen, Mom.«

Sie blickt auf und hebt die linke Augenbraue: »Allein? Meinst du das ernst, *Buddy*? Glaubst du, ich wäre lieber allein? Ich bin den ganzen Tag allein, seit Derek weg ist. Glaubst du wirklich, ich wäre lieber allein, als dass ich dich hier bei mir habe? Du bist der einzige Sohn, den ich noch habe, *you hear me*? Du bist und bleibst ein Mayweather, Flemming!«

Du bist und bleibst ein Mayweather, Flemming – diese Worte könnten so gut klingen, aber die Apathie hat ihrer Stimme jede Melodie genommen.

Ich hatte mich gefreut, Mom wiederzusehen. Ich war froh, dass ich es noch vor meinem kurzfristigen Abflug nach Los Angeles einrichten konnte. Der Kontakt war nie abgebrochen, im Gegenteil: Er war in den letzten 20 Jahren nicht ein einziges Mal auch nur eingeschlafen. Eine Mail pro Monat, hin und her, ungefähr. Deshalb konnte ich meinen Überraschungsbesuch auch so problemlos planen: Ich wusste, dass Mom immer noch in unserem alten Haus wohnt, wusste ungefähr, wann sie zu Hause sein würde. Was ich nicht wusste: dass ich sie in einem schwachen Moment antreffen würde, angetrunken und todtraurig. In einem Moment, in dem ihr Widerstand gegen die guten, schönen Momente des Lebens größer war als die überwältigende Wiedersehensfreude nach zwanzig Jahren, als sie mich zur Begrüßung drückte. Als sie nach dem ersten Überschwang von mir abließ, ließ sie ihre Schultern sofort wieder hängen, ihre Arme fielen herunter wie die Arme einer Toten, ihr Lächeln fror ein.

Was ich ebenfalls nicht wusste: dass es sich hier inzwischen um ihren permanenten Zustand handelte.

Ich hatte nur gefragt, was sie von Dereks Massagesalon hält. Daraufhin war sie sofort zusammengebrochen. Jetzt, Minuten später, hat sie sich noch nicht wieder beruhigt. Immer wieder greift sie nach einer kleinen Tube mit Desinfektionsspray, das sie großzügig auf ihren Händen und in den Handinnenflächen verreibt. Ihre Finger sind rot und geschwollen, weiße Schuppen rieseln vom Handrücken.

Sie bemerkt meinen Blick.

»Neurodermitis«, sagt sie. »Habe ich schon länger.«

»Du solltest weniger von dem Zeug nehmen.«

»Ach«, sagt sie und winkt ab.

»Mom«, sage ich, »was ist los mit dir?«

Sie hält inne, dann bricht es schluchzend aus ihr heraus.

»Derek ist der Sohn seines Vaters«, ruft sie immer wieder, Tränen tropfen von ihrer Wange ins Whiskey-Cola-Glas. »Er ist der Sohn seines Vaters!«

»*I hear you*, Mom. Na und?«

»Aber nicht meiner!«

»Was sagst du da?«

»Er ist nicht mein Sohn! Sein Vater hat ihn damals mitgebracht in unsere Beziehung. Ich habe es dir nie erzählt, aber als Teenager hatte ich Gebärmutterkrebs. Er wurde früh erkannt, ich habe die Krankheit gut überstanden, aber anschließend stand fest, dass ich nie Kinder bekommen würde. Dereks Vater und ich, wir haben damals beschlossen, dass ich Derek annehme wie meinen eigenen Sohn – und wir ihm irgendwann die Wahrheit erzählen.«

»Ihr habt es ihm nie gesagt?«, frage ich.

»Dereks Vater hat uns früh verlassen. Der richtige Moment, es ihm zu sagen, hat sich später nie ergeben. Ich meine: Am Ende des Tages ist er doch ein echter Mayweather. *You hear me?*«

Sie greift nach dem Glas und führt es mit zittriger Hand an ihren Mund. Als sie nippt, hält sie für einen Moment ganz still. Dann atmet sie erfrischt aus und stellt das Glas zurück auf den Tisch.

»Lass mich raten«, sage ich, »er hat es herausgefunden, bevor du es ihm sagen konntest?!«

Sie nickt betreten und kneift die Augen zusammen, als wollte sie den nächsten Tränenschwall unterdrücken.

»Er hat Unterlagen auf dem Speicher gefunden«, sagt sie, »und eines Abends hat er mich zur Rede gestellt. Er war so außer sich ...«

Sie stockt kurz, dann fängt sie sich wieder – aber nicht wie jemand, der seine Haltung aus Stolz wahrt, sondern wie ein gebrochener Mensch, der alle Hoffnung aufgegeben hat. Sie reißt sich nur aus Resignation zusammen.

Er habe sie beschimpft, erinnert sich Mom mühsam an den Moment, als ihre Welt auseinanderfiel. Er habe mit Sachen um sich geschmissen, sich auf den Boden geworfen und gewunden und dabei wie am Spieß geschrien.

»Er war betrunken«, sagt sie, »aber ich hatte an diesem Abend wirklich Angst, dass der Teufel von ihm Besitz ergriffen haben könnte.«

Du bist nicht meine Mutter, habe er immer wieder geschrien, du bist nicht meine Mutter!

Ihr Geständnis trifft mich unvorbereitet, aber hier ist keine Zeit für meine Empfindlichkeiten.

Ich hasse dich, habe er ihr ins Gesicht gebrüllt, ich hasse dich für alles, was du jemals für mich getan hast!

Ich weiß genau, wie Derek sie dabei angesehen haben muss. Diese kleinen, Feuer speienden Augen. Dereks Gesicht wird zur Fratze, wenn er wütend ist.

»Sein ganzes Leben ist eine Lüge«, sagt Mom und seufzt. »So muss es sich für ihn angefühlt haben. Auch wenn ich immer nur das Beste für ihn wollte – ich kann es ihm nicht verdenken.«

Sie nimmt noch einen Schluck, dann fügt sie hinzu: »Auch wenn es die Sache nur noch schwerer macht …«

Sie stellt das Glas ab und bricht wieder in Tränen aus. Ich stehe auf und möchte sie wieder in den Arm nehmen, aber dann weiche ich doch zurück.

An diesem Abend sei Derek aufgebrochen und nie mehr zurückgekommen, sagt sie. Bis heute schicke er ihr jeden Monat Geld, von dem sie nicht weiß, wo es herkommt, aber sie könne es dringend gebrauchen, denn Amerika sei *totally fucked*, komplett kaputt. Viele Freunde hätten in den letzten Jahren ihren Job verloren, hätten sich Providence nicht mehr leisten können, seien weggezogen in den Vorort des Vororts oder direkt in ein *housing project*, die Ghettos für die ganz Armen, die seit der Krise wachsen und wachsen wie Geschwüre. Stadtgeschwüre. Ohne das Geld von Derek könne auch sie hier in diesem Haus nicht bleiben, sagt Mom.

Er hat es ihr von Anfang an ungefragt geschickt, und sie nimmt es gerne.

»Drei Jahre ist es her, Flemming. Und das Schlimmste ist: Ständig wird hier im Ort über ihn gesprochen. Hast du von dem Unfall der Fishers gehört? Es heißt, Derek habe etwas damit zu tun. Er soll das Auto in der Werkstatt der Andersons …«

Sie stockt und schluchzt.

»Mom, bitte beruhige dich!«

»Weißt du, wie schlimm es ist, solche Verleumdungen über den eigenen Sohn zu hören? Diese Leute kennen ihn doch gar nicht!«

»*I know, Mom, I hear you …*«

»Ich würde ihm gerne sagen, dass ich an ihn glaube. Dass ich weiß, dass er unschuldig ist. Dass ich ihn liebe.«

Ich muss schlucken. »Mom, was kann ich tun? Und wieso hast du mir nie davon erzählt?«

Sie zuckt bloß mit den Schultern und hält den Kopf gesenkt. Ich bin schockiert, dass sie über so einen langen Zeitraum in all unseren E-Mails den Schein gewahrt hat, dass sie sich mir nicht anvertraut hat. Dass sie so *normal* wirkte.

»Mom, wie kann ich dir helfen?«

Sie atmet tief durch und seufzt: »Mein Sohn hat mich verstoßen.«

Bisher konnte sie mir kaum in die Augen sehen, jetzt treffen sich unsere Blicke. Ihre Miene verfinstert sich.

»Natürlich ist er mein Sohn!«, brüllt sie mich an. »Du musst mich nicht so ansehen!«

Wieder greife ich nach ihren Händen.

»Ich bin auch dein Sohn«, sage ich. »Für immer.«

Sie greift mit ihren drahtigen Fingern fest um meine Handgelenke.

»*I hear you*«, sagt sie, und es klingt erschöpft – wie die Reaktion auf einen allzu schwachen Trost.

Ich erspare uns, von den Sorgen zu erzählen, die ich mir seit dem Treffen mit Derek um ihn mache. Er wohnt immer noch in derselben Stadt wie sie, ist im kriminellen Untergrund aktiv und betreibt ein Bordell – Entschuldigung: ein *rub & tug* –, aber sie haben sich offenbar wirklich seit drei Jahren nicht mehr gesehen, und auch wenn Mom sicher gerne die Wahrheit über das aktuelle Leben ihres Sohnes erfahren möchte, halte ich den Zeitpunkt für falsch. Vielleicht traue ich mich auch nicht, der Überbringer zu sein.

»Mom, ich möchte dir helfen, wie auch immer ich kann.«

Sie mustert mich mit traurigen Augen.

»*Really?*«, fragt sie ungläubig und klingt dabei fast wie ein Kind.

»*Of course!*«, rufe ich. »Was denkst du denn?«

Sie lächelt, als sei sie vorher noch nicht auf die Idee gekommen.

»Bring uns zusammen, *Buddy*!«, sagt sie. »Bring meinen Sohn zurück nach Hause!«

»Ich verspreche es dir, Mom.«

Ich drücke sie an mich und spüre, wie sich ihre Verkrampfung in meinen Armen langsam löst. Sie seufzt, dann fängt sie wieder an zu weinen.

»Alles wird gut, Mom.« Ich streiche mit den Händen über ihren Rücken.

»Alles wird gut, Mom«, sage ich noch mehrmals.

Irgendwann hebt sie ihren Kopf, nimmt mein Kinn in die Hand und sagt: »Es ist schön, dass es dich gibt, Flemming Hansen.«

31. kapitel

Mom schaute unruhig in die Runde. Ihr Gesicht war rot wie eine Rübe. Sie hatte vorher gewusst, was sie an diesem Abend erwartet – das war daran zu erkennen, dass sie ihre Tolle ganz besonders rund und hoch frisiert hatte, eben wie ein Popstar. Aber jetzt, da sie als Letzte an der Reihe war, nachdem sie allen anderen den Vortritt gelassen hatte, musste sie sich überwinden.

»*Come on, Mom!*«, rief Derek.

»Auf geht's, Frau Mayweather!«, feuerten wir sie an.

Seit anderthalb Stunden war die große Karaoke-Party bei uns im Wohnzimmer bereits im Gange. Es war eine spontane Aktion, wie all die guten Feste im Hause Mayweather einfach *passierten:* Derek hatte am Nachmittag über den Kumpel eines Kumpels die Karaokemaschine klargemacht – mit anderen Worten: Sie war wahrscheinlich irgendwo von irgendeinem Laster gefallen – und uns für den Abend zusammengetrommelt.

Die große Mayweather-Karaoke-Nacht!

Und alle waren gekommen: Abigail, Amy, Jenna, dazu die Gastgeber Derek, Mom und ich.

Wir hatten uns vorher bei Apu im *7-Eleven* tüchtig mit Dosenbier und Cola (für den Whiskey) eingedeckt, weshalb alle mindestens angetrunken waren – was ihren Performances nur zuträglich war.

Abigail – also ausgerechnet die Jüngste – hatte den Anfang gemacht und uns mit einer verruchten Version von »*Like A Prayer*« eingeheizt. Amy gefielen die Griffe in den Schritt, die kreisende Hüfte, die abgeguckten Bühnenporno-Moves ihrer kleinen Schwester natürlich nicht, aber am Karaoke-Abend biss sie sich lieber auf die Zunge. Schließlich herrschte eine Stimmung, die man nicht verderben wollte. Und was Abigail da auf der Bühne abzog? Alles nur Spaß.

Girls Just Wanna Have Fun und so. Wusste schon Cyndi Lauper in dem Song, gegen den Abigail sich in letzter Minute zugunsten von Madonna entschieden hatte.

»Der nächste Song ist meinem Dad gewidmet«, moderierte Jenna ihre Performance mit lasziver Stimme an wie eine besonders aufreizende, kaugummikauende Version von Dieter Thomas Heck. »Er kam vor vielen Jahren aus Alabama an die Ostküste. Er hatte nichts.«

Zwischen jedem Satz nahm sie sich eine kleine Kunstpause und streute zur besonderen Betonung vereinzelte Wiederholungen ein. Ab und zu seufzte sie ins Mikrofon.

»Er hatte nichts, sage ich euch!«

Wir hingen an ihren Lippen, auch weil wir wussten, dass die Geschichte wahr war und gut ausgehen würde.

»Aber er schlug sich durch. Traf die Liebe seines Lebens. Heiratete sie. Und sie schenkte ihm die schönste Tochter.«

Jenna zwinkerte und zog den Kaugummi pünktlich zur Pointe an einem langen Faden aus ihrem Mund, bevor sie ihn wieder zurückschnappen ließ. Ein *Move*, den sie ohnehin perfektioniert hatte. Wir jubelten.

»Und er baute sich eine Existenz auf. *Anderson's Auto Salvage* ist ein Markenzeichen in der Stadt.«

Anderson's Auto Salvage is a brand in our town.

Sie legte noch einen drauf: »Ein Monopol. Der beste Schrottplatz der Welt.«

Typisch Amerika: Das Beste war hier auch immer gleich das Beste *der Welt*. Zum Beispiel auch die Sportligen. Oder das Land an sich. Zumindest letztere Einschätzung wurde inzwischen aber längst von der Realität eingeholt, da machen sich höchstens noch die härtesten Patrioten etwas vor.

»Der Welt!«, wiederholte Jenna mit Nachdruck.

Wir jubelten, grölten, pfiffen auf den Fingern. Jenna pfiff durch ihre vorstehenden Zähnchen und prallen Lippen zurück.

»Und für manche ist er sogar eine Oase ...«

Sie zwinkerte in Amys und meine Richtung, es gab kein böses Blut mehr zwischen uns dreien. Dann hob Jenna ihr Glas.

»*Here's to Dad!*«

Wir erhoben unsere Gläser und riefen im Chor: »*To Dad!*«

»*And to all of us!*«

Cheers.

Wir alle gönnten uns einen großen Schluck, während das Intro von »*Sweet Home Alabama*« erklang. Jenna spielte breitbeinig auf der Luftgitarre mit, bis sie die ersten Zeilen mit Inbrunst anstimmte.

»*Big wheels keep on turning / Carry me home to see my kin* …«

Es folgten ausgelassene vier Minuten, in denen Jenna uns als Country-Schlampe in Grund und Boden rockte und wir alle mitmachten: sangen, tanzten, durchdrehten. Spontanparty, *the Mayweather way*. Vielleicht sogar: *the American way*. Amerikanischer geht es nicht, dachte ich. An Abenden wie diesen fühlte ich mich zu Hause fern der Heimat. Normalerweise fragte ich mich ständig, wie viel Uhr es gerade in Hamburg war – aber wenn bei Mayweathers gefeiert wurde, war mein Heimweh wie abgestellt. Die Herzlichkeit und das Miteinander und das Gemeinschaftsgefühl dieser Abende kannte ich aus Deutschland so nicht. Es klingt abgedroschen, aber es waren Momente der Schwerelosigkeit, wenn wir zusammen lachten und uns in den Armen lagen. Es war wie Fliegen.

Derek hatte sich als Gastgeber unübersehbar vorgenommen, besonders viel Stimmung in die Bude zu bringen. Ich habe irgendwo gehört, dass »Livin' On A Prayer« von *Bon Jovi* heute zu den drei meistgesungenen Karaoke-Songs der Welt gehört. Ob das vor 20 Jahren auch schon so war, weiß ich nicht. Jedenfalls hatte Derek sich den amerikanischen Mittelschicht-Mitgrölklassiker ausgesucht, um die Stimmung auf die Spitze zu treiben – mit Erfolg!

»*Ohohh, we're halfway there*«, fielen wir brüllend in den Refrain ein, bis Derek trotz Mikrofon kaum mehr zu hören war, »*OHHOOHHHH, livin' on a prayer* …«

Ich sah zu Amy herüber. Sie verzog keine Miene, als sie Derek bei seiner Performance beobachtete – und ja, *beobachten* war hier das passende Wort. Erst als sie meinen Blick bemerkte, rang sie sich ein Lächeln ab. Sie wirkte bedrückt, aber das konnte bei der Stimmung eigentlich nicht sein.

Der Abend nahm legendäre Züge an – wir sangen und tanzten, Gläser gingen zu Bruch, das Mobiliar vibrierte. Es war das beste aller Feste.

Während meines Auftritts ging es nicht ganz so wild zur Sache, aber dafür *powered by emotion*: Ich entschied mich für »*I Want To Know What Love Is*« von *Foreigner* und lieferte solide ab. Ich kann nicht singen, weshalb ich bloß schmachtete, schnaufte, schief und schräg, ich ging auf die Knie und reckte die Arme zum Himmel, alles war Pathos, der Himmel das Limit.

»*In my life there's been heartache and pain / I don't know if I can face it again / Can't stop now, I've traveled so far, to change this lonely life …*«

Meine Taktik ging voll und ganz auf: Auch ich wurde von den anderen bejubelt wie die frühen *Beatles*, aber mir war durchaus bewusst, dass meine Performance die schlechteste des Abends war. Damit konnte ich ob der Konkurrenz aber gut leben.

Zum Glück war Amy gleich nach mir an der Reihe und brachte wieder Klasse in die Angelegenheit. Sie war ein Bühnenmensch, das war kein Geheimnis. Entsprechend hoch waren unsere Erwartungen an ihren Auftritt. Wir wussten, dass sie neben ihrem schauspielerischen Talent auch über eine fantastische Gesangsstimme verfügte. All das hatten wir in Betracht gezogen, bevor sie loslegte – und dann haute sie uns trotzdem um mit ihrer Version von Whitney Houstons »*Greatest Love Of All*«.

Minuten zuvor hatte sie noch ein bisschen apathisch gewirkt, als ginge sie das alles hier gar nichts an, als fühlte sie nichts. Als sie die ersten Zeilen schmetterte, strahlte sie plötzlich mit dem ganzen Körper.

»*Because the greatest love of all is happening to me*«, sang sie, und es mag übertrieben klingen, eben typisch amerikanisch, aber ich empfand es an diesem Frühlingsabend – es war so warm draußen, dass die Terrassentür den ganzen Abend offen stand, so dass die Nachbarschaft an unseren musikalischen Sternstunden teilhaben konnte, ob sie nun wollte oder nicht – genauso *awesome*, wie ich es hier beschreibe: Dieses weiße, amerikanische Vorstadtmädchen mit den blondesten Haaren kam mit ihrer Stimme dem Original gefährlich nahe. Amy traf die Töne, erreichte auch aussichtslos erscheinende Höhen, und sie machte es wie jede große Künstlerin: Jede und jeder Einzelne von uns fühlte sich angesprochen, obwohl sie die ganze Zeit über sich selbst sang. Als die berauschende Nummer vorbei war und Amy mir einen Blick zugeworfen hatte, der irgendwas zwischen Stolz und Erleichterung in sich trug, entdeckte ich in der Runde in allen Augen mindestens eine Träne – außer bei Mom, die als Nächste an der Reihe war und in Gedanken schon voll auf ihren Auftritt konzentriert war.

»*Come on, Mom!*«

Wir feuerten sie also an, weil ihre Nervosität offensichtlich war. Mom war das Gegenteil einer Rampensau, aber einen Rückzieher hätte sie trotzdem nie gemacht. Die Blöße hätte sie sich nie gegeben. Außerdem genoss sie solche Abende viel zu sehr, um für einen derartigen Tiefpunkt zu sorgen.

Mom sagte sich: Da muss ich jetzt durch.

Eine Spaßbremse wollte sie unter keinen Umständen sein.

Nach einem Moment des Zögerns lugte sie also hinter dem Mikrofon hervor und hauchte die ersten Worte.

»*It's been seven hours and fifteen days / Since you took your love away …*«

Ein kollektives Schlucken ging durch unsere Reihen. Moms Stimme klang gut – zart, aber gut.

»*I go out every night and sleep all day / Since you took your love away …*«

Schon jetzt war klar: »*Nothing Compares 2 U*« in der Version von Sinead O'Connor war perfekt gewählt. Mom fühlte die Musik, die Worte. Ich hielt die Luft an, bis der letzte Ton verklungen war. Lauter als für Mom haben wir an diesem Abend nicht gejubelt.

»Siehst du«, rief Mom und zwinkerte erleichtert in meine Richtung, »in Amerika kann jeder ein Star sein …«

Als ich Amy später nach Hause brachte, blieben wir noch lange vor ihrem Haus stehen. Abigail hatte sich bereits durch den Keller auf ihr Zimmer geschlichen (und die Eltern hatten sie hoffentlich nicht bemerkt), aber ich wollte Amy noch nicht gehen lassen, weil sie immer noch einen niedergeschlagenen Eindruck machte. Auf dem Heimweg hatte sie kaum ein Wort gesprochen. Vorsichtig fuhr ich mit meiner rechten Hand durch ihre Haare und suchte ihren Blick, den sie die ganze Zeit auf den Bürgersteig gerichtet hatte: »Ist irgendwas?«

Endlich sah sie mich an. Auf ihre wässrigen Augen war ich allerdings nicht vorbereitet.

»Was ist los, Baby?«

Sie zuckte mit den Schultern.

»Es war so ein schöner Abend«, sagte sie und zeigte auf das Haus der Fishers, das mit seinem Basketballkorb über der Garage aussah, als sei es direkt aus dem Katalog für amerikanische Vorstadtimmobilien kopiert – ein Haus wie aus den US-Sitcoms jener Zeit, »aber jetzt muss ich wieder da rein …«

»Tut mir so leid«, sagte ich hilflos.

»Ist doch nicht dein Fehler«, sagte sie. »Ich frage mich einfach, warum manche Kinder so ein Glück haben mit ihren Eltern, mit ihrer Familie …«

Ich nahm sie in den Arm und drückte sie fest an meine Brust – dem einzigen Ort, an dem sie sich sicher fühlen konnte, so hoffte ich.

»… und manche nicht«, nuschelte sie in meinen Nacken.

32. kapitel

Was sind das für Menschen, die im Flugzeug am Fenster sitzen und trotzdem die Klappe runterschieben?

Idioten, in meinen Augen.

Aber das nur nebenbei.

Der Flug von Boston nach Los Angeles dauert mit rund sieben Stunden länger als üblich, weil wir über den Rocky Mountains einem Unwetter ausweichen müssen. Mehr Zeit für mich, um zwischen unzähligen Luftlöchern über Mom und Derek nachzudenken. Ich kenne sie so gut, bin ihnen so nah wie meiner eigenen Familie, aber es ist unglaublich, wie sie sich verändert haben – wie die USA sich verändert haben in den letzten 20 Jahren. In Providence stehen Häuser leer, die damals zur Adventszeit von Lichterketten mit 60 000 Watt erleuchtet wurden und so verklärend winterschön aussahen, als wären sie eigens für den nächsten Weihnachtswerbespot von *Coca-Cola* hergerichtet worden. Heute blättert der Putz von diesen Hütten, die Fenster sind verrammelt, und der Vorgarten ist vergammelt. Die früheren Bewohner sind entweder tot oder arm und wohnen in der nächstbesten Kleinstadt für die sozial schwache Bevölkerung, die sich das Leben im Zentrum längst nicht mehr leisten kann. Und zwischen den Bordsteinplatten wächst überall das Unkraut.

Mom hat Glück, dass Derek ihr sein dreckiges Geld schickt – es ist ihr anzusehen, dass sie sonst komplett verloren wäre. Sie hätte keine Chance mehr in diesem Krisengebiet namens USA. Sie ist eine der letzten Überlebenden aus jener Zeit, in der es noch ausreichte, Hausfrau zu sein, um über die Runden zu kommen. Heute strecken ihr alle den nackten Arsch ins Gesicht – die Obdachlosen an der Ecke im wörtlichen, die digitale Elite im übertragenen Sinn.

Ich nehme Moms Bitte, zwischen ihr und Derek zu vermitteln, sehr ernst. Es muss eine Möglichkeit geben, dass sie sich wieder zusammenraufen. Ich kann Dereks Reaktion verstehen: Es muss sich erschütternd anfühlen, sein Leben lang belogen worden zu sein. Aber es war eine Notlüge und Mom ist seine Mutter, auch wenn sie ihn nicht zur Welt gebracht hat. Sie hat ihn durch seine Kindheit und Jugend geführt – was mehr ist, als er von seiner leiblichen Mutter behaupten kann, bei der es sich wahrscheinlich um eine heroinsüchtige Prostituierte aus dem kriminellen Umfeld seines Vaters handelt. Was weiß ich.

Ich bin sicher, dass Derek ganz genau weiß, was er an Mom immer noch hat, sonst würde er ihr das Geld nicht schicken. Er liebt sie und macht sich Sorgen, und vielleicht schämt er sich sogar ein bisschen, sie im Stich gelassen zu haben, aber sein Stolz verbietet es ihm noch, Kontakt mit ihr aufzunehmen. Vielleicht ist er sich ihrer auch zu sicher. Er weiß, dass er jederzeit zu ihr zurückkehren könnte. Ihre Tür steht immer offen. Das könnte für eine gewisse Bequemlichkeit sorgen, die ihn davon abhält, die Initiative zu ergreifen. Aber wenn er sich da mal nicht täuscht: Mom braucht Hilfe, nicht irgendeine, sondern seine. Wenn Derek noch länger wartet, könnte es zu spät sein. Hier bin ich als echter Mayweather gefragt. Ich muss vermitteln. Ich fühle meine Verantwortung. Im Anflug auf Los Angeles nehme ich mir deshalb fest vor, auf dem Rückweg noch einmal bei Derek vorbeizuschauen, ihn zur Rede zu stellen.

Just in dem Moment, als ich nach der Landung mein Handy einschalte, klingelt es. Die Maschine ruckelt über das riesige Rollfeld des LAX in Richtung Gate, und ich sitze noch auf meinem Platz, und die Leute drehen sich zu mir um, und es ist mir ein bisschen peinlich. Vor Schreck nehme ich den Anruf entgegen, anstatt ihn wegzudrücken.

»Na, lassen sich die Ami-Werbefuzzis gut umgarnen?«

Ich mag den neckischen Ton in Lenas Stimme, aber ich bin auch überrascht, sie zu hören. Außerdem bin ich von dem Aufsehen, das mein Telefonat in der Flugzeugkabine verursacht, selbst am meisten irritiert.

»Ähm, ja … ähm, nein … äh, hi, mit dir habe ich ja gar nicht gerechnet …«

Sie lacht auf. »Ach nein? Wirklich nicht? Du hättest nicht damit gerechnet, dass die penetrante Alte, die auf dem Klo über dich hergefallen ist und anschließend nach einem Dinner-Date gefragt hat, sich noch einmal meldet?«

Ich muss lachen. »Doch, nein … weißt du, ich bin gerade im Flugzeug.«

»Dann solltest du das Handy aber schnell ausschalten, Flemming. Dein Gestotter geht den anderen Passagieren sicher auf die Nerven.«

»Das kannst du wohl laut sagen.«

Sie lacht. Ein leichter Schauer durchläuft mich: Ich

stelle fest, wie sehr ich mich über ihren Anruf freue. Interessant.

»Nein, nein«, sage ich und habe Mühe, meine Lautstärke zu drosseln, »wir sind schon gelandet, alles gut.«

Ich fühle mich belauscht, ehe ich mich daran erinnere, dass die meisten Passagiere der deutschen Sprache wohl kaum mächtig sind.

»Wo bist du gerade?«, fragt sie.

»In Los Angeles.«

»Ich auch!«, ruft sie freudig überrascht.

»Nicht im Ernst!«

»Meeting mit Kunden in Downtown«, sagt sie. »Weißt du eigentlich, was das Zentrum von L.A. für eine Geisterstadt ist? Da ist weniger los als bei meiner Oma in der Hose.«

»Ach ja?« Ich muss lachen.

»Und meine Oma ist schon tot.«

Ich muss lauter lachen. Die Leute drehen sich zu mir um.

»Reiß dich zusammen, Flemming«, ruft Lena lachend ins Telefon.

Endlich kriege ich mich wieder ein und sage: »Ich weiß nur, dass dein Timing sensationell ist, Lena.«

Ich erzähle ihr von meinem Termin in Venice am späten Nachmittag – nicht *wen* ich dort treffe, sondern *dass* ich dort verabredet bin. Eigentlich glaube ich nicht an Zufälle, aber sie ist später nach dem Downtown-Meeting in Beverly Hills unterwegs, also nicht allzu weit entfernt. Wir verabreden uns für den Abend auf der Promenade.

Los Angeles ist natürlich eine Schau. Ich bin nicht zum ersten Mal hier und weiß deshalb bereits: Die Stadt ist einerseits überhaupt nicht so geil, wie man sie sich als Kind immer vorgestellt hat – und andererseits trotzdem beeindruckender als die meisten Orte der Welt (die multikulturelle Vielfalt; die für eine Millionenmetropole unendlichen Weiten – nirgendwo sind beispielsweise die Bürgersteige so breit; dazu Sonne, Strand und Hügel, all die kalifornischen Klischees, die nicht wahrer sein könnten). Es ist kein Wunder, dass über die Stadt und über die Küste und über Kalifornien wohl mehr Songs geschrieben wurden als über jede andere Region dieser Erde.

Die Palmen machen den Unterschied. Es ist ein Unterschied wie Tag und Nacht, ob Palmen am Straßenrand stehen – oder eben nicht. Das Klima muss aber passen: Palmen auf dem Jungfernstieg in Hamburg wären fehl am Platz, weil der andauernd graue Himmel über ihnen anmuten würde wie eine schlechte Fototapete.

Ich checke im *Hollywood Stars Inn* ein. Es ist das günstigste Motel, das ich für die Nacht so kurzfristig ergattern kann. Mein Zimmer ist klein, und es riecht nach feuchtem Teppich, aber mit dem Fernseher sind über 200 Kanäle zu empfangen. Ich bleibe kurz bei einer *Friends*-Wiederholung hängen: Rachel ist untröstlich, weil Ross sie mit der Frau aus dem *Copyshop* betrogen hat.

Im Innenhof gibt es einen kleinen Pool, in dem eine lateinamerikanische Familie – Vater, Mutter, zwei etwa sechsjährige Söhne, die von den Eltern jeweils *chico* gerufen werden – lautstark planscht. Ich lege mich für eine halbe Stunde auf eine Liege am Beckenrand und blinzele in den blauen Himmel. Es ist laut, aber es sind trotzdem die ersten ruhigen Minuten dieser Reise.

Über dem Gelände kreist ein Polizeihubschrauber. Die Rotorengeräusche, das spanische Geschnatter, dazu knarzt Fickmusik aus dem alten Lautsprecher, der über dem Eingang zur Rezeption baumelt – ich komme mir vor wie in einem Rap-Video.

Überhaupt Hollywood. Ein Mythos, von dem viele nicht mal wissen, dass er in erster Linie bloß ein schnöder Stadtteil von Los Angeles ist. Glamour sucht man hier in den meisten Gegenden außerhalb der Filmstudiogelände und Villenhügel vergeblich. Betonwüste unter pazifischer Sonne. Motels, in denen der Putz von den Wänden blättert, statt Fünf Sterne. *In-N-Out Burger* statt *Guide Michelin*.

Von wegen Glitzerwelt, von wegen Traumfabrik – realistischer und weniger verträumt als der staubige Asphalt der Highland Avenue geht gar nicht.

Mir soll es egal sein. Ich bin hier nur aus einem Grund.

Ich soll Privatdetektiv Connor an der *Hall of Fame*, dem berühmten Graffitidenkmal in Venice, treffen. Es ist wahrscheinlich der seltsamste Ort, den ich mir vorstellen kann, um einen Privatdetektiv zu treffen. Andererseits fühlt es sich schon seltsam genug an, überhaupt einen Privatdetektiv zu treffen. Aber Connor weiß, wo ich Amy finde. Also ist er jetzt, in diesem Moment, der wichtigste Mann in meinem Leben.

Am Nachmittag wird es noch ein paar Grad heißer, die Luft noch etwas diesiger. Die Sonne brennt erbarmungslos vom blassblauen Himmel. Zuerst bemerke ich Connor gar nicht. Nachdem ich eine Weile die Graffitiwand bestaune, hocke ich mich in den Sand und lasse die zirkusreife Stimmung an mir vorüberziehen. Hier, am Venice Beach, ist doch jeder auf irgendwelchen Substanzen, denke ich. Die Gaukler, Wahrsager und Henna-Tätowierer, die vorbeiziehende Touristen von der Seite anquatschen, müssen irgendwelche psychedelischen Drogen intus haben, anders ist ihr überdreht-gutgelauntes Verhalten, das einen deutschen Griesgram wie mich nur verstören kann, nicht zu erklären.

Außerdem verkauft jeder zweite Shop hier Shirts mit Bandlogos, Filmplakaten oder anderen Popkulturmotiven als Aufdruck. Für die Ladenbesitzer, die meisten von ihnen sind Schwarze und Latinos, muss dieser Konkurrenzkampf unerträglich sein, weil sich ihre Angebote überhaupt nicht unterscheiden. Ich male mir aus, dass sie ihre stoische Ruhe nur dem Schluck aus dem Flachmann zu verdanken haben, den sie unter der Verkaufstheke deponiert haben. So würde ich es jedenfalls machen.

Und die Muskelmänner, die hier mit dicker Hose über ihren Erdnuss-Flip-Pimmeln herumstiefeln und denen der Strandabschnitt den Spitznamen *Muscle Beach* verdankt, haben sich garantiert auch nicht ohne das eine oder andere Mittelchen so grotesk aufgepumpt.

Mein Blick fällt auf einen von ihnen – er ist breiter als hoch, vielleicht 1,65 Meter groß, und hat eine glänzende Glatze. Er trägt einen so mächtigen wie akkuraten Oberlippenbart, den man so sonst nur von amerikanischen Kleinstadtcops kennt, und seine Bodybuilderhose mit dem grün-schwarzen Leopardenmuster flattert im Wind. Sein Feinripp-Tanktop war mal weiß, geht aber – wahrscheinlich vom Schweiß der vielen Trainingsjahre – langsam ins Gelbliche über. Er hält eine Hantel mit je drei Ringen an jeder Seite in der rechten Hand und schleicht in kleinem Radius um die *Hall Of Fame* herum. Ich beobachte ihn mit einer Mischung aus Bewunderung und völligem Unverständnis für seinen Körper und Lebensstil. Ich frage mich, was Leute dazu treibt, so auszusehen. Was sie dazu treibt, sich einzuölen wie ein Schwein am Spieß und sich aufzupumpen wie einen Truckreifen. Beim Gedanken daran, dass er womöglich noch einen deutschsprachigen Akzent wie Arnold Schwarzenegger haben könnte, muss ich schmunzeln.

Als sich unsere Blicke aus Versehen treffen, kommt er auf mich zu. Das habe ich nicht gewollt. Zu spät. Er nickt mir zu.

»*You Flaming Hanson?*«

Wie bitte? Bin ich Flemming Hansen? Ja, bin ich, aber woher weißt du das, du Pumperclown?

Er streckt mir seine Hand entgegen. Sie ist groß wie eine Bratpfanne, aber er drückt zum Glück bloß harmlos zu.

»*I'm Connor*«, sagt er, als wäre das keine Überraschung. Die Pupille in seinem linken blauen Auge ist geweitet, viel größer als die im rechten, was mich gleichermaßen irritiert und hypnotisiert.

»Hi«, krächze ich.

»*Nice meetin' you*«, sagt er, lässt es aber klingen, als fände er das eher nicht besonders *nice*.

Ich kann es nicht fassen. Meister Proper ist mein Privatdetektiv. Er setzt sich schnaufend in den Sand.

»*Let's talk*«, sagt er. Er hat keinen Akzent wie Arnie, sondern den quäkenden Sound eines Rednecks.

Ich starre ihn mit offenem Mund an und lasse mich langsam neben ihn fallen.

Er mustert mich. »Is' klar, worum es hier geht, richtig?«

»Ich hoffe«, stammle ich, »ich, ja, hoffe es.«

Ich kann nicht glauben, wie er aussieht, und lasse meinen Blick von seinem polierten Kopf über das gelbe Unterhemd und die weite Hose bis zu den knöchelhohen *Reebok*-Sneakern wandern. Das bemerkt er natürlich.

»Noch nie 'n fitten Privatdetektiv gesehen?«

»Ich habe überhaupt noch nie einen Privatdetektiv gesehen.«

»Niedlich.«

»Im Ernst! Aber in meiner Vorstellung sehen Privatdetektive nicht so aus wie Sie. In meiner Vorstellung sitzen sie mit Hut im Café und machen zwei Löcher in die Zeitung, durch die sie dann alles beobachten.«

»Ziemlich begrenzte Vorstellungskraft«, murmelt er.

Schnell macht er mir deutlich, dass er für belanglose Plaudereien nicht zu haben ist. Er kommt zur Sache. Was ich von Amy will, will er wissen.

Sie wiedersehen, antworte ich.

»Schon klar, aber warum?« Er macht beim Sprechen kaum den Mund auf. Vielleicht ist das ein Privatdetektiv-Trick, aber er erinnert mich an die Fußballer, die sich die Hand vor den Mund halten, damit keiner von ihren Lippen lesen kann.

»Warum? Weil ich Amy liebe, und weil es nicht mehr

lange dauern wird, bis ich im speckigen Regenmantel durch die Straßen schleichen werde. Die Haare werden mir aus den Ohren sprießen, und ich werde einen fröhlichen Song durch mein kaputtes Gebiss pfeifen. Bevor es so weit ist, sollte ich also dringend versuchen, der Traumfrau meines Lebens nach all den verlorenen Jahren endlich meine ewige Liebe zu gestehen.«

»Warum jetzt?«, fragt er.

»Weil ich ihr begegnet bin, ganz einfach. Manchmal muss man einfach zu seinem Glück gezwungen werden. Ein kleiner Schubser in die richtige Richtung. Den will ich Amy jetzt auch geben.«

»Sicher?«, fragt er nur. Die Skepsis, die er vorher noch mit jeder Pore ausstrahlte, ist einem mitleidigen Blick gewichen.

Seine Fragerei geht mir auf die Nerven. Sollte ich nicht derjenige sein, der hier die Fragen stellt? Sollte *ich* hier nicht Informationen von *ihm* erhalten? Sollte es nicht völlig klar und offensichtlich sein, dass ich mir *sicher* bin?

»Was ist denn das Problem? Sagen Sie mir doch einfach, wo ich Amy finde! Ich bin einmal quer durch das ganze Land geflogen, nur weil mir gesagt wurde, dass Sie mir helfen können. Und Sie fragen mich ernsthaft, ob ich mir sicher bin?«

Connor streckt den Rücken und starrt nachdenklich über den Strand. Seine Miene ist völlig ruhig.

»Ich mein ja nur«, sagt er. »Sie müssen aufpassen.«

»Danke für den Tipp, aber ich habe alles im Griff.«

»Hören Sie zu«, sagt er, »ich stecke Ihnen gerne, was ich weiß. Wo Amy ist. *All that stuff.*«

»Dann mal los!«

»Aber ich muss Sie warnen: Es gibt Dinge, die ich Ihnen nicht sagen kann.«

»Und die wären?«

Er zuckt die Schultern. »Bestimmte Dinge.«

»Zum Beispiel?«

»Wie gesagt, kann ich Ihnen nicht sagen. Dinge, die Sie nicht wissen wollen.«

»Dann hören wir doch auf mit dem Geplänkel – und Sie sagen mir einfach nur das, was Sie wissen.«

Er hält die Hände vor die Brust: »Sagen Sie nicht, ich hätte Sie nicht gewarnt.«

»Keine Sorge.«

Ich weiß nicht, was er mir nicht sagen kann – aber *was* er mir über Amy sagen kann, ist schon schlimm genug: Sie sei mit einem deutschen Filmproduzenten verheiratet, Matthias Wertheimer.

Verheiratet?

»Nie von ihm gehört«, sage ich. »Ist Amy Schauspielerin?«

Er schüttelt den Kopf. »Hat sie aufgegeben, als sie schwanger wurde.«

»*Schwanger?*«

Er nickt. »Zwei Kinder mit Wertheimer. Junge und Mädchen.«

Das hatte ich schon befürchtet. Verdammt. Ich will mir nichts anmerken lassen und heuchle: »*Oh yeah?!*«

Die Familie pendle zwischen Los Angeles, wo Wertheimer in Hollywood durchaus ein gefragter Mann sei, und Wertheimers Heimatstadt Hamburg, was mich endgültig bestätigt: Die Frau am Flughafen war Amy. Klare Sache. Kein Zweifel mehr. Ein seltsames Gefühl der Erleichterung durchfährt mich deshalb. In den letzten Tagen hatte ich meine geistige Zurechnungsfähigkeit doch häufiger in Frage gestellt, als ich es mir eingestehen will.

Ich fasse Connor ins Auge und frage: »Wenn Sie mir schon von Amys Familienglück erzählen – was zur Hölle kann es dann sein, das Sie mir nicht sagen können oder dürfen?«

»Kein Kommentar«, sagt er und reicht mir einen Zettel mit zwei Adressen.

»Warum machen Sie mich dann so neugierig?«, protestiere ich.

»In Hollywood wohnen die Wertheimers noch in einem Hotel«, sagt Connor ungerührt, »aber sie sind heute für zwei Wochen rüber nach Hamburg. Sie wohnen in einer Villa in Winterhude.«

Er sagt *Winterhood.*

Ich fühle mich fast am Ziel. Diese Adressen können die Welt bedeuten. Klar, Amy ist verheiratet mit Kindern – das macht die Sache nicht einfacher. Aber ich hatte bisher auch noch keine Möglichkeit, mit ihr zu sprechen und meine Sicht der Dinge offenzulegen: warum sie die Frau für mich ist und warum sie uns noch eine Chance geben muss. Plötzlich ist diese Möglichkeit ganz nah. Sie wohnt sogar in meiner Stadt. Noch kann ich es nicht glauben. Dafür werde ich sie wohl sehen müssen.

Ich würde Connor am liebsten umarmen, doch zur Verabschiedung lässt er nur einen distanzierten Händedruck zu. Überhaupt habe ich noch nie einen Bodybuilder gesehen, der im direkten Gespräch so seriös rüberkommt. Andererseits habe ich mich auch noch nie mit einem Bodybuilder unterhalten. Schon gar nicht mit einem Bodybuilder, der Privatdetektiv ist.

»Eine Frage hätte ich noch«, rufe ich ihm nach wie *Columbo*, als er schon ein paar Meter entfernt ist.

Connor dreht sich um. »Die wäre?«

»Was ist es, das Sie mir nicht erzählen dürfen?«

Er lächelt – zum ersten Mal an diesem Nachmittag – und winkt ab: »Noch mal: Das wollen Sie lieber nicht wissen.«

»Doch«, rufe ich, »will ich!«

Aber Connor ist bereits im Menschengewimmel der Strandpromenade verschwunden.

Seit meiner Abreise nach Amerika ist so viel passiert – ich hatte schon wieder ganz vergessen, wie fantastisch Lena in ihrem Hosenanzug aussieht. Diesmal trägt sie zur hautengen dunkelblauen Hose kein Jackett – dafür ist es auch viel zu warm –, sondern eine schlichte weiße Bluse mit kurzen Ärmeln, deren obere beiden Knöpfe sie offen trägt. Ein makelloses Dekolleté, eine makellose Figur, kalifornisch-kaffeebraune Haut zu hellen Augen und herbstfarbenen Haaren, so ziemlich alles an dieser Frau ist makellos. Aber für sie gilt das Gleiche, was für alle anderen Frauen vor ihr galt: Sie ist nicht Amy. Heute Abend spielt das aber keine Rolle. Ich freue mich auf Lena, sie ist unkompliziert, und deshalb ist ein Date mit ihr – wenn man es denn *Date* nennen will – eine entspannte Ablenkung in diesen anstrengenden Tagen. Ich bin froh, dass sie sich gemeldet hat. Ich wäre nicht auf die Idee gekommen.

Wir treffen uns am Pier und entscheiden uns allen Ernstes für ein Abendessen bei der *Bubba Gump Shrimp Company*, weil wir es lustig finden, mit voller Absicht in diese absurde Touristenfalle zu treten – und weil wir es noch lustiger finden, dass der Laden allen Ernstes mit einem Shrimp-losen Spezial-Angebot für Veganer wirbt. Lena ist zu neugierig, um zu widerstehen.

»*Forrest Gump* ist mein Lieblingsfilm«, sage ich wie zur Rechtfertigung.

»Du musst das hier nicht schönreden«, sagt sie und lacht. »Der Laden ist Veganer-freundlich, also alles gut.«

Das Essen schmeckt besser als erwartet. Lena erzählt amüsante Anekdoten aus ihren Meetings der letzten Tage. Ich erfinde ein paar Geschichten, die mir bei meinen angeblichen Agenturterminen passiert sein sollen. Wir haben eine Menge Spaß, und es fühlt sich an, als hätten wir schon viel mehr zusammen erlebt als einen turbulenten Flug inklusive schneller Nummer auf dem Klo.

»Ist das nicht verrückt?«, sagt Lena während unseres anschließenden Strandspaziergangs, zu dem die Sonne untergeht, als hätte irgendjemand einen *Instagram*-Filter über sie gelegt. »Du kommst mir so bekannt vor.«

»Entschuldigung«, sage ich mit übertrieben vornehmer Stimme und reiche ihr die Hand, »ich bin der Typ, mit dem Sie es in 11 000 Metern Höhe getrieben haben, erinnern Sie sich denn wirklich nicht?«

Wir lachen, und sie hakt sich bei mir unter. Sie zieht ihre Pumps aus, als wir den Sand betreten, und trägt sie an den Fersenschlaufen in der Hand. Ich watschele in Flipflops neben ihr her.

»Du weißt, was ich meine«, sagt sie noch, und ich glaube, ich weiß, was sie meint, frage aber auch nicht nach.

Plötzlich flitzen ein paar Teenager wie junge Hunde um uns herum und werfen sich johlend einen Football zu. Sie tragen knielange Shorts über ihren braungebrannten Beinen, aber keine Shirts über den drahtigen, definierten Oberkörpern. Zwischendurch springen sie einander gegenseitig an und rollen wie ein menschliches Knäuel durch den Sand, die Gliedmaßen ineinander verkeilt. Sie sind so fröhlich und ausgelassen, wie ich es selten gesehen habe.

Lena betrachtet ihr Treiben skeptisch.

»Die Jungs sind gut drauf«, sage ich. »Muss am Wetter liegen.«

Lena schüttelt den Kopf, als wir die *Kids* langsam hinter uns lassen.

»Ich mag die Amerikaner nicht«, sagt sie. »Das ist mir in den letzten Tagen klargeworden.«

»Ach ja?«

»Weil sie dumm sind«, sagt sie scharf.

»Das ist doch Quatsch!«

Lena bleibt stehen, es ist ihr ernst. Zwar kann sie sich ein leichtes Lächeln nicht verkneifen, aber in ihren folgenden Ausführungen steckt aus ihrer Sicht offenbar viel Wahrheit: »In diesem Land macht einfach nichts Sinn!«

»Zum Beispiel?«

»In der Werbung geht es nur um Krankheiten: *Hüten Sie sich vor diesem und jenem, achten Sie auf diese und jene*

Symptome, sonst könnte es Ihren Tod bedeuten ... und so weiter, du weißt, was ich meine.«

»Nicht wirklich.«

»Gestern habe ich einen Spot gesehen, wo sie mit der Kamera ganz langsam an eine Rolltreppe in einer Mall heranzoomen – unterlegt von bedrohlicher Musik und einer dunklen Stimme: *Rolltreppen können eine tödliche Gefahr bedeuten* ... und dann werden irgendwelche absurden Statistiken zitiert, wie viele Amerikaner pro Jahr bei Unfällen auf der Rolltreppe ums Leben kommen. Tenor: *Besorgen Sie sich JETZT eine Unfallversicherung!* Oder: *Meiden Sie Rolltreppen!* Oder so ähnlich ... die absolute Gehirnwäsche. Oder dieser andere Spot: Haben Sie Kopfschmerzen? Es könnte ein GEHIRNTUMOR sein!«

Lena redet sich in Rage, und ich halte mir längst den Bauch vor Lachen.

»Im Ernst!«, ruft sie, muss aber auch schon schmunzeln. »Und trotzdem wehren sich hier so viele Menschen gegen eine Krankenversicherung – sie *wollen* sie einfach nicht! Ist das zu fassen?«

»Aber ganz ehrlich«, sage ich, »eigentlich ergibt das doch alles Sinn ...«

Lena winkt ab. Sie will nicht hören, was ich sagen will. Es ist mir recht, denn obwohl sie in ihrer Tirade alles durcheinanderbringt, macht es einfach großen Spaß, ihr zuzuhören.

»Es ist eine Frechheit!«, schimpft sie weiter. »Genau wie der ständige Hinweis auf gesunde Ernährung – und dann kostet ein Apfel vier Dollar! Oder der Umweltschutz, der immer und überall gepredigt wird – und gleichzeitig packen sie in jedem verdammten Supermarkt die Einkäufe in tausend Plastiktüten … da könnte ich mich so aufregen! Oder immer diese krummen *Tax*-Summen … kiloweise Kleingeld kommt da zusammen … das ist doch nichts anderes als Geldverschwendung!«

Als habe der Ärger über die Amis sie regelrecht erschöpft, legt sie den Kopf an meine Schulter – es ist schön, ihn da zu spüren.

»Ich mag die positive Art hier«, versuche ich eine Lanze zu brechen. »Die Leute machen ihr Ding und halten sich nicht mit den Sachen auf, die sie ohnehin nicht ändern können.«

»Mmh«, macht Lena, »aber vielleicht ist genau das ihr Problem: dass sie nicht einmal versuchen, etwas zu ändern an der riesengroßen Verarsche, die hier abgeht.«

»Das ist nicht das Problem«, sage ich, »das Problem ist die Bildungsstruktur. Es gibt in keinem Land der Erde so viele dumme Menschen wie hier, aber gleichzeitig ist nirgendwo auf der Welt die intellektuelle Oberschicht so breit und vielfältig – nirgendwo gibt es so viele Macher und Multitalente, so geniale Dichter, Denker und Lenker, so viele großartige Geschichtenerzähler. Und das ist ihre Mentalität: Eine gute Geschichte bedeutet den Amerikanern mehr als alles andere. Das gefällt mir.«

»Ich weiß nicht«, nuschelt Lena.

»Du machst es dir jedenfalls zu einfach«, sage ich, »wenn du sie als dumm abstempelst. Und noch was: In Deutschland fühle ich mich immer beobachtet, auf der Straße, im Supermarkt, überall – aber sobald ich jemanden nach dem Weg frage, könnte die Antwort nicht kälter, unfreundlicher und abweisender ausfallen. Hier in Amerika glotzt mich dagegen grundsätzlich erst mal keiner an, weil jeder so sein darf, wie er ist. Aber wen ich auch anspreche, aus welchem Grund auch immer – die Reaktion ist zu 99 Prozent offen, freundlich, ein Lächeln, ein kumpelhafter Witz.«

Lena macht ein abwertendes Geräusch. »Ich glaube aber, sie meinen das Gegenteil. Amerikaner haben viele Vorurteile. Ihre Freundlichkeit ist Hass.«

Ich muss schon wieder lachen. Lena macht ein grimmiges Gesicht. Sie fühlt sich von mir offenbar provoziert. Sie kann nicht glauben, dass ich anderer Meinung bin.

»Selbst wenn die Wahrheit in der Mitte liegt«, erwidere ich schließlich. »Mir ist freundlich und oberflächlich im Alltag doch deutlich lieber als unfreundlich und tiefgründig.«

»Dann fasse ich es anders zusammen«, entgegnet Lena. »Ich könnte niemals mit einem Amerikaner zusammen sein.«

»Och, na ja«, murmele ich.

Sie nimmt den Kopf von meiner Schulter und sieht mir direkt in die Augen: »Mir gefällt, wie gut man mit dir streiten kann. Das können nicht viele Männer.«

»Was redest du da?«, rufe ich und lache auf. »Ich hasse Streit!«

33. kapitel

Amys große Aufführung mit der Theatergruppe fand eine Woche vor dem letzten Schultag statt und lässt sich in meiner Erinnerung am besten so beschreiben: *A star was born.*

Die Tage und Wochen vor der Show waren hart. Ich hatte nach unserer Versöhnung das dringende Bedürfnis, so viel Zeit wie möglich mit Amy zu verbringen – nicht nur den Donnerstagabend im SUV und die gelegentliche heimliche Übernachtung bei ihr oder mir. Es fühlte sich an, als würden wir noch einmal von vorne anfangen. In ihrer Anwesenheit war ich plötzlich wieder aufgeregt wie am ersten Tag – alle guten und schlechten Nebenwirkungen inklusive.

Amy ging es ähnlich, nur war sie wegen der ständigen, immer häufiger werdenden Proben eingespannter – und angespannter – als sonst. In Kombination mit meiner näher rückenden Abreise nach Deutschland schlug die Situation auf unsere Gemüter. Der letzte Tag meines amerikanischen Jahres hing wie eine Gewitterwolke über unseren gemeinsamen Momenten. Es war, als würden wir auf das leise bebende Wasserglas im *Jurassic Park* starren, während sich der Tyrannosaurus nähert.

Amy war ebenso traurig über unsere bevorstehende Trennung, aber sie zuckte mit den Schultern und sagte bloß: »Kann man nix machen.«

Whaddyagonnado. Das war ihre Art, damit umzugehen.

Dafür hatte ich Verständnis. Ich wusste, dass sie die Gleichgültigkeit nur vorgab. Klassischer Schutzmechanismus. Glücklich war ich über ihr Verhalten trotzdem nicht.

Noch unglücklicher war ich am Abend ihres großen Auftritts. Wobei unglücklich das falsche Wort ist – ich war irritiert, verstört.

Das Stück hieß *The War of the Roses (Der Rosenkrieg)* – ein Stoff, der knapp zehn Jahre zuvor als schwarze Hollywood-Komödie mit Michael Douglas und Kathleen Turner in den Hauptrollen ein Riesenerfolg gewesen war – so erfolgreich gar, dass der Begriff *Rosenkrieg* anschließend als Redewendung für Scheidungshorror Eingang in die deutsche Umgangssprache fand.

Die Handlung des Stückes war schlicht und konsequent: Das Ehepaar Rose will sich trennen, ist aber emotional nicht in der Lage, sich über das gemeinsame Haus zu einigen. Der Konflikt zieht sich jahrelang hin und gerät völlig außer Kontrolle, bis die beiden Rosenkrieger schließlich fallen – am Kronleuchter hängend, von der Decke der Eingangshalle ihres Hauses. Noch im Sterben am Boden liegend schlägt Barbara die ausgestreckte Hand von Oliver weg.

In den Hauptrollen: Amy als Barbara Rose und Stan Wozniak in der Rolle ihres Mannes Oliver. Stan war ein völliger Durchschnittstyp, die komplette Mittelmäßigkeit, ein menschlicher Äquator. Der farbloseste Vogel unserer Schule. Er war mittelgroß, hatte ein rundes und total egales Gesicht ohne jegliche Auffälligkeit und die Ausstrahlung eines 16-Jährigen, der in seinem Leben noch nichts gesehen hatte – der er ja auch war. Seine kleinen Schweinsaugen – die so klein waren, dass man ihre Farbe nicht erkennen konnte – versteckte er hinter einer zu großen Brille. An unserer Schule hatte er über die Jahre eine gewisse Prominenz erlangt, weil er die Statistiken aller amerikanischen Sportligen auswendig aufsagen konnte: *NFL*, *NBA*, *NHL*, *whatever* – Stan kannte alle Ergebnisse und die Saisonleistungen jedes Spielers, und er konnte sie ausspucken wie ein Computer. Basketball, Football, Baseball, Eishockey – er konnte alles aus seinem Gedächtnis abrufen, ihm doch egal.

»Mir doch egal«, war im Alltag passenderweise seine Standardantwort auf so ziemlich alles, was nicht mit Sport zu tun hatte.

»Scheiße, morgen Mathetest!« – »Mir doch egal!«

»Mister Rosewall ist gestorben.« – »Mir doch egal!«

»Jordan hat 53 Punkte gegen die Pistons gemacht!« – »*Really?!? Can't beat that with a stick!*«

Das war seine andere Standardbemerkung – immer wenn er dann überraschenderweise doch mal irgendwas toll fand inmitten seiner ganzen Egalheit, sagte er: »*Can't beat that with a stick!*«

So war das mit Stan. Heute würde man ihn als *Nerd* bezeichnen, damals nannten wir ihn einfach einen Trottel. Es war uns ein Rätsel, warum es diesen wenig glamourösen Typen ausgerechnet in die Theatergruppe verschlagen hatte – aber er war nicht untalentiert, das mussten wir uns schnell eingestehen. Vielleicht lag es an seiner Mittelmäßigkeit, denn für die meisten der großen Schauspieler ist ein Allerweltsgesicht ja der größte Trumpf. Stan war sozusagen der Tom Hanks unserer Highschool – auch wenn er an diesem Abend eine Rolle von Michael Douglas interpretierte. Jedenfalls bekam er die hektische Unzufriedenheit des Oliver Rose gut aufs Parkett.

Natürlich war es theoretisch absolut lächerlich, dass Amy und er die Protagonisten dieser bitteren, zynischen Trennungsfarce waren. Schließlich handelte es sich eindeutig um erfahrungsgesättigten Erwachsenenstoff. Andererseits gilt das ja für alle Schultheateraufführungen von Effi Briest bis Romeo & Julia: Die Jugendlichen können höchstens ahnen, welche existenziellen Konflikte sie da verhandeln. Vielleicht liegt genau darin der Reiz: sich einen Reim auf das Unbekannte, das Fremde zu machen.

»*Are you happy?*«, fragte Barbara früh in der Aufführung.

»*I'm more than happy*«, lautete die Antwort von Trottel Oliver. »*I'm married!*«

Das Stück an sich gefiel mir erstaunlich gut, hasste ich doch eigentlich alles, was mit Bühne zu tun hatte: Theater, Musical, Comedy – für mich alles Müll. Die eskalierende Auseinandersetzung der Protagonisten amüsierte mich aber, der Humor war gemein (also genau mein Fall), aber – und das war das Irritierende – genießen konnte ich das Ganze trotzdem nicht: Amy machte alles zunichte.

Um Missverständnissen vorzubeugen: Sie war großartig in der Rolle der Barbara, absolut fantastisch. Nicht für eine Sekunde konnte ich meinen Blick von ihr nehmen. Aber genau das war das Problem: Sie war so gut, so heiß, dass es in mir eine Beklemmung auslöste. Es fühlte sich an, als müsste ich sie mit der ganzen Aula teilen, mit dem gesamten Publikum, mit all den Männern, den zahlreichen Vätern, die anwesend waren und die Amy mit ebenso wässrigem Mund anstarrten wie ich. Ich stellte mir vor, wie sie sich in ihrer Fantasie ausmalten, was sie mit ihr anstellen wollten, und mir wurde schlecht.

Auf der Bühne sah alles an Amy größer aus, ihre Mienen und Gesten waren überdimensional. Dazu ihre Perücke, der wackelnde Hintern, die festen Brüste unter der braven Bluse – und als Kontrast zu dieser optischen *All-American Woman* die leicht ordinäre Sprache, die sie so laut vortrug, dass es mich wie Blitze durchzuckte. Sie war eine Sensation, kein Zweifel.

Vielleicht spielt Amy gerade gegen ihre Dämonen an, dachte ich, *and rightfully so!*

Ich stellte erstaunt fest, dass sich meine Gedanken inzwischen immer häufiger in englischer Sprache formulierten.

Die Aufführung nahm ihren Lauf und wurde ein Triumph.

Amy beklagte in ihrer Rolle als Barbara *that phony laugh* – die falsche, verlogene Lache ihres Mannes. Stan kicherte als Oliver daraufhin hysterisch los, während die Zuschauer vor Begeisterung johlten.

»*If love is blind*«, verkündete er, zunehmend verbittert, »*then marriage is like having a stroke.*«

Wenn Liebe blind macht, dann ist die Ehe ein Schlaganfall.

Oder so ähnlich. Das fand ich gut, das wollte ich mir merken.

Amy und Stan gaben ordentlich Gas. Zwischendurch beneideten wir sie regelrecht, wie sie auf der Bühne mit

Geschirr um sich warfen und sich gegenseitig an die Gurgel gingen. Sie ließen so richtig die Sau raus. Es sah nach einer Menge Spaß aus.

Nur ich hatte keinen Spaß.

Ich wollte Amy nicht mit diesen Leuten teilen.

Gleichzeitig fühlte es sich so an, als spielte sie nur für mich. Immer wieder musterte sie erregt die Menge, und immer wieder blieb ihr Blick an mir hängen. Sie war barfuß, und ihre Haare waren schon etwas schweißfeucht vom Licht der Scheinwerfer. Dann, für einen Moment, verzog sie ihren Mund zu einer eindringlich lächelnden Grimasse, die ihr Gesicht leicht verformte, vielleicht konnte auch nur ich es sehen, aber Amy blendete mich, ich kniff die Augen zusammen, und plötzlich überwältigte mich die Erkenntnis. Ich konnte ihr direkt in die Seele sehen, mein Herz schlug schneller, ich spürte es wie eine Infusion, und ich konnte spüren, wie Amy mir etwas mitteilte, nur mir, es war, als würde sie ein Seil nach mir auswerfen und mich damit umschlingen, bis ich ganz nah bei ihr war, um mich herum wurde alles dumpf und stumm, und die Bewegungen auf der Bühne wurden langsamer, fast wie in Zeitlupe, aber sie verloren nicht an Intensität, und als ich ihren brennenden Blick erwiderte, nickte sie mir zu, und ich nickte zurück, und dann erkannte ich ihre Botschaft, konnte sie sogar hier unten spüren, zehn Sitzreihen entfernt, auf meinem Platz im Publikum zwischen Mom und Derek, die bei den zweideutigen Scherzen zuverlässig kicherten und bei allen Beleidigungen und Beschimpfungen auf der Bühne brüllend lachten: *Ich liebe dich.*

Und dann kam alles wieder zurück, alles bewegte sich wieder in Normalgeschwindigkeit, die Geräusche schwollen auf ihre alte Lautstärke an, Amy drehte befriedigt ab, weil sie wusste, dass sie mich erreicht hatte, dass ich sie gespürt hatte, und während sie dort oben weiter schwebte, blickte ich von hier unten zu ihr herauf, zitternd, erregt, geballte Fäuste und einen pulsierenden Ständer in der Hose, und plötzlich wollte ich einfach nur weg, blieb aber natürlich sitzen, denn ich wollte auch nicht, dass mich jemand so sieht.

Ich weiß nicht, ob Derek mein Beben bemerkte oder ob er einfach nur so fragte: »*You ok, Buddy?!*«

»Klar«, ächzte ich. »Absolut.«

Derek rückte nur grummelnd seine Kappe zurecht und hakte nicht weiter nach, aber mit seinem schiefen Blick ließ er mich wissen: *Yeah, right!*

Ja, klar. Tatsächlich wollte ich Amy einfach nur über meine Schulter werfen und mit ihr abhauen, bloß weg von hier, weit weg von den lüsternen Blicken der Leute, mindestens in den SUV, am besten aber auf eine einsame Insel, am Strand des Lebens die Träume auf den Sand bauen.

Was ist los mit dir, Flemming, dachte ich: Du solltest stolz auf dein Mädchen sein!

Aber keine Chance.

Am Ende der anderthalb Stunden lagen Barbara und Oliver tot am Boden und das Publikum erhob sich für den Schlussapplaus aus den Stühlen. Amy und Stan verbeugten sich tief, als ob sie eine unsichtbare Last kopfüber von ihrem Rücken abwerfen wollten.

Im Anschluss gab es in den Fluren der Schule eine kleine Aftershowparty: Zwischen den Spinden wurden Drinks gereicht und Snacks gefuttert. Die Stimmung war leicht euphorisch. Die Eltern der kleinsten Nebendarsteller beglückwünschten sich gegenseitig wärmstens zu den grandiosen Leistungen ihrer Nachwuchs-DeNiros und -Pacinos. Es gibt in den USA nur zwei Ziele, mit deren Erreichen man die Eltern vor Stolz zum Platzen bringt: die Army oder Hollywood. Noch war für uns alles möglich.

Auch Amys Eltern wichen ihrer Tochter – dem Star des Abends – nach der Show nicht von der Seite, was aber mehr nach Kontrolle als nach Stolz aussah. Ich gelangte kaum zu Amy durch, mit ihr alleine zu sprechen war unmöglich.

»*Hey Amy, great Performance*«, rief Stan seiner Rosenkriegskollegin mit erhobenem Daumen im Vorbeigehen zu, »*can't beat that with a stick!*«

Mutter Fisher lächelte sich hysterisch durch jeden *smalltalk*, während ihr Mann seinen angewiderten Blick nicht einmal für Rektor Brady ablegen konnte. Gegen 21.30 Uhr packten sie Amy am Arm und führten sie ab nach Hause.

Amy hatte nach der Aufführung allen erzählt, dass es seit jeher ihr großes Ziel gewesen sei, irgendwann in einem Kinofilm mitzuspielen, und dass sie alles daransetzen werde, dieses Ziel auch zu verwirklichen.

Yeah, riefen die Leute ihr mit geballter Faust in der Luft zu. *You go, girl! Livin' the dream!*

Die amerikanische Grundeinstellung, die rhetorische Frage aller Fragen in diesem riesigen Land: *Why not?*

Ja, warum eigentlich nicht?

Ich stand daneben und wunderte mich: Das hatte sie mir noch nie erzählt. Ich wusste, wie gerne sie zu den Proben ging und wie gerne sie Teil der Theatergruppe war, aber dass sie ihre Zukunft auf der Bühne sah, war mir neu. Vielleicht war das Adrenalin schuld, vielleicht war sie nicht Herrin ihrer Sinne, aber ich fühlte mich hintergangen – als ob sie mir ihre Pläne verheimlicht hatte.

Der Gedanke ließ mich nicht los, und am nächsten Donnerstag im SUV sprach ich sie darauf an.

»Du hast mir gar nicht erzählt, dass du Schauspielerin werden willst«, sagte ich und reichte ihr den glimmenden, mit viel Liebe von mir gebauten *After-Sex-Joint*.

Sie nahm einen tiefen Zug und antwortete mit nasaler Stimme: »Ich dachte, das wäre klar.«

Sie blies den Rauch in kleinen Wölkchen aus.

»Die Konkurrenz ist hart«, sagte ich, weil ich in meiner Verwirrung lächerlicherweise das Bedürfnis hatte, irgendetwas Negatives zu sagen.

Sie nahm mich ins Visier. »Du denkst, ich bin nicht gut genug?«

»Ich glaube nur, dass Frauen es nicht leicht haben in dem Geschäft.«

Sie lächelte altklug. »Ich bin kein kleines Mädchen mehr.«

»Dein Vater dürfte das etwas anders sehen.«

»Nicht wirklich«, sagte sie und klang selbst ein bisschen überrascht, »er denkt auch, dass ich großes Talent habe.«

»Ich habe mal so eine Doku gesehen«, sagte ich, »da

hieß es, in Hollywood geht es nur um Sex. Jeder mit jedem, und wer eine Rolle braucht, darf nicht wählerisch sein …«

Sie winkte ab. »Na und? Ich lasse mich nicht ficken. Und außerdem: Läuft das im Leben nicht immer und überall so?«

Mir gefielen Amys zynische Momente nicht. Sie passten nicht zu ihr. Zum Glück wusste ich genau, wie ich sie auf andere Gedanken bringen konnte. Also nahm ich ihr den Joint aus den Fingern und legte ihn in meinem Mundwinkel ab: »Du lässt dich also nicht ficken?«

»Außer von dir«, erwiderte sie, und plötzlich blitzten ihre Augen auf.

»Liebst du mich?«, fragte ich.

Sie zog eine Schnute: »Dass du mir die Frage überhaupt stellst …«

Sie griff mit der Hand nach meinem Gürtel und küsste mich, und dann glitten ihre Finger noch ein bisschen tiefer, und ich hakte nicht weiter nach.

34. kapitel

Abigail erreicht mich gerade noch rechtzeitig. Nicht dass ich mit ihrem Anruf gerechnet hätte – eher hätte ich wohl mit einem Anruf von Rihanna gerechnet –, aber ich sitze bereits in der Abflughalle des Flughafens von Boston und muss an den 11. September denken und daran, dass hier eine der Terrormaschinen startete, die kurz darauf ins

World Trade Center flog. Eigentlich geht es gleich los, über New York zurück nach Hamburg, wo ich Amy in ihrer von Hollywoodgeldern finanzierten Produzentenvilla aufsuchen werde. Es wird höchste Zeit, denn langsam fühle ich mich wie ein Stalker.

Aber jetzt habe ich plötzlich Abigail am Apparat.

Sie habe gehört, dass ich in den Staaten sei.

Von wem sie das gehört habe, möchte ich wissen, aber sie antwortet nicht.

Sie fragt sofort, ob ich nach Providence kommen könne, sie müsse dringend mit mir reden.

Ich bin schon auf dem Weg nach Deutschland, sage ich.

Aber du bist doch noch in Boston, merkt sie an. Das sei doch ein Katzensprung.

Ich frage, ob wir nicht am Telefon sprechen können.

Sie versichert, dass sie das nicht am Telefon besprechen könne.

Jetzt fängt Abigail auch schon so an, denke ich. Kann denn hier niemand mehr irgendwas am Telefon besprechen? Ich will aber trotzdem unbedingt wissen, worum es geht – offenbar um *alles*, zumindest vermittelt sie diesen Eindruck.

Ein paar Stunden später stehe ich auf dem Parkplatz von Apus 7-*Eleven* und warte auf Abigail. Den Treffpunkt hat sie vorgeschlagen, warum auch immer. Wie lange ich nicht mehr hier war! Erinnerungen an bekiffte Nachmittage werden wach, als Amy und ich uns, voll drauf, bei Apu mit Zwei-Liter-Flaschen Pepsi-Cola eindeckten und uns einfach auf den Asphalt hockten, mitten auf dem Parkplatz vor dem Supermarkt, und noch einen rauchten.

»Sollen sie uns doch verhaften«, riefen wir, aber natürlich verhafteten sie uns nicht. Keiner kümmerte sich um uns. Nie hat es sich besser angefühlt, egal zu sein. Goldene Zeiten. Lange vorbei.

Plötzlich steht Abigail vor mir, ich habe sie gar nicht kommen sehen. Ich habe keine Chance, sie nicht wiederzuerkennen, denn bis auf ein paar Lachfältchen rund um die Augen sieht sie noch genauso aus wie früher: der widerspenstige Blick aus frechen Augen, dieselben welligen Cheerleader-Haare wie Amy. Ihr schöner, mittelgroßer Busen fällt fast aus dem schlampig-weitausgeschnittenen Shirt mit dem ironischen Schriftzug *That's awesome!*, nur die vor der Brust verschränkten Arme verdecken das Nötigste. Das macht sie gekonnt.

»Oh«, sage ich.

»*Oh yourself*«, sagt sie und fällt mir wie erleichtert um den Hals. Als sie von mir ablässt, tritt sie einen Schritt zurück und mustert mich erstaunt.

»*The German dude*«, sagt sie. »*Jesus!* Du siehst ja noch besser aus als früher, du süßer kleiner Cowboy, du!«

»Und du noch genauso gut, Abby«, sage ich, was ein Kompliment sein soll, aber wie das Gegenteil klingt. Abigail überhört es gekonnt.

Von allen alten Weggefährten war Abigail die Unerreichbarste auf meiner Suche nach Amy, nicht einmal Derek hatte irgendeinen Hinweis auf ihren Verbleib gehabt. Zumindest hatte er mir das so gesagt.

»Wie schön, dich zu sehen«, sagt sie und boxt mir gegen die Brust. »Verdammte Scheiße!«

»*Yeah*«, sage ich, weil ich mich wirklich freue, obwohl

ich keine Ahnung habe, was mich erwartet. »Woher hast du eigentlich meine Nummer?«

Sie antwortet nicht, sondern führt mich durch einen Nebeneingang in die Büroräume des Supermarkts. Sie setzt sich hinter den Schreibtisch, auf dem tatsächlich ihr Namensschild steht, und bittet mich, Platz zu nehmen. Ich lasse mich in den Gästesessel vor dem Tisch fallen und bin gespannt.

Wir erzählen uns zunächst ein paar Geschichten von früher, schwelgen in Erinnerungen und bringen uns auf den neuesten Stand – »Tut mir leid mit deinen Eltern«, sage ich, obwohl Abigail davon gar nicht erzählt, sondern mich lieber wissen lässt, dass sie überzeugte Single-Frau ist, weil die meisten Kerle nichts können außer saufen oder wie behämmert auf der *shooting ranch* rumballern –, ehe sie plötzlich konkret wird.

»Du musst Amy retten«, sagt sie streng.

»Ich muss *was*?«

»Nein, ernsthaft«, sagt sie und starrt mich mit festem Blick an.

Sie habe gehört, dass ich auf der Suche nach Amy sei, fährt Abigail fort, und sie habe gleich gewusst: jetzt oder nie!

»Und woher hast du gewusst, dass ich auf der Suche nach Amy bin?«

»Providence ist ein Dorf«, antwortet Abigail, »das weißt du doch.«

Langsam bin ich genervt.

»Wenn Providence ein Dorf ist, wie kann es dann sein, dass niemand eine Ahnung hat, wo Amy abgeblieben ist?

Dass euch nach dem Tod eurer Eltern niemand mehr gesehen hat?«

»Weißt du«, seufzt sie erschöpft, »seit dem Tod unserer Eltern habe ich große Probleme, unter Leute zu gehen. Ich habe Panikattacken und will nur noch alleine sein und meine Ruhe haben. Nur dann schlägt mein Herz gleichmäßig. Abends im Bett kann ich es in meinen Ohren klopfen hören, *you know*?«

»Du vermisst sie sehr, stimmt's?!«

»Das ist es nicht«, sagt sie. »Aber nach ihrem Tod ist mir endgültig klargeworden: Ich habe meine Eltern nie verloren – nein, es hat sie nie gegeben.«

»Verstehe.«

»Du weißt, was ich meine?«

Ich nicke.

Sie seufzt. »Siehst du, und das macht es nicht leichter.«

»Tut mir leid, das zu hören, Abby.«

Sie verzieht die Mundwinkel: »Ach, schon in Ordnung … ich bin alleine und habe keine Kinder, ich habe genug Zeit, um mich zu pflegen. Und ich bin froh, dass Apu mir den Job hier verschafft hat. Ich bin seine Buchhalterin. Einzige Bedingung, die ich ihm gestellt habe: Keiner in der Stadt weiß, dass ich für ihn arbeite. Ich muss nicht in den Laden und bleibe im Hintergrund. So habe ich meine Ruhe. Das klappt perfekt, bisher.«

»Apu war schon immer ein Guter«, sage ich.

»Der Beste«, sagt sie und lächelt. »Er hat Verständnis für meine Situation. Seine Eltern sind gestorben, als er 13 war – er weiß, wie man sich fühlt. Aber noch mal wegen Amy …«

»Was ist mit ihr?«, frage ich. »Habe gehört, sie ist, äh, sesshaft geworden.«

Abigail winkt ab: »Deshalb musst du sie ja retten! Ohne Hilfe kommt sie da nicht mehr raus.«

»Wo kommt sie nicht mehr raus?«

Sie verdreht die Augen: »Die ganze Träumerei von der großen Schauspielkarriere hat sie kaputtgemacht. Dann hat sie sich diesen deutschen Produzenten geangelt. Sie würde es nie zugeben, aber sie hat geglaubt, er hat den Schlüssel für alle Türen. Hat er vielleicht auch, aber er hat sie sofort geschwängert, und dann noch mal, und seitdem ist alles aus. *Motherfucker.*«

»Das kann passieren«, sage ich, weil ich nicht weiß, was ich sagen soll, eigentlich auch gar nichts sagen will, aber das Gefühl habe, etwas sagen zu müssen.

»Sie ist todunglücklich«, ruft Abigail, als gelte es, mich bei der Ehre zu packen, »weil sie den Typen nicht liebt, weil sie keine Schauspielerin geworden ist, weil sie Tag und Nacht nur mit den quengelnden Kindern beschäftigt ist – weil er natürlich keine Zeit hat und in Hollywood unterwegs ist und hinter ihrem Rücken irgendwelche Nachwuchssternchen vögelt, aber vor allem ist sie todunglücklich! Sie ist nie über dich hinweggekommen, das ist die Wahrheit. Ich sag's dir: Sie liebt dich immer noch wie bescheuert! Sie hat niemals damit aufgehört.«

Bei dem Gedanken wird mir warm, aber ich versuche es, lässig zu überspielen: »Das kann ich kaum glauben.«

Sie wirft mir einen verständnislosen Blick zu und sagt: »Sie hat sich sogar einen Deutschen geangelt! Das sagt alles. Sein Akzent erinnert sie an dich. Glaub mir!«

Das glaube ich natürlich nur zu gerne.

»Ich liebe sie auch«, sage ich, »deshalb muss ich sie finden.«

»Gut«, sagt Abigail und nickt hastig, »Ich habe nämlich gehört, dass Connor dir von ihr abgeraten hätte.«

»Du kennst Connor?«

Sie verzieht die Mundwinkel. »Er hängt doch ständig bei Derek herum.«

»Das heißt, *du* hängst bei Derek rum?« Ich bin baff.

Sie hält inne, als habe ich sie an einer empfindlichen Stelle getroffen. Dann atmet sie erleichtert aus.

»Also gut«, sagt sie, »jetzt ist es auch egal: *Yeah*, ich hänge ab und zu bei Derek herum. Er ist mein einziger Kumpel. Wie gesagt, eigentlich habe ich keine Lust auf Leute, ich bin alleine glücklich. Familie, Kinder, das ist nichts für mich. Kann man sich heutzutage in Amerika sowieso nicht mehr leisten, wenn man nicht in irgendeinem Ku-Klux-Klan-Kaff irgendwo im Rostgürtel wohnen will. Hier bei Apu verdiene ich die nötige Kohle zum Leben, das reicht mir. Aber Derek ist mein Freund. Na gut, er ist schwer verliebt in mich, und ich nicht wirklich in ihn, aber damit kommen wir klar.«

Ich lache. »Sicher? Er auch?«

Sie macht eine wegwischende Handbewegung: »Na klar, kein Problem.«

Sie lacht unsicher auf.

»Also hast du meine Nummer von ihm?«, frage ich.

Sie nickt. »Connor hat erzählt, dass er dir von Amy abgeraten hat. Da wusste ich: Ich muss die Sache selbst in die Hand nehmen!«

Ich kratze mich am Kinn und murmele: »Ich verstehe …«

»Amy hat alles aufs falsche Pferd gesetzt«, sagt Abigail, sie scheint darüber richtig böse. »*I mean*, jeder Arsch soll glücklich werden, wie er es für richtig hält. Aber unter uns: Ich kenne meine Schwester – und ich weiß, dass sie von Anfang an vor allem deshalb Schauspielerin werden wollte, um unserem Vater eins auszuwischen. Um es ihm zu zeigen. Das ist ihre Art, ihm zu sagen, dass er sich verpissen kann.«

Mit einem Lächeln fügt sie an: »*Pardon my French!*«

»Das kann ich gut verstehen«, sage ich.

»Aber nicht wie du denkst«, wendet sie ein, »nein: Dad wollte auch Schauspieler werden, als er jung war. Er war ein talentierter *motherfucker*, Amy hat es von ihm. Sie wollte ihn neidisch machen. Sie wollte, dass er vor Eifersucht auf ihr Rampenlicht rast.«

»Euer Dad wollte *Schauspieler* werden?« Ich kann es kaum glauben, bis ich mich an seine Spontanperformance als Dirigent erinnere.

»Das hat er häufiger gemacht«, sagt Abigail, als ich ihr davon erzähle. »Es war eine Seite von ihm, die niemand kannte. Er selbst hätte wahrscheinlich gesagt: seine *dunkle* Seite.«

»Hat er seinen Traum denn nie ernsthaft verfolgt?«, frage ich.

»Wir kamen ihm dazwischen«, seufzt sie. »Dumm gelaufen: Er hatte keine Zeit zu träumen, er musste eine Familie mit zwei Töchtern versorgen.«

»So wie Amy«, sage ich.

Abigail zuckt mit den Schultern: »Amys Antrieb war immer: Ich mache es besser als du, Dad! Ich werde ein verdammter Superstar!«

Sie steht auf und wischt mit der flachen Hand einen Staubfilm vom Schreibtisch.

»Das war ihr größter Fehler«, sagt sie und geht rüber zur Spüle – das Büro hat eine Einbauküche: ein kleines Waschbecken und einen Herd. Abigail dreht mir den Rücken zu, senkt den Kopf, stützt sich mit beiden Händen auf der lädierten Kochplatte ab und atmet tief durch. Für einen Moment ist es ganz still.

»Ich werde nach Hamburg fliegen«, sage ich schließlich, »und ich werde Amy …«

»Derek hat die Bremsen manipuliert«, ruft sie, und ihre Stimme zittert, ihre Schultern zittern, sie zittert jetzt mit dem ganzen Körper, »als der Wagen in Andersons Werkstatt zur Inspektion war. Es war seine Idee. Die Chance können wir uns nicht entgehen lassen, hat er gesagt, wörtlich. Er hat es aus Liebe zu mir getan. Ich habe ihm gesagt, dass er sich um seinen eigenen Kram kümmern soll, ihn angebettelt, sich rauszuhalten, aber er hat gesehen, was Dad aus uns gemacht hat. Den Einfluss, den er immer noch hat auf alles, darauf, wer wir sind und was wir tun. Er hat gesehen, wie Mom nicht eingegriffen hat, wie sie es einfach hat geschehen lassen. Er wollte uns befreien. Derek kann sehr fanatisch sein in solchen Sachen.«

Ich weiß nicht, wohin mit mir, also gehe ich zu ihr hinüber und lege meine Arme von hinten um ihre Schultern.

»*It's ok*«, versuche ich sie zu trösten, aber es wirkt nicht besonders beruhigend, weil ich selber zittere, »*it's ok …*«

»Das Problem ist«, schluchzt Abigail mit brüchiger Stimme, »dass ich mich überhaupt nicht freier fühle als vorher.«

Derek ist ein Idiot. Das ist das Einzige, was ich in diesem Moment denken kann: *Derek ist ein Idiot!*

Ich versinke mit der Nase in Abigails Haaren und küsse sie kurz auf den Hinterkopf.

»Tut mir leid«, flüstere ich. Sie beruhigt sich ein wenig, atmet wieder etwas gleichmäßiger. Sie zieht die Nase hoch und lacht für einen Moment auf wie peinlich berührt.

Ich nehme sie fester in den Arm und berühre dabei mit dem Finger ihre Lippen. Sie zuckt nicht zurück, im Gegenteil, sie senkt den Kopf noch ein bisschen tiefer und berührt mit ihren Lippen meine Hand. Sie atmet wieder schwerer und schneller. Ich verharre in meiner Position, weiß nicht weiter. Als sie heiser seufzt und ihr Ohr an meinem Kinn reibt, schnelle ich schließlich zurück. Ich entlasse sie aus der Umklammerung und sage hastig: »Ich denke, ich sollte jetzt gehen ...«

»*Yeah*«, murmelt Abigail und klingt dabei plötzlich resignierend, »wahrscheinlich.«

»War schön, dich zu sehen, Abby.«

»Wirst du Amy finden?«, fragt sie und betrachtet mich forschend.

»Ja«, sage ich und nicke, »ganz sicher, versprochen.«

Zum Abschied umarmen wir uns lange. Anschließend kaufe ich noch eine Flasche Cola bei Apu im Laden – der alten Zeiten wegen. Bis auf das Grau seiner Schläfen hat er sich kaum verändert in den letzten 20 Jahren. Ich lächle ihn an, als er mir das Wechselgeld rausgibt, aber er erkennt mich nicht mehr.

»*Have a good one*«, nuschelt er nur, die Augen auf Durchzug geschaltet.

35. kapitel

Das *Waterfire* in Providence war damals noch nicht so berühmt wie heute, aber schon auf bestem Weg zu dem Ereignis nationaler Bekanntheit, das es heute ist. Das Projekt des Künstlers Barnaby Evans war aber bereits das gesellschaftliche Ereignis des Jahres, zu dem sich Hunderttausende an den Ufern der drei Flüsse in Providence versammelten und bestaunten, was auf dem Wasser abging: Feuer nämlich, *mostly*. Unzählige kleine Lagerfeuer brannten, zwischen ihnen jonglierten Artisten mit nackten Oberkörpern und langen Zöpfen ihre Feuerringe in Hochgeschwindigkeit durch die Luft, dazu gondelten Männer in Martial-Arts-Gewändern am Ufer vorbei und warfen Blumen oder Leuchtstäbe ins Publikum, das ganz hypnotisiert war von dem brennenden Spiel des Lichts und dem Duft des aromatisierten Holzes, das allerorten vor sich hin kokelte. Es erklang *Music from around the World*, wie die Veranstalter es anpriesen – für mich klang es aber vor allem nach Musik aus einem bestimmten Teil der Welt: Mir kam die ganze Sause sehr asiatisch vor. Die Artisten sahen aus wie Tempelkrieger, die Klänge dengelten fernöstlich vor sich hin, alles war sehr andächtig und respektvoll – eben fernöstlich, nicht ostküstlich und ganz und gar nicht amerikanisch. Einen Zusammenhang zwischen den Kulturen, der die ganze Sause gerechtfertigt hätte, konnte ich aber beim besten Willen nicht feststellen.

Das änderte nichts an der Zugkraft der Veranstaltung, die in unregelmäßigen Abständen zwischen Mai und Oktober stattfand: An schönen *Waterfire*-Abenden war die ganze Stadt auf den Beinen, im Sommer sowieso. Außerdem zog das Spektakel immer mehr Touristen an.

Es war also nur eine Frage der Zeit, bis der geschäftstüchtige Derek seine Chance sah, von der Schau zu profitieren. Am ersten *Waterfire*-Samstag des Jahres schleppte er mich mit zum Fluss. Er brauche meine Hilfe, sagte er.

Die Sonne war untergegangen, aber dank der Feuer leuchtete die Innenstadt taghell. Für die Ostküste war es ungewöhnlich warm, immer noch gute 20 Grad, nicht schlecht für Anfang Mai, am Tag war es sogar sommerlich gewesen. Alle hatten ein gutes Frühlingsgefühl, alle hatten Spaß, vor allem die Jugendlichen – und hier kam Derek ins Spiel: Literweise deponierten wir den Alkohol in braunen Tüten in Mülleimern, vergruben die Flaschen nachlässig hinter Bäumen, horteten sie im Kofferraum. In unsere Rucksäcke packten wir so viel Stoff, wie wir tragen konnten. Ein bisschen Hasch und Speed trug Derek für Sonderwünsche stets in der Seitentasche seiner Baggypants mit sich herum. Derek wusste, welchen Leuten er sein Angebot stecken musste, damit es sich herumsprach. In den folgenden Stunden rannten die Leute ihm die

Bude ein – alle wollten was zu saufen und zu rauchen, das Ambiente war wie geschaffen dafür: Feuer am Fluss – zu welcher Kulisse würde man sich lieber wegschädeln als zu dieser? Eben. Und Derek machte gute Preise, günstiger ging es nicht.

»Wo hast du das ganze Zeug eigentlich her?«, fragte ich ihn, als wir uns zwischendurch eine Pause gönnten, auf der Wiese saßen und von unseren Vorräten naschten. *Never get high on your own supply*, lautet die erste Drogendealerregel ja eigentlich, Finger weg vom eigenen Bestand, aber das interessierte Derek nicht.

Er grinste nur und sagte: »Weißt du, es ist nett, dass du mir hilfst, du bekommst dafür auch deinen Anteil, es wird sich für dich lohnen, glaub mir – aber du kannst nicht erwarten, dass ich dir meine Betriebsgeheimnisse verrate.«

Soso, Betriebsgeheimnisse.

»Wie auch immer«, sagte ich und drückte einem Minderjährigen mit Meckihaarschnitt im Tausch gegen zwei Dollar eine Literflasche *Budweiser* in brauner Tarnungstüte in die Hand.

Amy und Abigail waren natürlich auch am Fluss an diesem Abend. In Begleitung ihrer Eltern zwar, aber sie schafften es, sich für ein paar Minuten loszueisen und uns zu treffen.

Zur Begrüßung gab Amy mir einen summenden Kuss, der mich noch höher fliegen ließ als der Joint zuvor.

»Willst du ein Bier?«, fragte ich. »Geht aufs Haus.«

Ich zwinkerte sie an, aber ihr fiel das Lächeln sogleich aus dem Gesicht.

»Hansen«, zischte sie mich an, ohne dass Derek und Abigail uns hören könnten, »was macht ihr hier, verdammt?«

»Wir verdienen uns ein paar Dollar dazu«, sagte ich nicht ohne Stolz. Ich war inzwischen angeheitert genug, um Dereks Geschäftsidee als sinnvoll und lukrativ zu erachten. Die latente Anrüchigkeit der ganzen Aktion tat ihr Übriges, dass ich mir ziemlich *cool* vorkam. Das Problem war nur, dass Amy das ein bisschen anders sah.

»Wollt ihr mich verarschen?«, fragte sie, während sie in meinem Rucksack wühlte wie eine Zollbeamtin. »Das ist ja alles Schnaps!«

»Du hast doch sonst auch kein Problem mit Alkohol«, sagte ich und lachte.

»Bist du dumm?«, fauchte sie. »Weißt du eigentlich, was passiert, wenn die Polizei dich erwischt? Von Derek habe ich nichts anderes erwartet, aber ich dachte eigentlich, du müsstest es besser wissen, als beim größten gesellschaftlichen Ereignis der Stadt den Schnaps-Dealer zu spielen …«

Abigail war hellhörig geworden und drehte sich zu uns um: »Wer hat Schnaps?«

»Niemand!«, rief Amy und schubste mich wütend weg.

»Ich will Schnaps!«, zeigte sich Abigail unbeeindruckt.

»Bist du wahnsinnig?«, keifte Amy ihre Schwester mit aller Fassungslosigkeit an.

»Jetzt geht das schon wieder los«, seufzte Abigail genervt, »die Anstandsdame dreht wieder auf …«

»Pass auf, was du sagst, Abby«, warnte Amy, aber Abigail hatte sich bereits an Derek gewandt.

»Hast du noch was für mich, Süßer?«, flötete sie, als sie sich mit ihrem kompletten Körper an ihn schmiegte und dabei ihren Busen so fest an seine Brust drückte, dass ihr Top verrutschte.

Hast du was für mich, Süßer?

Derek lief knallrot an.

»Was willst du denn haben?«, wollte er mit vor Erregung fast heiserer Stimme wissen, aber es klang, als ginge es ihm weniger um ihre Rauschmittelbestellung als um das große Ganze.

Abigail drehte auf und streichelte ihm über seine Pausbäckchen: »Irgendwas, das ballert – das ist alles, was ich brauche …«

Derek zupfte so hektisch am Schirm seiner Patriots-Mütze herum, dass sie schon ganz schief auf dem Kopf saß.

»Ich weiß nicht«, sagte er und warf uns einen hilflosen Blick herüber, »ob deine Schwester damit einverstanden …«

»*Meine Schwester, meine Schwester!*«, fiel Abigail ihm nachäffend ins Wort. »Was bist denn du für ein Schlappschwanz?«

Sie schubste ihn zur Seite und stapfte wütend davon.

Amy lächelte erleichtert.

»Danke, Derek«, sagte sie. Dann drückte sie mir einen schnellen Kuss auf und rannte ihrer Schwester hinterher.

»*See you later, guys!*«

Ich sah ihr hinterher. Amys Hintern war immer noch die schönste aller Aussichten. Keiner konnte den Blick von ihrem Hintern nehmen. Hätte es damals schon Handys gegeben, hätten die Männer, die auf der Straße hinter ihr spazierten, allesamt so getan, als würden sie eine SMS tippen, obwohl sie in Wirklichkeit ein Foto von ihrem Hintern schossen.

Derek atmete tief durch, als die Mädchen außer Sichtweite waren. Ich hatte ihn noch nie so aufgeregt gesehen.

Ich grinste ihn an. »Sie gefällt dir, hab ich recht?!«

»Wer?«, grunzte er. *»Abigail? Come on!«*

Das *come* betonte er schrill, das *on* zog er in die Länge. Mehr hatte er dazu nicht zu sagen. Wir setzten uns ans Ufer für eine Zigarettenpause. Derek redete kaum noch. Verticken macht müde, dachte ich, aber dann schnellte er plötzlich hoch wie am Schlafittchen gepackt.

»*What the fuck?*«, sagte er, mehr zu sich selbst.

»Was ist los?«, fragte ich.

Mit adleräugiger Entschlossenheit zeigte er auf einen Typen, der ein paar Meter von uns entfernt im Gras herumwühlte, er schien etwas zu suchen – jedenfalls ging er gebückt und bewegte sich mehr oder weniger im Kreis.

»Vielleicht hat er seinen Schlüssel verloren«, sagte ich und wollte meinen Blick schon wieder dem Lagerfeuer auf dem Fluss zuwenden, aber Derek hatte andere Pläne. Wie zur Motivation murmelte er ein kurzes *»Motherfucker«*, dann sprintete er los und stürzte sich im Stile eines Footballspielers auf den armen Rucksackjungen. Derek rangelte sich den überrumpelten Kerl zurecht, bis er über ihm hockte und mehrmals mit der Faust und mit voller Wucht auf sein Gesicht einschlug. Das Blut spritzte wie im Zeichentrickfilm, der Junge schrie, dann stöhnte er nur noch, schließlich ächzte er leise: »*What the fuck's wrong with you, man*?«

Was stimmt denn nicht mit dir?

Ich stürzte hinüber und riss Derek zur Seite.

»Hast du den Verstand verloren, du Arschloch?«, brüllte ich meinen Gastbruder an und musste alle Kraft aufwenden, ihn davon abzuhalten, wieder zurück auf sein Opfer zu springen.

Derek zeigte auf den Jungen, der sich mit zertrümmertem Kiefer am Boden wand, wie auf einen enttarnten Verräter: »Ich hab's dir gesagt, Flemming: Die Konkurrenz schläft nicht!«

»Bist du bescheuert?«, fragte ich und verpasste Derek eine schallende Ohrfeige.

Dereks Augen liefen rot an vor Wut. Ich sah hinunter zu dem Jungen und fragte: »Was hast du in deinem Rucksack?«, aber da erkannte ich ihn auch schon wieder. Er hatte eben noch ein Tütchen bei uns gekauft.

»*Dude*«, herrschte ich Derek an, »der Typ ist ein Kunde!«

»Na und?«, gab Derek schnippisch zurück. »Dann hat er bloß versucht, den Schein zu wahren. Er wildert in unserem Revier!«

»Revier?«, keuchte der Junge am Boden. »*What the fuck?* Ich habe nur meine Tüte gesucht, die ich bei euch gekauft habe, ihr Arschlöcher …«

»Das hätte ich an deiner Stelle jetzt auch gesagt«, fuhr Derek ihn an.

Inzwischen formierte sich eine Gruppe Schaulustiger um uns herum, wir hatten für zu viel Aufsehen gesorgt.

Ich sah mich um und wurde nervös. Die Leute machten einen unlustigen Eindruck.

»Wir müssen los!«

Ich stürzte zu unseren Rucksäcken, schulterte beide und packte Derek am Arm.

»Los, Bruder!«

So schnell wir konnten rannten wir nach Hause. Mom saß auf der Terrasse und hatte ein Glas in der Hand, an dem sie bedächtig nippte. Sie hatte eine Platte aufgelegt, Leonard Cohen, einer ihrer Lieblingssänger. »Dance Me To The End Of Love«, sang er gerade. Das Waterfire war Mom zu wuselig, deswegen ging sie gar nicht erst hin. Sie schien ganz bei sich, hier, alleine, zu Hause, und sie lächelte, als wir sie begrüßten.

»Hi Mom«, sagte Derek, der sich sogleich zurück in den Sohn verwandelte. Er drückte sie fest an sich und gab ihr einen schmatzenden Kuss auf den Kopf. Mom kicherte vor Freude.

»Ihr seid ja schon wieder da«, sagte sie. »Hattet ihr keinen Spaß?«

»Doch, doch«, sagte Derek und lächelte, »aber hier bei dir ist es auch schön.«

Er kramte die Scheine aus seiner Tasche und reichte sie ihr als Bündel.

Mom machte ein erstauntes Gesicht. »Warst du schon wieder arbeiten?«

»Ist von gestern«, sagte Derek. »Läuft gerade ganz gut.«

Mom griff nach Dereks Hand und hielt sie vor ihre Brust.

»Danke«, sagte sie, und es klang ergriffen. »Was bist du nur für ein wundervoller Sohn!«

Ich war völlig verwirrt. Derek hatte ihr die Einnahmen unseres Schwarzmarktverkaufs überreicht. Gestern sei es ganz gut gelaufen – ich hatte keine Ahnung, welche Lüge dahintersteckte. Ich wusste nicht, was Mom glaubte, woher das Geld kam. Ich hatte keine Ahnung, was Derek ihr erzählte, woher das Geld kam. Aber Mom schien zufrieden damit zu sein. Und ich wusste, woher es wirklich kam.

Also beschloss ich, dass ich die Einzelheiten nicht wissen will.

Ich habe Derek nie darauf angesprochen. Und er mich auch nicht.

36. kapitel

Dereks Mädchen sagen mir, er sei im *Redhole*. Ich muss mich beeilen, denn mein Flieger nach Hamburg geht in ein paar Stunden. Amy wartet.

Amy.

Endlich.

Aber vorher habe ich noch etwas zu erledigen.

Weil es schnell gehen muss, nehme ich ein Taxi. Ich war noch nie im *Redhole*. Damals wären wir gerne hergekommen, aber wir waren viel zu jung. Wir versuchten es nicht einmal mit unseren gefälschten *IDs*, die für die anderen Bars in Downtown locker ausgereicht hatten. Providence war schließlich nicht New York City, hier gab es kein *Studio 54* oder so was. Aber wir wussten, dass die Türsteher des *Redhole* uns ausgelacht hätten. Sie waren rumgekommen, ihnen machte man nichts vor. Heute versperrt ein dicker Schwarzer, der meinen Ausweis sehen will, den Eingang, bevor er mich missmutig durchwinkt. In Amerika machen sie keine Unterschiede – von 9 bis 99 muss sich jeder ausweisen, wenn er in ein Lokal will. Mom hatte damals eine Stammkneipe, das *Albion*. Jeden Freitag und jeden Samstag war sie dort, und jedes Mal kontrollierte der Türsteher ihre *ID*. *Jedes verdammte Mal.* Es war egal, dass sie deutlich älter als 21 aussah, es war sogar egal, dass sie hundertmal im Jahr dort aufkreuzte. Es war lächerlich, aber für Mom wurde es zum liebgewonnenen Ritual. An ihrer Stelle hätte ich ein bisschen mehr Respekt eingefordert und mir eher eine neue Stammkneipe gesucht, aber sie zuckte nur die Schultern und sagte: »Er macht doch bloß seinen Job.«

In den USA ist das die Legitimation für fast alles: *He's just doing his job, right!?*

Wenn jemand bloß *seinen Job macht*, dann ist er gleich der Experte, dann kann ihm auf seinem Gebiet keiner das Wasser reichen, dann macht er die Ansagen, und alle anderen vertrauen blind darauf, dass er nur das Beste für sie im Sinn hat. Wenn er also jede Woche mehrfach den Ausweis seiner Stammkunden überprüfen muss, weil es das Gesetz so vorsieht – *It's the law, you know* –, dann ist das eine Tatsache, und dann hat der gesunde Menschenverstand nichts mehr zu melden.

Derek sitzt an der Bar. Im *Redhole* sieht es genauso aus

wie im *Bada Bing* bei den *Sopranos*: immer noch Lichtverhältnisse wie im 20. Jahrhundert, alles ein bisschen *rough* und schwarz-weiß und nicht so steril wie heutzutage: die große Tanzfläche für die Stripperinnen wie ein Podest in der Mitte, rundherum die Bar, an der die Trucker, die *Mobster* und die Mittelschichtväter mit ihren Doppelleben sitzen, saufen und sich überlegen, welchem Mädchen sie Geld zustecken werden, wie viel und für welche Dienste.

Die Glatze, die neben Derek sitzt, erkenne ich sofort. Sie passt erstaunlich gut in diesen Schuppen.

»Hey«, sage ich und klopfe Derek zur Begrüßung von hinten auf die Schulter. Er nimmt die Zigarette aus dem Mundwinkel, steht behäbig auf und umarmt mich. Er zeigt sich nicht besonders überrascht, mich zu sehen.

»Schön, dich zu sehen, *bitch*«, sagt er nur.

»Das ist ja eine Überraschung«, sage ich und reiche Connor die Hand. Er erhebt sich nicht von seinem Hocker, sondern nickt mir nur zu wie einer vertrauten Person. Er trägt ein Hawaiihemd.

Derek bestellt ein *Heineken* und einen Wodka für jeden von uns.

Ich nehme ihn ins Visier und frage: »Wunderst du dich überhaupt nicht, was zur Hölle ich hier mache?«

»Ich weiß es schon«, sagt er und ascht in den busenförmigen Becher ab. Neben ihm nickt Connor verschwörerisch.

»Ich weiß, was Abigail dir erzählt hat«, sagt Derek. »Sie lügt.«

Connor nickt weiter wie auf Kommando.

»Ach ja?«, sage ich und spüre die Wut in mir hochschießen. »Du willst mir höchstwahrscheinlich sagen, dass du ihre Eltern nicht getötet hast.«

Derek lacht laut los und kriegt sich kaum noch ein. Connor lächelt mich leise an wie einen Geisteskranken.

Der Barmann stellt uns die Gläser auf den Tresen, eins nach dem anderen.

Ich schlage Derek mit der Hand ins Gesicht. Er zeigt keine Regung und starrt mich an. Connor macht große Augen und steht auf.

»Lüg mich nicht an, du Schwein!«, schreie ich Derek an und ohrfeige ihn ein zweites Mal, so dass er ins Taumeln gerät.

Connor geht dazwischen und packt mich am Kragen. Er hält mich mühelos fest wie ein Wrestler einen Zwerg, meine Füße berühren nicht mehr den Boden, und dann dreht er sich zu Derek, als wollte er die Erlaubnis einholen, mich aus dem Laden zu prügeln.

Aber Derek hebt beschwichtigend die Hände und setzt sich wieder auf seinen Hocker.

»Schon gut, schon gut«, grunzt er, während er sich über die rote Wange streicht.

Connor lässt mich mit einem missmutigen Murmeln runter.

»Ich kann deine Reaktion sogar verstehen«, sagt Derek und hebt sein Schnapsglas. Er stößt mit Connor an, dann sieht er mir tief in die Augen, aber ich rühre mein Glas nicht an. Die beiden stürzen die Schnäpse und wischen sich danach erfrischt den Mund ab.

»Die Wahrheit«, hebt Derek an und schlägt mit der

Faust auf die Theke, »ist eine Hure. Irgendwann fickt sie jeden.«

Connor lacht wissend.

Ich winke ab. »Keine Ahnung, wovon du redest.«

»Es waren Amy und Abigail«, sagt er. »Sie haben es in Auftrag gegeben. Abigail hat mich gebeten, einen Typen zu organisieren, der die Sache durchführt. Ich kenne Leute, also habe ich ihr Kontakte verschafft. Mehr wollte ich mit der Sache nicht zu tun haben. Ich weiß nicht, was daraus geworden ist. *True story.*«

»Du kannst mir viel erzählen«, sage ich und würde mir am liebsten die Ohren zuhalten. Oder wegrennen. Oder tot umfallen. Auf einmal hört sich alles so dumpf an. Ich kann Derek gerade noch verstehen, aber mein Blut rauscht laut.

»Keine Sorge«, sagt er und lächelt wie ein Gönner, »ich halte still. Aber *my man* Connor hier hat recht: Du solltest dich von Amy lieber fernhalten. Sie ist eine launische *bitch.*«

Mich überfällt eine Unruhe, mir wird schwindlig, mein Blick ist getrübt.

»Du, Bruder«, sagt er und zeigt auf mich, »du musst dich damit abfinden, so wie ich mich damit abfinden musste.«

Ich habe es mir anders überlegt und kippe meinen Schnaps jetzt doch, mit dem Bier spüle ich nach. Für einen Moment kann ich klarer sehen.

»Aber du hast Glück gehabt mit der Wahrheit, denn deine Hure heißt bloß Amy. *Meine* Hure ist meine Mutter.«

Ich starre ihn an und sage: »Du solltest dich glücklich schätzen, eine solche Mutter zu haben, du dämliches Arschloch!«

»Du hast gut reden, du Bastard«, sagt Derek und hebt bedrohlich den Zeigefinger, aber er kann mir keine Angst machen.

Ich wische mir den Schweiß von der Stirn und sage: »Hab ich auch, sie ist schließlich auch meine Mutter.«

»Du musst nur ganz fest daran glauben«, sagt er.

»Sie ist am Boden zerstört«, fahre ich ihn an. »Sie würde alles dafür tun, damit ihr wieder zueinanderfindet. Wie kannst du sie so im Stich lassen, du blöder Penner? Schämen solltest du dich! Schämen und in die Ecke stellen und darüber nachdenken, was du getan hast. Was du da tust, jeden verdammten Tag! Du solltest nicht hier im Puff rumhängen – du solltest jetzt, in diesem Moment und überhaupt für immer bei deiner Mutter sein und nirgendwo sonst auf der Welt!«

Ich bin ganz außer Atem und nehme Derek ins Visier. Gib mir eine Reaktion, denke ich, guck nicht so überheblich, sondern mach den Mund auf!

»Da kann sie lange warten«, sagt er trocken. »Sie ist ja nicht mal meine Mutter! Da geht's ja schon mal los.«

Ich packe ihn am Kragen: »Was ist mit dir passiert, du Arschloch?«

Er schubst mich weg, und als ich ihm in die Augen sehe, erkenne ich seine Tränen. »Du musst aufwachen, *bitch!*«, zischt er. »Du hast keinen klaren Blick auf die Sache.«

»Mom liebt uns«, sage ich, »und sie hat es nicht verdient, von dir so behandelt zu werden. Mehr muss ich nicht wissen.«

»Du musst nur ganz fest daran glauben«, wiederholt er mit einem gehässigen Ton in der Stimme und bestellt noch eine Runde – nur für sich und Connor, nicht für mich. Ich trete noch einen Schritt zurück und betrachte die beiden wie eine seltene Spezies. Sie würdigen mich keines Blickes mehr.

Und auf dem Podest tanzen die Mädchen die ganze Zeit weiter, als wäre nichts gewesen.

37. kapitel

Meinen Flieger in Boston erreiche ich in letzter Minute, also wie üblich. Leider steht die anschließende Maschine nach Hamburg in Newark zu lange auf dem Rollfeld im Stau und muss zum Gate zurückkehren, weil die Crew ihre gesetzlich vorgeschriebene Arbeitszeit sonst überschreiten würde. Die Fluggesellschaft *United* bucht mich um, auf den gleichen Flug am nächsten Tag. Ich muss eine Nacht im Flughafenhotel *Ramada Plaza* in New Jersey verbringen und erhalte als Entschädigung einen Verzehrgutschein über 14 Dollar.

»Ist Ihnen bewusst, dass ich mich für 14 Dollar nicht so besinnungslos betrinken kann, wie ich gerne möchte?«, frage ich den *United*-Mitarbeiter am Schalter, doch der ist nicht zu Späßen aufgelegt und bellt bloß: »*Next!*«

Im Foyer des Hotels befindet sich eine Sportsbar. Ich bestelle einen Burger und ein Bier und starre abwechselnd auf die acht Bildschirme, die hinter dem Tresen an der Wand hängen. Auf jedem Fernseher läuft ein anderes Spiel: Mets gegen Cubs (Baseball), Knicks gegen Jazz (Basketball), Jets gegen Bears (Football), Rangers gegen Flyers (Eishockey), Tottenham gegen Arsenal (englischer Fußball), Nadal gegen irgendwen (Tennis), irgendein Indycar-Motorsport-Gedöns und eine Talkshow auf *ESPN* – acht Angebote, aber ich nehme keines wirklich wahr.

An der Theke sitzen jene Gäste, die hier vermutlich häufiger einkehren: Flughafenarbeiter in Blaumännern, die sich laut beim Bier unterhalten und das Geschehen auf den Bildschirmen regelmäßig mit Raunen oder Johlen kommentieren; außerdem Versicherungsvertreter auf der Durchreise, deren schlecht sitzende Anzüge beim Lungern auf dem Barhocker noch heftiger verrutschen; und *White-Trash*-Mütter, die ihre Kinder mit Pommes füttern.

An den Tischen im Saal sitzen dagegen die Gestrandeten, die hier nicht sein wollen: Touristen, von denen die meisten aussehen, als seien sie etwas mehr Komfort gewohnt als den vergilbten Siebziger-Jahre-Charme des zweckmäßigen *Ramada Plaza*. Fast alle Plätze sind besetzt, wegen der Verzögerungen sind heute mehrere Flüge ausgefallen. Vielen ist anzusehen, wie genervt sie sind. Genau wie ich versuchen sie ihren Frust mit Bier und Burgern herunterzuschlucken.

Ich stehe immer noch unter Schock und kann das Treffen mit Derek nicht einordnen. Was wollte er bezwecken? Ist er wirklich so tief gesunken, dass er Amy und Abigail die Sache anhängen muss? Ist aus seiner unerwiderten Liebe zu Abigail so großer Hass erwachsen, dass er nicht mal mehr davor zurückschreckt, ihr den Mord an den eigenen Eltern in die Schuhe zu schieben? Ist Mom ihm wirklich völlig egal? Hat er völlig den Verstand verloren?

Ich bin so tief in meinen wirren Gedanken versunken, dass ich kurz erschrecke, als meine Hose vibriert. Es ist eine SMS von Lena.

Rette mich;-)

Ein zwinkernder Smiley ist für mich normalerweise ein guter Grund, den Kontakt umgehend abzubrechen. Ich weiß nicht, warum – aber bei Lena stört es mich nicht.

Was kann ich tun? Dein Ritter in weißer Rüstung steht bereit!

Den Smiley muss sie sich dazudenken, aber das dürfte kein Problem sein, wie ich Lena einschätze. Es dauert keine fünf Sekunden bis zur Antwort.

Hinter dir!

Reflexartig drehe ich mich um und traue meinen Augen kaum. Sie sitzt nur ein paar Meter entfernt, trägt die Haare zum strengen Zopf gebunden und die Bluse zugeknöpft. Mit ihr am Tisch sitzt ein geschniegelter Typ und redet auf sie ein. Lena zwinkert mir unauffällig zu, während sie routiniert abnickt, was der Kerl ihr erzählt. Es ist zu laut, um zu lauschen, was er sagt, aber er redet so hektisch auf sie ein, dass er nicht bemerkt, dass sie unter dem Tisch mit ihrem Handy beschäftigt ist.

Ich kenne den Kerl nicht, aber er hört einfach nicht auf.

Ich bin völlig perplex, gleichzeitig durchfährt mich eine große Freude: I mean, seriously: what are the odds?, würde der Amerikaner begeistert rufen – wie hoch ist die Wahrscheinlichkeit, Lena hier in einem Flughafenhotel in New Jersey zu treffen. Ich glaube nicht an Zufälle, aber was soll das hier sonst sein?

Was soll ich machen?

Ich klicke auf Senden und schäme mich schon im selben Moment für die Frage. Ich bin noch zu ungläubig, um einen klaren Gedanken zu fassen.

Lass dir was einfallen!!, schreibt sie völlig zu Recht zurück.

Ich mustere den Typen aus der Ferne. Sein Anzug ist zu teuer für dieses Hotel, seine Haare sind zu nass nach hinten gekämmt, um nicht verlogen zu wirken, und seine Lackschuhe sehen aus, als wäre sogar die Sohle poliert. Er flößt mir keinen Respekt ein. Er redet auf Lena ein, sie bedenkt ihn mit schmalen Blicken und nickt. Ich habe genug gesehen, stehe auf und gehe rüber. Ohne ein Wort zu sagen, beuge ich mich zu Lena herunter, nehme ihr Gesicht in beide Hände und küsse sie für einen endlosen Moment. Sie erwidert den Überfall und will gar nicht mehr aufhören, schlingt erst einen Arm um meinen Nacken, dann auch den anderen. Ich halte kurz inne und drehe mich zu dem Lackaffen, ohne Lenas Gesicht aus den Händen zu geben: »*Excuse me, do you mind if I talk to my wife alone for a second …*«

Mit offenem Mund und großen, ungläubigen Augen starrt er mich an: »*Your wife???*«

»Er ist Deutscher«, sagt Lena.

»Ach so«, sage ich und zeige in Richtung Tresen, »na gut, Detlef Lässig, dann sieh zu, dass du Land gewinnst!«

Ich klinge wie ein Westernheld und habe Spaß daran. Der Typ wirft Lena noch einen *What-the-fuck*-Blick zu, macht ein pikiertes Geräusch, das wie ein verzagtes Niesen klingt, und schleicht sich.

Ich wende mich Lena mit einem weiteren Kuss zu und frage, was zum Teufel sie in dieser Absteige macht: »Oder *stalkst* du mich inzwischen?«

Sie strahlt mich mit funkelnden Augen an und sagt: »Mein Rückflug wurde gestrichen.«

»*United?*«

»Genau.«

Eine halbe Stunde später liegen wir nackt und verschwitzt auf ihrem Bett und rauchen.

»Das ist ein Spiel mit dem Feuer«, sagt sie. »Um es mal poetisch auszudrücken.«

»Was für'n Feuer?«

»Rauchen auf dem Zimmer ist streng verboten«, sagt sie und grinst. »Die stecken uns noch ins Gefängnis.«

Ich lache, bis ich husten muss.

»Im Ernst«, sagt Lena und lacht mit, »was ist, wenn der Rauchmelder anspringt?«

»Nicht bei dem bisschen Qualm«, sage ich und drücke ihr einen Kuss auf den Kopf. Sie legt ihren Kopf an meine Brust und seufzt. Die Klimaanlage rattert, aber kühler wird es nicht.

»Wie heißt sie?«, fragt sie plötzlich.

»Wie bitte?«

»Die Frau, die dich für alle anderen Frauen versaut hat – wie heißt sie?«

Ich zucke zusammen und hoffe, dass sie es nicht bemerkt. »Lena, manchmal redest du in Rätseln …«

Sie richtet sich auf und sitzt jetzt kerzengerade im Bett, die Zigarette zwischen Zeige- und Mittelfinger der rechten Hand geklemmt. Sie räuspert sich und sagt: »Flemming, du bist ein toller Mann. Ich wusste das nach ein paar Minuten im Flugzeug. Du bist einer dieser Männer, mit denen es nicht langweilig wird. Und du bist ein hoffnungsloser Romantiker, du bist ein Sehnsuchtsmann, ich spüre das an deinen Küssen. Aber du bist nicht so frei, wie du vorgibst. Du führst dich auf wie ein Suchender, aber du hast längst gefunden, was du willst. Oder, falls noch nicht, weißt du wenigstens, was du suchst. Du strahlst es aus, mit allem, was du tust. Ich würde sofort mit dir durchbrennen, aber du willst gar nicht weg. Was vollkommen in Ordnung ist, ich bin nicht auf der Suche nach einem Typen, ich habe sowieso keine

Zeit, ich bin glücklich. Ich will nur, dass du weißt, dass ich es mit dir versucht hätte. Unter anderen Umständen, mit einem besseren *timing*. Dass du es weißt – das musst du mir lassen.«

»*Timing* ist eine *bitch*«, sage ich, weil ich nicht weiß, was ich erwidern soll. Ich gerate aber auch gar nicht in weitere Verlegenheit, weil der Feueralarm in erschütternder Lautstärke losheult. Wir springen auf, meine glimmende Zigarette fällt dabei aufs Laken. Mit der flachen Hand und stakkatoartigen Schlägen bekämpfe ich die Glut.

»Waren wir das?«, ruft Lena, während wir uns hastig die Klamotten überziehen.

»Häh?«

»Na, ob das unsere Schuld war? Wegen dem Rauch?«

»Nein ... mir egal ... beeil dich!«

Als wir angezogen sind, springt die Sprinkleranlage an. Binnen Sekunden sind wir so nass, dass alle Kleidung an der Haut klebt.

»Es gibt hier nichts zu löschen, verdammt!«, ruft Lena, als wolle sie sich beim Hausmeister beschweren. Selbst in dieser Situation müssen wir kurz lachen.

»Lass uns schnell abhauen«, rufe ich.

Zum Glück liegt das Zimmer gleich im Erdgeschoss, am Ende des Gangs. In der Lobby herrscht Panik, lautes Durcheinandergeschnatter, alle sind nass, die Stimmung ist feuchtpanisch, und die Sprinkleranlage gibt auch hier noch ordentlich Gas. Das ganze Hotel steht unter Wasser, und kein Ende in Sicht.

»*Can't somebody put the damn thing off, for Christ's sake!*«, schimpft ein alter, nasser Mann und schlägt mir den kaputten Regenschirm, den er wild durch die Luft wirbelt, fast ins Gesicht.

»Terroristen!«, ruft ein anderer, der aber mit seinem Streifenpolizistenschnurrbart so aussieht, als würde er das bei jeder Gelegenheit rufen.

»*All y'all need to get out of the building RIGHT NOW!!!*«, spricht eine der Rezeptionsdamen ungeduldig in ein Mikrofon. Draußen treffen wir den Lackaffen, der mit wässrigen Augen an einer Zigarette nuckelt.

»Was für ein Horror!«, stammelt er. »Ich dachte sofort an einen Terroranschlag … ich dachte, jetzt ist es vorbei …«

»Halt die Schnauze!«, fauche ich ihn an.

Kurz darauf stellt sich die ganze Aufregung als Fehlalarm heraus. Der Qualm unserer Kippen war jedenfalls nicht schuld.

»Das passiert immer mal wieder«, entschuldigt sich die Dame an der Rezeption und macht ein gleichgültiges Gesicht. »Wir versuchen das in den Griff zu bekommen.«

Versucht ihr gar nicht, möchte ich rufen, reiße mich aber zusammen.

Als Entschädigung gibt es noch ein Freigetränk an der Bar.

»Nur eins?«, frage ich, aber keiner lacht.

Lena und ich gönnen uns ein Glas Wein, wenn schon, denn schon, wie im Flugzeug. Wir stellen uns zurück in die Raucherecke. Ein Mitarbeiter des Hotels ermahnt uns, dass Alkohol außerhalb des Gebäudes nicht erlaubt sei, zwinkert uns aber im gleichen Moment nachsichtig zu. Von ihm haben wir nichts zu befürchten. Dass es solche Leute in diesem Land überhaupt noch gibt!

Ich gebe Lena Feuer und sage: »Sie heißt Amy.«

Sie greift mir in die nassen Haare, zieht sich an mir hoch und gibt mir einen feuchten Kuss. Dann hält sie für einen Moment inne.

»Ist schon in Ordnung«, sagt sie und lächelt mit lauerndem Blick. »Aber das hier ist *meine* Nacht, du Arschloch!«

38. kapitel

Plötzlich ist es laut in meinem Kopf. Lena liegt neben mir und schläft offenbar tief und völlig geräuschlos. Der Lärm ist also nur in mir – dunkle Gedanken blitzen wirr auf wie eine Strobo-Show, bloß weniger bunt. Mit einem Mal wird mir bewusst, dass ich so nicht abhauen kann. Ich kann Amerika nicht verlassen, ohne noch irgendetwas unternommen zu haben. Wenn ich bedenke, welche Sorgen ich mir jetzt schon um Mom und Derek mache, würde ich es mir nie verzeihen. Meinen ohnehin unruhigen Schlaf finde ich in dieser Nacht nicht mehr. Stattdessen denke ich darüber nach, was ich tun kann, während die Klimaanlage so laut klappert, dass ich mich genauso gut gleich an die Flughafenzufahrtsstraße legen könnte, um ein bisschen Ruhe zu finden. Schlaflos in New Jersey.

Ich entscheide mich schließlich für den billigsten Trick,

weil ich keine Zeit mehr habe und Amy wartet. Außerdem sind die simpelsten Schachzüge nicht selten die effektivsten.

Am nächsten Tag rufe ich zuerst die *Marlin Mansion* in Providence an und reserviere einen Tisch. Ich verabrede außerdem, dass die Rechnung von meiner Karte abgebucht wird.

»Nummer 26 am Fenster«, flötet der übertrieben freundliche Mitarbeiter am anderen Ende der Leitung. Ich bedanke mich und bin erleichtert, die erste Hürde genommen zu haben.

Anschließend rufe ich Mom an und sage ihr, dass ich sie noch einmal sehen möchte, bevor ich abreise.

»Ich möchte dich gerne zum Essen einladen«, sage ich. »Heute Abend um 19.30 Uhr in der *Marlin Mansion.*«

Ein gutes, gerade noch bezahlbares Fischrestaurant. Ich weiß, dass es Mom dort gefällt. Sie hat es mir mal in einer Mail geschrieben. Sie ist so verblüfft wie erfreut über meinen Vorschlag, und ich kann fühlen, wie sie im Kopf sofort über die Herausforderung grübelt, nach so einer langen Zeit mal wieder unter Leute zu gehen: *Was ziehe ich an? Wo habe ich noch gleich mein Schminkzeug? Muss ich vorher zum Friseur?* Solche Sachen.

Schließlich beendet sie das kurze Telefonat hastig und voller Tatendrang.

»*Take care, you hear me?!*«

»*See you later, Mom!*«

Dann rufe ich Derek an. Ich sage ihm, wie sehr es mir leidtut, was im *Redhole* passiert ist. Ich mache es wieder gut, sage ich und versichere ihm, dass ich nur das Beste für ihn und Mom will. Er hört sich meine Ausführungen wortkarg an, so dass ich nicht einschätzen kann, ob er meine Entschuldigung annimmt – was aber auch gar nicht die entscheidende Rolle spielt. Viel wichtiger ist, dass er meine Einladung zum Essen annimmt. Um 19.20 Uhr in der *Marlin Mansion*. Tisch 26, gleich am Fenster. 19.20 Uhr macht Sinn, damit Derek bereits am Tisch sitzt, wenn Mom eintrifft. Umgekehrt würde die Gefahr bestehen, dass er sofort wieder abhaut, wenn er Mom dort sitzen sieht.

»Das ist das Mindeste, was ich tun kann«, schwafle ich. Derek scheint derselben Meinung.

»Alles klar«, sagt er, »dann bis später.«

Als ich auflege, kann ich mir einen kurzen Jubelschrei nicht verkneifen. Es hätte nicht einfacher laufen können. Nackt und nur mit einem Handtuch auf dem Kopf stürzt Lena aus dem Bad.

»Alles in Ordnung?«, ruft sie.

»Sorry«, sage ich, »ja, klar, alles gut. Lass dich nicht stören.«

Sie lugt misstrauisch um die Ecke.

»Du hast aber laut geschrien«, erwidert sie.

»Vor Freude! Ich bin froh, dass wir uns noch mal getroffen haben. Was für ein *timing!*«

Sie guckt mich an, als hätte ich eine Warze auf der Nase.

»Willst du mich verarschen?«, fragt sie.

39. kapitel

Derek greift mit der bloßen Hand in meinen Brustkorb, er dringt durch Haut und Knochen wie durch eine weiche, widerstandslose Masse, dreht das Handgelenk wie an einem Türknauf und reißt ruckartig mein Herz heraus. Mit einem giftigen Lächeln hält er mir das pochende Organ unter die Nase wie eine Entdeckung. Ich bin wie gelähmt und kann nur starren, aber ich lebe noch, als müsse ich hier und jetzt meine gerechte Strafe erfahren. Er presst die Hand zur Faust zusammen, mein Herz quillt unter dem Druck auf wie ein Ballon, es tritt an der Seite und zwischen den Fingern hervor wie ein aufbackender Kuchen, bevor es platzt und das Blut in mein Gesicht spritzt.

So ungefähr fühlt es sich an, als ich mich kurz nach meiner Rückkehr aus Amerika noch einmal bei *Facebook* einlogge. Eigentlich will ich mich nur abmelden, dieses nutzlose Netzwerk für immer verlassen. Es hat seinen Dienst getan für mich, oder auch nicht, wie auch immer, aber jetzt muss Schluss sein. Ich bleibe bei meiner Meinung: Flemming Hansen und soziale Netzwerke, das passt nicht zusammen.

Ich will mich gerade durch das Kleingedruckte der Startseite lesen, als mir das rote Signal oben rechts auffällt: eine neue Nachricht, so viel habe ich inzwischen gelernt. Ich habe keine Lust auf einen Chat, bin aber trotzdem neugierig, wer mir schreibt, also klicke ich. Derek hat geschrieben. Mir werden nur die ersten Worte seiner Nachricht angezeigt: *Was hast du dir …*

Ich habe ein flaues Gefühl im Magen, weil ich nicht weiß, wohin dieser aggressiv klingende Anfang führen wird. Ich ahne nichts Gutes und brauche ein paar Sekunden, ehe ich mich überwinde und die Nachricht öffne.

Was hast du dir dabei gedacht, bitch? Wie kommst du darauf, mich in dieses Restaurant zu bestellen? Warum hast du überhaupt mit Mom geredet? Was geht es dich an??? Du bist nicht mein Bruder, du bist nicht ihr Sohn, du bist kein Mayweather! Wir haben dir immer erzählt, dass du ein echter Mayweather bist, aber wir wollten doch nur, dass du dich gut fühlst. Aber es ist doch klar, dass du kein echter Mayweather bist. Warum ist es dir also nicht scheißegal? Wir sind Abschaum, bitch, wie könntest du uns jemals verstehen? Wir sind die Mayweathers, uns hilft sonst auch niemand! Also mach dir keine Mühe. Wir kommen klar.

Ich fühle mich wie angefahren. Mein Mund ist trocken, wie unter Schock. Ich kann mich noch genau an das letzte Mal erinnern, als es mir so ging – vor Jahren, als ich hörte, dass Vater tot war, dass ihn ein Herzinfarkt hingerafft hatte mit knapp 60 Jahren. Ich wurde darüber nicht so traurig wie meine Schwestern, hörte damals aber für ein paar Sekunden auf, ihn zu hassen. Kurz darauf war aber alles wieder wie vorher. Ich blickte hinauf zum Himmel und flüsterte: *Nicht nur die Guten sterben jung*. Ich war so stolz auf den Spruch, dass ich ihn mir ein paar Wochen später beinahe auf den Rücken tätowieren ließ. Quer über meinen Schulterblättern hätte er prangen sollen. Aber dann fiel mir gerade noch rechtzeitig wieder ein, dass inzwischen jeder Steuerberater tätowiert war – also ließ ich es in letzter Minute doch sein.

Wie auch immer.

Ich kann gar nicht genau sagen, warum mich Dereks Nachricht so trifft. Ich habe es immer gerne gehört, wenn sie mich als echten Mayweather bezeichnet haben, aber abgesehen davon, dass es guttat, habe ich mir nie etwas darauf eingebildet. Also, nicht *wirklich*. Warum trifft mich Dereks Nachricht also? Wobei: Trifft sie mich wirklich, oder überrascht sie mich bloß? Hätte ich nicht vielmehr damit rechnen müssen, dass die ganze Geschichte ein Nachspiel haben würde? Immerhin ist Derek mein *brother from another mother*, und vielleicht ist es auch genau das, was mich so verstört. Es war für mich immer ausgeschlossen, dass irgendetwas zwischen uns kommen könnte – so unterschiedlich wir auch sein mögen, auf seine Rückendeckung konnte ich mich vom ersten Tag an verlassen. Umgekehrt genauso. Haben all die existenziellen Fragen, die inzwischen aufgekommen sind, diese Verbindung für immer zerstört? Bedeutet Dereks Nachricht, dass er wirklich nichts verstanden hat?

Oder bedeutet sie genau das Gegenteil? Mir kommen Jennas Worte in den Sinn: »Bei *Facebook* versteht man alles falsch.«

Das könnte sein. Vielleicht meint er es nicht so, wie es zunächst klingt. Vielleicht ist seine Nachricht vielmehr ein Friedensangebot. Vielleicht will er sagen: *Bruder, ich habe verstanden. Ich habe einen Fehler gemacht.*

Das *bitch* könnte sogar ein Indiz dafür sein. Aus seinem Mund ist *bitch* nicht böse gemeint, sondern vielmehr ein Kosename. Er würde mich wohl kaum *bitch* nennen, wenn er mir unversöhnlich gegenüberstehen würde.

Außerdem schreibt er: *Wir sind Abschaum*, bitch, *wie könntest du uns jemals verstehen? Wir sind die Mayweathers, uns hilft sonst auch niemand! Also mach dir keine Mühe. Wir kommen klar.*

Vielleicht bedeutet das: Nett von dir, dass du dich kümmern willst, aber es ist nicht mehr nötig. Weil längst alles geregelt ist.

Und überhaupt: Wir kommen klar. Er schreibt *wir*, nicht *ich*. Vielleicht hat er längst wieder Kontakt zu Mom aufgenommen, sich mit ihr ausgesprochen. Vielleicht ist er endlich zu Verstand gekommen nach der Nummer im *Redhole*.

Das könnte gut sein. Es macht absolut Sinn.

Plötzlich steht Derek wieder vor mir, mein Herz hält er wieder fest in seiner Hand. Er hat es noch nicht zerquetscht. Sein Lächeln ist plötzlich nicht mehr bitter und zynisch, sondern warm und nachgiebig.

»Alles gut, *bitch*«, sagt er und versinkt mit der Hand noch einmal in meiner Brust. Wie ein Klempner, der ins Klo greifen muss, hantiert er etwas angestrengt herum, bis er es wieder eingepflanzt hat. Ich kann mich wieder bewegen. Derek zieht seine Hand zurück und wischt sie ungerührt an seinem T-Shirt ab.

»Danke trotzdem«, sagt er und grinst. Danke trotzdem? Gern geschehen.

40. kapitel

Für Amy nehme ich mir ein paar Tage mehr Zeit. Ich will keinen Fehler machen. Also liege ich tagelang auf der Lauer wie ein *Stalker* – oder wie ein Privatdetektiv, aber seit ich Connor kennengelernt habe, halte ich Privatdetektive für die schrägste Spezies von allen. Dann doch lieber *Stalker*.

Es geht darum, den richtigen Moment abzupassen. Ich bekomme einen guten Eindruck von Amys Alltag. Sie bringt die Kinder zur Kita, macht Yoga, trifft eine Freundin im Café – aber den größeren Teil des Tages verbringt sie allein (oder eher: *einsam?*) in der großen Villa am Alsterarm.

Eine Amerikanerin in Hamburg. Ob sie sich wohl fühlt?

Zugegeben, diese Frage kommt mir erst nach Tagen des Beobachtens in den Sinn. Als ich Amy zum ersten Mal nach 20 Jahren wiedersehe, wie sie verschlafen aus dem Haus schlurft, die Kinder in den Porsche packt und zur Kita fährt – in diesem Moment stelle ich mir gar keine Fragen, in diesem Moment sind meine Hände bloß klamm und ich spüre ein ungewohntes Pulsieren an der Schläfe. Sie ist dünner geworden, fast hager, die Haut viel blasser als früher, was zwar ungewohnt ist, ihr aber natürlich steht. Ihre Haare sind etwas dunkler geworden, denke ich, bis ich bemerke, dass sie nur nass sind.

Amy zu sehen, macht mich nervös wie nichts zuvor in

meinem Leben – gleichzeitig ist sie mir viel fremder, als ich es mir vorher ausgemalt hatte. Vielleicht dauert es auch deshalb so lange, bis ich sie anspreche. Immer wieder schiebe ich den Moment auf, bis sie eines Mittags völlig unverhofft im teuren Trainingsanzug aus dem Haus trippelt. Sie joggt los, um die Ecke, ganz klar: eine Runde um die Außenalster, wie alle unterbeschäftigten Hausfrauen aus der Nachbarschaft um diese Uhrzeit. Ich reibe mir die Hände wie ein verrückter Professor, weil ich weiß: jetzt oder nie!

Ich passe Amy kurz vor der Brücke auf dem Schwanenwik ab, wo sie eine kurze Pause macht, um sich zu dehnen. Langsam laufe ich auf sie zu. Sie erkennt mich schon aus einigen Metern Entfernung und macht ein erschrockenes Gesicht, das nach Sekunden von einem ungläubigen Lächeln aufgehellt wird. Ohne ein Wort zu sagen, fallen wir uns in die Arme, und so verharren wir für eine oder zwei oder drei oder zehn Minuten, in denen ich nicht ausatme. In meinem Bauch fühlt es sich an, als würden sich ein paar Brausebrocken auflösen.

»Hansen«, höre ich sie in meinen Nacken schluchzen, »*oh my God! Holy fuck!*«

Sie legt den Kopf in den Nacken, um mich anzusehen: »Gut siehst du aus!«

Durch die grauen Wolken und die Äste fällt der erste Sonnenstrahl des Tages genau auf ihre Augenpartie, die Tränen glitzern leise wie die Alsteroberfläche. Sie sieht aus wie eine Frau, die sich jeden Nachmittag einen starken Drink mixt und sich dabei fragt, wie das alles so weit kommen konnte. Wie eine Frau, die sich in eine längst vergangene Zeit zurückwünscht, womöglich sogar in eine Zeit, als sie noch gar nicht geboren war. Ihr Blick weckt in mir einen Beschützerinstinkt, am liebsten möchte ich auf sie einreden: *Ich hol dich hier raus, Amy, nimm einfach meine Hand und komm mit mir an einen Ort, wo uns niemand kennt!*

»*Right back at you*«, sage ich stattdessen, und noch einmal schmiegt sie sich ganz fest an mich, als hätte ich sie gerade aus einem brennenden Haus befreit. Als sie von mir ablässt, reiche ich ihr die *Pepsi*-Dose, die ich extra besorgt habe.

»Das ist süß«, sagt sie. »Dass du das noch weißt! Danke. Aber ich konsumiere keinen Zucker mehr.«

»Ach so«, mache ich erstaunt. »Na gut. Aber dafür benutzt du jetzt Begriffe wie *konsumieren?*«

Sie lächelt müde aus geröteten Augen.

Wir reißen uns zusammen, setzen uns ans Ufer und lassen die Beine baumeln. Amy entschuldigt sich, dass sie so verschwitzt ist. Sie wirkt unsicher und längst nicht so forsch wie früher, aber der erste Eindruck kann auch täuschen. Vor allem, wenn er so heftig ist.

Ich biete ihr eine Zigarette an, aber sie lehnt ab, sie habe aufgehört, als sie zum ersten Mal schwanger wurde, also rauche ich alleine.

»Jetzt mal im Ernst, Hansen«, sagt sie und zieht die verheulte Nase hoch, »was machst du hier?«

Ich antworte, als habe ich auf die Frage nur gewartet, und ich erzähle ihr alles: wie sie in der Sicherheitskontrolle direkt vor mir stand (»Warum hast du denn nichts gesagt?«); wie ich daraufhin die Freunde von früher über *Facebook* kontaktierte (»Du verarschst mich, oder?!«); wie ich quer durch die USA flog (was sie nachhaltig sprachlos macht); und wie es mich schließlich wieder zurück nach Hamburg verschlug, wo meine Suche nur ein paar Kilometer von zu Hause entfernt ein Ende findet. Hier und jetzt.

Amy lächelt leise über diese Pointe und sagt: »Sorry, dass ich nicht bei *Facebook* bin.«

Sie wirkt weiter seltsam bedrückt.

»Ist dir das hier unangenehm?«, frage ich mit einer ausholenden Handbewegung – nicht um das Gegenteil von ihr zu hören, sondern weil ich mir Sorgen mache und ihr trauriges Gesicht meine Wiedersehensfreude trübt. Ich sage, was ich nicht meine: »Wenn ich doch lieber abhauen soll, musst du es mir nur sagen.«

Jetzt sieht sie mir zum ersten Mal *so richtig* in die Augen, und es fühlt sich für einen Moment an wie damals im SUV, auf dem Schrottplatz der Andersons. Aber als ich blinzle, schimmern ihre Augen sofort wieder so matt wie vorher. Sie sagt nichts, aber ihre Unterlippe zittert, und dann rast eine Träne ihre Wange herunter, und noch eine, und wieder vergräbt sie sich in meinem Arm, als wollte sie sich vor der Welt verstecken.

»*Hey, hey, hey*«, versuche ich sie zu beruhigen, streiche ihr sanft über den Rücken, küsse ihre Haare, sie ist ganz warm, »schon gut, alles gut …«

Alles gut. Ist es das?

Amy lacht auf, und es klingt desillusioniert. Vor allem klingt es nicht mehr so frech wie früher, sondern nur noch müde. Ich möchte sie schütteln.

»Du bist zu spät«, sagt sie und wischt mit dem Ärmel

der Trainingsjacke die Tränen von ihrer Wange, »ein paar Jahre zu spät. *Timing* ist eine *bitch*, Hansen.«

»Sowieso«, sage ich, denn darauf war ich natürlich vorbereitet, normal ist das hier schließlich nicht, im Gegenteil, und spät dran bin ich auch, aber es ist nie *zu* spät und Amy ist immer noch viel zu schön, »natürlich führst du längst ein Leben, in dem kein Platz für mich ist – und was für eins, ich meine, hallo: Wertheimer, *come on*, das ist doch großes Kino, gratuliere, echt jetzt! Aber ganz ehrlich, Amy, glaubst du wirklich, ich wäre dir um die halbe Welt hinterhergejagt, hätte mich mit aufgepumpten Privatdetektiven am Strand und mit meinem degenerierten Gastbruder im Puff getroffen, nur um dich zu finden, wenn ich nicht sicher wäre, dass ich dir etwas bieten kann, was dieser Filmficker, *that douchebag*, dir nicht bieten kann? Wenn das Schicksal uns am Flughafen nicht zusammengeführt hätte – das Schicksal, auf das wir uns damals verlassen haben? Wenn ich nicht einhunderttausendprozentig sicher wäre, dass wir beide etwas haben, das nicht mithalten kann mit deinem Alsteralltag als *Soccer Mom* in der Villa Grau-in-grau? Wir waren was anderes, Amy! Uns gibt's nicht zweimal!«

Sie nickt, als wüsste sie das doch auch.

»Das meine ich auch nicht«, sagt sie mit brüchiger Stimme. »Ich weiß, dass wir besser sind als die anderen. Das wusste ich schon immer. Von Anfang an. Aber das ist auch gar nicht das Problem.«

»Sondern?«

»Du kannst mich nicht mehr retten«, sagt sie und fängt wieder an zu weinen.

»Was soll das heißen?« Ich greife nach ihrer Hand, aber sie zieht sie zurück.

»Ich bin nicht mehr zu retten«, schluchzt sie und vergräbt das Gesicht in ihren Händen.

»Amy, rede mit mir! Mein Bedarf an Leuten, die sich nicht retten lassen wollen, ist für dieses Leben bereits gedeckt.«

Sie zittert und hat Mühe, sich zu beruhigen, und als es ihr endlich gelingt, spricht sie mit dünner Stimme: »Kannst du dich noch an den *Rosenkrieg* erinnern? Das Schultheater?«

»Na klar«, sage ich, »du warst fantastisch.«

Sie winkt ab. »Ich wünschte, ich wäre nie aufgetreten!«

»Wie bitte?«

Sie nickt betreten. »Und ich rechne dir hoch an, dass du damals so skeptisch warst, Hansen. Ich musste später so oft an deine Worte von damals denken.«

»Ich kann mich nicht erinnern«, lüge ich.

Amy seufzt. »Ich weiß noch, wie nach dem Auftritt alle zu mir sagten: Du bist eine Künstlerin. Es war das Schlimmste, was mir passieren konnte. Ich konnte plötzlich nicht mehr staunen. Ich war zu cool dafür. Ich verlor meine Demut. Und wenn das passiert, hört man auf zu wachsen.«

»Du hast damals jedem erzählt, dass du ein Hollywood-Star wirst.«

»Weil ich daran geglaubt habe!«, ruft sie, als wäre das die Ursache allen Übels. »Weil ich es *mir* geglaubt habe. Es wäre die Aufgabe meiner Eltern gewesen, mir den Kopf zu waschen, so wie sie es sonst auch bei jeder Kleinigkeit getan haben. Aber ausgerechnet dieses eine Mal, das einzige Mal, wo ich es wirklich hätte gebrauchen können – *nichts!* Sie haben es einfach zugelassen. Schlimmer noch: Sie waren stolz auf mich.«

Sie macht ein angewidertes Gesicht.

»Und das soll was Schlechtes sein?«, frage ich irritiert.

»Sie waren nie stolz auf mich«, sagt Amy, »vor allem nicht in den Momenten, in denen ich es verdient hatte. Vielleicht hatte ich es nach dem *Rosenkrieg* auch verdient, aber es hat mir nicht geholfen. Es hat mir nicht geholfen, dass sie stolz auf mich waren.«

»Darf ich dir eine Frage stellen, Amy?«

»Immer«, sagt sie leise.

»Hast du Wertheimer geheiratet, um nach Hollywood zu kommen?«

»Ich habe mit ihm geschlafen, um nach Hollywood zu kommen«, antwortet sie mit einem fatalen Lächeln. »Geheiratet habe ich ihn, weil ich schwanger war und er es wollte.«

Wir schweigen für einen Moment und starren auf die Alster. Ich war mir sicher, dass ich mir unser Wiedersehen vorher in allen erdenklichen Szenarien ausgemalt hatte. Ich habe mich getäuscht. Seltsamerweise motiviert mich ihre Hoffnungslosigkeit nur noch mehr, sie von uns zu überzeugen. Ein paar Businesstypen in schneidigen Anzügen stören die vogelzwitschernde Stille zwischen uns, indem sie laut lachend hinter uns vorbeispazieren, auf dem Weg zur Mittagspause ins *Café Hansa Steg*. Bei einer Erbsensuppe und einem Stückchen Baguette werden sie gleich wahrscheinlich über ein paar neue *Deals* plaudern.

»Ich beobachte die Menschen nicht mehr so gerne wie früher«, sagt Amy, als die Typen außer Hörweite sind. »Jeder ist so selbstsicher. Alle laufen herum, als hätten sie etwas beizutragen. Es gibt keine Angst mehr, nur noch Selbstsicherheit, und das ist eine Schande.«

»Ist das der Grund, warum du keine Schauspielerin mehr sein willst?«

»Die Frage stellt sich nicht mehr, seit ich Mutter bin. Matthias ist immer unterwegs und ... die Frage stellt sich nicht mehr.«

Plötzlich steht Amy auf, balanciert etwas ungelenk am Rande des Ufers vor und zurück, windet sich, ehe sie kerzengerade innehält wie eine Turnerin am Ende der Übung. »Es ist alles eine Frage des *timings*, Hansen. Die Liebe ist nichts, wenn nicht eine Frage des richtigen Zeitpunktes.«

»Genau«, sage ich und baue mich mit einer ermutigenden Geste vor ihr auf, »genau das habe ich auch gedacht, als ich dich am Flughafen gesehen habe. Was für ein *timing!*, habe ich gedacht.«

Sie verdreht die Augen und sagt: »Hansen, hör auf, gib es auf, lass es sein – es gibt für uns keine Möglichkeit mehr!«

Ich hebe die Hand: »Darf ich dir eine Frage stellen?«

Sie zuckt mit den Schultern. »*Sure.*«

»Liebst du mich?«

Amy lacht auf, sie lacht und kann gar nicht mehr aufhören zu lachen.

»Das war nicht witzig gemeint«, sage ich hilflos. »Abigail hat gesagt, du liebst mich immer noch!«

Als sie sich langsam wieder einkriegt, seufzt Amy: »Ach, Hansen … ich habe dich immer geliebt, ich werde dich immer lieben – spielt alles keine Rolle. Es gab andere Zeiten, in denen es vielleicht geklappt hätte. Wie gesagt: *timing* ist eine *bitch*. Und unser *timing* war schon immer schlecht.«

»Was für andere Zeiten?«, frage ich forsch.

»Auch das spielt keine Rolle mehr«, sagt sie müde.

»Warum nicht?«

»Ach, Hansen.«

»Für die wahre Liebe gibt es kein schlechtes *timing*«, protestiere ich.

Sie dreht sich weg, mit dem Rücken zu mir steht sie am Ufer und blickt auf die Alster. Ich stehe direkt hinter ihr.

»Amy?«

Sie rührt sich nicht.

»Scheiß auf andere Zeiten!«, rufe ich. »Ich liebe dich!«

Sie dreht sich nicht um, als sie sagt: »Der Unfall meiner Eltern … ich weiß nicht, ob du davon gehört hast …«

»Ja.«

»… oder was du weißt oder was du ahnst … aber ich habe kein Problem, darüber zu reden … dass Abigail und ich es waren …«

Ich hatte es befürchtet. Trotzdem muss ich nach Luft schnappen.

»Dass ihr … *was* wart?«

Meine Stimme klingt zu zittrig, als dass sie die Frage ernst nehmen könnte – das merke ich sofort. Sie kennt mich zu gut, wir kennen uns zu gut. Sie weiß, was ich weiß. Aber was bedeutet das jetzt für mich zu wissen, was ich gar nicht wissen will? Dass die große Liebe meines Lebens ihre Eltern auf dem Gewissen hat? Gut, ihre Eltern waren Arschlöcher, schon klar, und mit der großen Liebe bin ich mir gerade ohnehin nicht mehr so sicher, es fühlt sich jedenfalls alles komisch an, aber – egal!

»Hansen«, ruft sie, und vielleicht bilde ich es mir nur ein, aber in ihrer Stimme scheint Erleichterung mitzuschwingen, »ich lebe in einem Gefängnis … vielleicht wäre es das Beste, wenn alle die Wahrheit wüssten …«

»Aber was ist mit deinen Kindern?«, frage ich streng, auch wenn mich gerade eigentlich ganz andere Fragen umtreiben.

Amy macht eine abwertende Handbewegung.

»Die sind ohne mich sowieso besser dran …«

»Amy!«, brülle ich sie an. »Mach dich bitte nicht lächerlich!«

Mach dich nicht lächerlich, Amy!

»Aber es ist wahr«, sagt sie und beginnt eine kleine Tirade: »Der Große ist jetzt fünf, und er ist ein unerträgliches kleines Monster. Ich bin immer wieder gespannt, welche Ausrede er heute Abend wohl hat, um nicht ins Bett zu müssen. Es ist neun Uhr, sage ich, *putz dir die Zähne!* Aber er fängt an zu weinen und zu strampeln und brüllt: Das Leben ist scheiße! Und ich sage: Kumpel, mach dich darauf gefasst, dass es von hier an nur noch schlimmer wird!«

Sie hält kurz inne, dann lacht sie auf wie eine Hoffnungslose.

Mir wird immer bewusster, dass nicht mehr viel von der Amy Fisher übrig ist, mit der ich mein Highschool-

Jahr gelebt und geliebt habe. Diese Bitterkeit, dieser hilflose Hohn, vom Leben gegerbt. Alles, was sie sagt, klingt auf mich wie eine verstimmte Gitarre. Eine immer noch gutaussehende, aber verstimmte Gitarre. Und alles, was ich will, ist die alte Amy zurück ins Leben zu holen. Ich weiß, dass ich es schaffen kann. Ich möchte sie über die Schulter werfen und mitnehmen.

Aber ganz plötzlich scheint sie dieses Treffen offiziell für beendet zu erklären. Sie dreht sich noch einmal um, ohne mir in die Augen zu schauen. Aus dem Nichts, von jetzt auf gleich, fällt der Vorhang.

»*Good to see you, Hansen*«, sagt sie, umarmt mich flüchtig und läuft los, rennt förmlich weg, als sei nichts gewesen, zurück auf den Schwanenwik, noch eine Runde um die Alster, und danach vielleicht noch zu Hause ein paar Minuten in die Sauna.

So stelle ich mir das vor. Das hat sie nicht verdient. Sie hat mich verdient, sie hat uns verdient. Sie hat das Leben verdient, das damals für uns vorgesehen war. Ich werde nicht lockerlassen, ich werde sie nicht aufgeben, auch wenn sich ein paar Fragen stellen.

Liebt sie ihre Kinder überhaupt?

Ich hoffe.

Haben Abigail und sie die Bremsen wirklich manipuliert?

Ich hoffe nicht.

Können sie das überhaupt?

Was weiß ich.

Haben sie einem Profi den Auftrag erteilt?

Möglich.

Waren sie es vielleicht doch nicht – und wollte Amy sich vielleicht mir gegenüber einfach nur unmöglich machen?

Auch nicht auszuschließen in ihrem Zustand.

Viele Fragen, aber wenn ich ehrlich bin, gibt es nur eine Antwort: Ich liebe Amy. Hier und jetzt habe ich keine Chance, sie zu erreichen, doch vielleicht war es ein Anfang. Ich werde sie nicht aufgeben.

Ich setze mich noch ein paar Minuten ans Ufer. Zehn Minuten, 15 Minuten. Rauche ein, zwei Zigaretten. Lasse den Moment wirken.

Dann stehe ich auf und verlasse den Alsterpark, am Literaturhaus vorbei, über den Uhlenhorster Weg in Richtung Hofweg. Dabei schlendere ich ganz langsam. Falls Amy noch eine Runde dreht, läuft sie mir vielleicht noch einmal über den Weg. Ganz zufällig.

41. kapitel

Einmal war Amy nicht in der Schule erschienen, der Platz neben mir war leer geblieben. Rektor Brady rief ihre Eltern an, aber die Fishers hatten keine Ahnung, wo ihre Tochter war.

Amy habe sich am Morgen ganz normal verabschiedet, sagten sie.

Sofort herrschte große Unruhe. Der Unterricht wurde unterbrochen. Die Fishers kamen in die Schule. Abigail wurde aus ihrer Klasse geholt. Sie kam in unseren Raum und setzte sich auf Amys leeren Platz. Die Polizei wurde alarmiert, aber Amy war noch nicht lange genug verschwunden, um organisiert nach ihr zu suchen. Also schwärmten wir in Gruppen aus. Wir klapperten Orte ab, an denen sie sich gerne aufhielt: den Park, die Eisdiele, das Football-Feld, die Mall in der Weybosset Street. Irgendwann entfernte ich mich unauffällig von den Suchtrupps und rannte zu *Anderson's Auto Salvage*. Auf dem Schrottplatz herrschte zur Mittagszeit ziemlich viel Betrieb, weshalb ich besonders vorsichtig vorgehen musste, damit mich niemand sah – unser Versteck vor der Welt wollte ich um keinen Preis verraten.

Aber auch im roten SUV: keine Spur von Amy. Trotzdem hatte ich ein starkes Gefühl, dass sie hier auftauchen würde. Also kehrte ich zunächst zur Schule zurück und suchte weiter mit den Klassenkameraden nach ihr.

»Wenn Amy nicht gefunden werden will«, sagte Abigail, »dann werden wir sie auch nicht finden.«

Es beruhigte mich, dass sie dabei nicht besonders besorgt klang.

»Ist das schon häufiger vorgekommen?«, fragte ich.

»Dass sie abgehauen ist?« Abigail zuckte mit den Schultern. »Ja und nein.«

»Was soll das heißen?«

»Sie taucht immer wieder auf, als wäre nichts gewesen.«

»Also ist es tatsächlich nicht das erste Mal?«

Abigail winkte ab. »Sie bleibt nie lange weg.«

Ich beobachtete die Fishers: wie die Mutter an ihrer

Christus-Kette herumfummelte, sie in den Kragen steckte und wieder herausholte, wie sie auf ihrer Unterlippe herumkaute; wie der Vater wild gestikulierend auf Rektor Brady und die Polizisten einredete, als wollte er ihnen bedeuten, doch bitte irgendwas zu unternehmen.

Wenn es nicht das erste Mal ist, so dachte ich, warum dann der Aufruhr?

Ich wusste selbst nicht genau, ob ich mir Sorgen machen sollte. Amy war cool, und sie kam zurecht. Vielleicht hatte sie einfach keine Lust auf Schule an diesem grauen Donnerstag, vielleicht brauchte sie ein bisschen Zeit für sich. Natürlich war es nicht besonders geschickt von ihr, unentschuldigt der Schule fernzubleiben. Sie musste besser wissen, welches Aufsehen sie erregen würde. Oder wollte sie womöglich genau das: Aufsehen erregen?

Ich sah keinen Grund dafür und konnte es mir nicht vorstellen.

Was mich ein bisschen wunderte, war der Zeitpunkt: Noch am Vorabend hatten Amy und ich am Fluss gesessen und geraucht, viel gelacht und miteinander geschlafen, auf einer Decke am Ufer. Alles schien perfekt.

Ich wartete bis zum Einbruch der Dämmerung, bevor ich noch einmal zum Schrottplatz zurückkehrte.

»Wusste ich's doch«, versuchte ich einen Witz, als ich Amy auf der Schaumstoffmatratze im SUV liegen sah: »Heute ist schließlich Donnerstag!«

Amy blieb stumm. Ihre weit geöffneten Augen rührten sich nicht. Bloß ihr Brustkorb hob und senkte sich gleichmäßig, andernfalls hätte ich sie auch für tot halten müssen.

»Wo bist du gewesen?«, fragte ich und versuchte dabei, so unaufgeregt wie möglich zu klingen, aber meine Stimme zitterte. Amy antwortete nicht. Ich hakte nicht nach und legte mich neben sie. Seite an Seite starrten wir in den Abendhimmel von Providence, wie schon so oft. Der Himmel war dunkel, und die Wolken mussten tief hängen: keine Sterne, keine Wolken, kein Licht weit und breit.

Amy schien in Lauerstellung, so als könnte jeden Augenblick alles vorbei sein.

»In der Schule haben sie sich Sorgen gemacht«, sagte ich vorsichtig.

Ich konnte spüren, wie Amy innehielt.

Ich drehte mich zu ihr. »Abigail hat gesagt, du bist nie lange weg.«

Sie seufzte kaum merklich.

»Ich wusste nicht, dass du häufiger abhaust.«

»Mache ich doch gar nicht!«, platzte es aus ihr heraus. »Verdammte Scheiße, kann ich nicht vielleicht einfach in Ruhe mein Leben leben?«

»Soll ich wieder gehen?«

Sie schüttelte den Kopf, verdrehte genervt die Augen. »Jetzt stell dich nicht so an, Hansen.«

»Aber was ist los, *girl?* So kenne ich dich gar nicht!«

»*Take it or leave it*«, sagte sie und richtete sich auf. »Ich bin, wie ich bin.«

Kerzengerade kniete sie neben mir und blickte zu mir herunter, in ihren Augen plötzlich ein Blitzen: »Was ist mit dir los, Hansen?«

»Was soll los sein?«

Sie schwang ihr rechtes Bein über mich, setzte sich auf meinen Schoß und lächelte: »Ich will, dass du mich fickst, Hansen. Jetzt sofort.«

42. kapitel

Ein Dienstag an der Elbe, *mein* Dienstag an der Elbe, auf der anderen Seite des alten Elbtunnels. Alles ist wie immer, ehe binnen einer Sekunde nichts mehr so ist wie vorher. Ich kann immer noch nicht anders, als in jeder ruhigen Minute das Wiedersehen mit Amy zu analysieren: jeden ihrer Sätze, jeden ihrer Blicke. Schlauer werde ich daraus aber nicht.

»Ich glaube«, stammelt Abigail, »dass Amy sich etwas angetan hat.«

Vorsichtig öffne ich die Augen, blinzle noch mal und noch mal, aber das hier ist kein Traum, in dem man kurz die Augen zusammenkneifen und sich einfach wegwünschen kann wie die bezaubernde Jeannie, nein, das hier ist echt, und Abigail, die eine dieser Frauen ist, die man niemals kommen sieht, bis sie plötzlich einfach da sind, Abigail also steht da und verstellt mir den Blick aufs Wasser. Sie hat diesen dringlichen Blick und sieht immer noch aus wie eine inzwischen *deutlich* jüngere Version von Amy. Die letzten 20 Jahre sind ihr längst nicht so stark anzusehen wie ihrer großen Schwester. Sie trägt Schlabberlook wie beim letzten Mal in Providence, zeigt viel Brust und viel Bauch, dazu eine Leggins, die so eng ist, dass sie nicht mehr ist als eine zweite, hellgraue Haut. *American-Apparel*-Style, Nullerjahre. Genau genommen sieht sie rattenscharf aus, aber ich kann über Abigail nicht in diesen Kategorien nachdenken. Konnte ich noch nie.

Sie legt die Stirn in Falten. »Du weißt, was das bei ihr bedeuten kann.«

»Wie meinst du das?«, frage ich: »*Bei ihr?*«

Sie verdreht die Augen: »*Well, she's bipolar, man!* Wie du weißt, besteht immer die Möglichkeit, dass sie sich etwas angetan hat …«

»Wie lange hast du denn nicht mehr mit ihr gesprochen?«, frage ich und versuche, meine Beunruhigung mit Sachlichkeit zu überspielen.

»Seit Wochen!«, ruft sie, als hätte ich den Schuss nicht gehört.

Abigail wirkt aufgebracht, ein bisschen verwirrt. Ich weiß nicht, wie sie hier hergekommen ist und warum, ich sehe sie nur vor mir stehen, am Ufer der Elbe, am Ende des alten Elbtunnels, wo ich mich, wie jeden Dienstag, auf die Felsen gehockt habe, um einen Joint zu rauchen, ein paar Bierchen zu kippen und meine Gedanken schweifen zu lassen – ganz alleine, das tut gut, einmal die Woche brauche ich das.

Und jetzt steht hier plötzlich Abigail Fisher vor mir, sie hat knapp 6000 Kilometer zurückgelegt. Ich kann es nicht glauben, es übersteigt meine Vorstellungskraft, dass sie es *wirklich* ist. Und woher zur Hölle weiß sie überhaupt, dass ich *hier* anzutreffen sein würde?

»Ich habe deine Mutter gefragt«, antwortet sie.

»Meine Mutter?«

»Sie sagt, dass du dienstags eigentlich seit Jahrzehnten hier abhängst.«

Ich kann kaum glauben, dass Abigail meine Mutter kontaktiert hat.

»Wie hast du denn meine Mutter gefunden?«

»Sie war immer noch unter deiner alten Festnetznummer von vor 20 Jahren zu erreichen, es war ganz einfach.«

Ich kann es nicht fassen. »Hast du lange nach mir gesucht?«

Abigail lacht ihr dreckiges Lachen. »Überhaupt nicht. Heutzutage muss man doch nicht lange nach Leuten suchen. Dafür hinterlassen wir viel zu viele Spuren.«

»Ach ja?«

»Da hätte ich schon verdammt viel falsch machen müssen.«

»Na, wenn das so ist.«

»Obwohl ich zugeben muss, dass es sogar noch ein bisschen leichter lief, als ich es mir vorgestellt hatte.«

»Hat meine Mutter sonst noch irgendwas gesagt?«, frage ich.

Sie grinst. »Ich soll dir ausrichten, du mögest dich doch mal wieder melden.«

Mir fehlt im Moment nicht die Zeit, sondern die Muße, meine Mutter zu besuchen. Ich bin in Gedanken woanders, habe immer noch Amy im Kopf. Ich weiß, dass ich im Moment nicht an sie herankomme, habe sie aber auch noch nicht abgeschrieben. Es ist eine dieser Phasen, in der ich nicht mit meiner Mutter reden mag, weil ich keine Lust habe, sie mit meinen Sorgen zu belasten, mich deshalb aber gleichzeitig das schlechte Gewissen quält, ihr etwas zu verschweigen. Also nehme ich Abstand von ihr und allen meinen Freunden.

Es ist besser so, auch wenn ich ahne, dass ich es irgendwann bereuen werde. Spätestens wenn meine Mutter tot ist.

Was zur Hölle macht Abigail überhaupt hier?

»Ich musste dich finden«, sagt sie und baut sich vor mir auf. »Du musst mir helfen, Amy zu finden.«

»Wofür brauchst du mich?«, frage ich. »Hat Amy nicht genug Spuren hinterlassen? Heutzutage muss man doch nicht lange nach Leuten suchen …«

Sie funkelt mich an. »Mit deiner Hilfe geht es schneller, Arschloch.«

»Amy will nichts mehr mit mir zu tun haben«, sage ich.

Sie zieht eine Schnute. »Was für ein Schwachsinn!«

»Willst du dich nicht setzen?«, frage ich, aber sie schüttelt bloß beiläufig den Kopf.

»Ich habe den Flug noch in den Knochen«, sagt sie und erzählt, wie Apu ihr freundlicherweise mit ein paar hundert Dollar ausgeholfen hat, um den kurzfristigen Trip über den Atlantik möglich zu machen. Seit ihrer Ankunft vor knapp fünf Minuten redet sie ununterbrochen auf mich ein, seit der ungelenken Umarmung zur Begrüßung hat sie keine Zeit verloren.

»Kann ich auf dich zählen oder nicht?«, fragt sie schließlich.

»Glaub mir«, seufze ich, »ich habe Amy lange genug gesucht.«

»Du bist ein Arschloch«, faucht sie mich an.

»Warst du an der Alster?«, frage ich betont desinteressiert. »Sie hat da ein Haus mit ihrem Filmfritzen.«

Sie nimmt den Joint aus meiner Hand, zieht zweimal so kräftig, als müsse sie sich Mut machen, und sagt dann: »Ihre Familie weiß auch nicht, wo sie ist. Sie ist vor drei Tagen in L.A. zum Einkaufen in die Mall gefahren und nicht wieder nach Hause gekommen. Niemand hat sie seitdem gesehen.«

Es macht mir Sorgen, das zu hören, aber ich habe keine Ahnung, was ich tun kann.

»Und was hat das mit mir zu tun?«, frage ich.

Sie bedenkt mich mit einem bösen Blick.

»Du hast nach ihr gesucht«, sagt Abigail. »Ich dachte, vielleicht weißt du inzwischen mehr. Vielleicht hast du sie gefunden. Vielleicht seid ihr zusammen durchgebrannt.«

Ich zeige auf die Elbe und in Richtung des anderen Ufers, wo der Pegelturm, die Landungsbrücken und das *Hotel Hafen Hamburg* in der Abendsonne schimmern.

»Sieht das so aus, als wären wir durchgebrannt?«, frage ich. »Sie will mich nicht mehr haben in ihrem Leben.«

Abigail seufzt und setzt sich nun doch neben mich auf die Felsen. Sie greift ein Bier aus meiner Tüte, öffnet die Dose und nimmt einen großen Schluck. Ich erzähle ihr die ganze Geschichte von meinem Treffen mit Amy.

»Es tut mir leid«, sagt sie anschließend. »Das hätte ich nicht von ihr erwartet.«

Ich lege den Arm um ihre Schultern und sage: »*Look*, Abby, sie war ein anderer Mensch. Ich habe mit ihr abgeschlossen. *I'm sorry.*«

Ich würde mir diese Lüge gerne glauben.

Ihr Gesicht hellt sich seltsam auf. »*Really?*«

Ich zucke mit den Schultern. Es folgt ein Moment der Stille, in den das Kreischen der Möwen und die Schiffssirene des vorbeischippernden Blohm-und-Voss-Frachters fällt.

»Weißt du, Hansen, es geht nicht nur um Amy. Es geht auch um dich. Ich musste unbedingt noch einmal mit dir sprechen. Ich habe dir nicht die ganze Wahrheit gesagt, als du mich im Büro besucht hast.«

Ich finde es irritierend, dass sie mich Hansen nennt, aber ich lasse mir nichts anmerken.

»Du musst wissen«, fährt sie fort, »ich hatte keine Ahnung, was Derek oder Connor dir über Amy erzählen, also ...«

»Warte mal, Abby!«, rufe ich und lege die Hand auf ihre Schulter. »Du musst nicht weiterreden, ich weiß Bescheid.«

Sie greift nach meiner Hand und fragt mit nervösen Augen: »Worüber?«

»Amy hat mir alles erzählt«, sage ich und lasse es klingen wie eine Befreiung.

»Worüber?«, fragt sie wieder.

»Abby! Schluss jetzt! Ich weiß Bescheid, dass ihr die Bremsen manipuliert habt. Oder jemandem den Auftrag erteilt habt. Oder was auch immer. Ich weiß jedenfalls Bescheid.«

Sie schnellt hoch, und dabei fällt ihr das Bier aus der Hand. Klappernd fällt die Dose auf die Felsen.

»Was redest du da?«, zischt sie von oben herab, in ihrem Blick ein nervöses Flattern.

»Du hast mir nicht die Wahrheit gesagt in Providence, Abby.«

»Es war Amys Idee, nur Amys Idee!«, ruft sie. »Verdammt, ich hätte es besser wissen müssen.«

Mich beschleicht das Gefühl, dass ich niemandem mehr glauben kann.

»Was hättest du besser wissen müssen?«, frage ich und befürchte gleichzeitig, dass ich es gar nicht so genau wissen will.

Sie verzieht eine dramatische Miene und fasst sich an den Busen. »Ich wollte Amy vor sich selbst schützen, aber ich sollte meine Schwester langsam wirklich besser kennen. Sie ist eine kranke *bitch.* So richtig gestört. Aber wem erzähle ich das?«

»Abby!«

»Ich wollte Derek opfern, um sie zu decken. Deshalb habe ich ihn bei dir verraten. Und nicht nur bei dir – das ganze Dorf hält ihn für den Schuldigen, weil er das Auto der Fishers … du weißt schon. Dabei hat er nichts damit zu tun.«

»Wie bitte?«

»Er stand sogar vor Gericht. Nur aus Mangel an Beweisen haben sie ihn nicht ins Gefängnis gesteckt. Er ist völlig fertig. Ich fühle mich, als hätte ich ihn verraten.«

»Hör zu«, sage ich, »ich weiß nicht mehr, was ich glauben soll. Mir ging es immer nur um Amy.«

Sie nickt. »Ich habe dich angelogen, Hansen. Ich weiß nicht, ob Amy dich je geliebt hat, und ich habe keine Ahnung, ob sie überhaupt noch an dich gedacht hat. Ich hatte bloß eine Scheißangst, sie könnte dir alles gestehen und sich damit das Leben versauen. Deshalb wollte ich dich in deiner blinden Liebe bestärken. Damit du ihr so ein Geständnis nicht glaubst, oder es dir total egal wäre. Für alle Fälle. Verstehst du?«

»Nein«, rufe ich und schüttele den Kopf, als wolle ich Abigails Worte vertreiben, »ich verstehe nichts, und es ist mir auch egal! Ich will eure Lügen nicht mehr hören!«

Ich erhebe mich von den Felsen und will gerade abdrehen, als sie mir um den Hals fällt. Sie vergräbt die Hände in meinen Haaren, küsst meinen Hals, fährt mit der Zunge bis hoch an mein Ohr.

»Hansen«, flüstert sie, »komm schon, ich will nur dich. *It's always been you!*«

Abigails Atem ist heiß, sie keucht. Während ich ungeschickt versuche, sie wegzudrücken, nestelt sie an meinem Gürtel herum und fährt mit der Hand in meine Hose. Jetzt nehme ich alle Kraft zusammen und schubse sie weg. Sie stolpert und stürzt und schreit auf, als sie mit dem Hintern auf den Felsen landet.

»Bist du wahnsinnig geworden?«, schreie ich sie an. »Fass mich nicht an!«

Ich weiß nicht, woher er kommt, und es könnte sein, dass er nicht echt ist, aber in diesem Moment fühle ich ihn trotzdem: den hilflosen Hass, der in mir aufsteigt.

Abigail liegt auf dem Rücken wie ein Käfer und lacht hysterisch.

Als sie sich wieder einkriegt, säuselt sie unbeirrt weiter: »Seit wir uns in Providence getroffen haben …«

»Halt den Mund!«, fahre ich sie an.

»… seit du bei mir im Büro warst …«

»*Shut up!*«

»... seitdem konnte ich nur noch an dich denken, Hansen«, sagt sie und macht einen Kussmund.

»Fick dich!«, falle ich ihr schreiend ins Wort und erhebe die Hand zu einer Drohgebärde. »Lass mich in Ruhe und hau ab! Ich will dich nie wieder sehen!«

Ihr eben noch hoffnungsvolles Gesicht fällt in sich zusammen wie Rosen in der Mikrowelle. Ich zittere am ganzen Körper. Langsam ziehe ich meine Hand wieder zurück. Niemals hätte ich zugeschlagen, aber das kann Abigail nicht wissen.

»Viel Glück auf deiner Suche«, zische ich und drehe ab.

»Amy hat dich nie geliebt«, ruft sie mir hinterher. »Mit mir bist du viel besser dran!«

Ich habe Abigail seit diesem Abend nie wieder gesehen.

Ganz oder gar nicht ist ein schönes Motto, solange man die Dinge selbst in der Hand hat.

Aber in diesem Fall kenne ich nun mal nur die Wahrheit, dic mir am liebsten wäre.

Die wirkliche Wahrheit will ich lieber nicht wissen.

Ich werde sie wohl auch nie erfahren.

Wahrscheinlich ist es besser so.

Sonst verliere ich noch den Verstand.

43. kapitel

Amy und ich blieben bis zum letzten Tag meines Austauschjahres unzertrennlich. Ihre Angst bekamen wir in den Griff. Manchmal wirkte sie abwesend, obwohl es keinen Grund gab, aber das war in Ordnung für mich. Nie hielten wir uns länger als nötig bei ihr zu Hause auf.

Nur dass ich sie liebte, habe ich ihr nie wieder gesagt. Einerseits war ich nach ihren kühlen Reaktionen auf meine Schwüre zu stolz. Andererseits wollte ich keinen Druck ausüben. Wir waren auch ohne diese drei Worte glücklich. Und tatsächlich: Irgendwann habe ich nicht einmal mehr daran gedacht, es ihr zu sagen.

Bis zum letzten Abend.

Meine letzte Nacht in Providence war die *Prom*, der Abschlussball unseres Jahrgangs. Das perfekte Drehbuch. Ein Happy End für unsere Highschool-Liebesgeschichte, die vielleicht auch deshalb so unbeschwert war, weil wir ein Verfallsdatum hatten. Mit der *Prom* war dieser Tag erreicht. Selbstverständlich sah Amy umwerfend aus in ihrem hellen Kleid, das einen perfekten Kontrast zu ihrer gesunden, immer leicht sonnengebräunten Haut bot. Aber in der *Prom*-Nacht machte auch ich etwas her und trug zum ersten Mal in meinem Leben eine Krawatte (blau) und einen Anzug (grau), dazu hatte ich die schwarzen Stiefeletten auf Hochglanz poliert. Als wir zu einer alten James-Brown-Ballade, die ich mir gewünscht hatte, Klammerblues tanzten, hätte ich auf der Stelle sterben können. Besser konnte es nicht werden, da war ich mir sicher. Wir schoben uns über die Tanzfläche, während ich das dumpfe Rumoren des Tequilas spürte, den ich mir mit den Jungs auf dem Klo hastig hinter die Binde gekippt hatte. Als ich Amy küsste, konnte ich spüren, wie ihr Körper sich für einen Moment aufrichtete.

James Brown sang von der Erinnerung, und ich wusste, dass ich diese Nacht nie vergessen würde. Dass ich keine einzige Nacht mit Amy vergessen würde. Ich hätte sie auf der Stelle geheiratet. Aber das hätte ich ihr natürlich nie gesagt. Ich hatte meine Lektion gelernt.

»Was für ein geiler Abend!«, sagte ich und strich eine Falte aus dem Hosenbein meines Anzugs, als wir gegen Mitternacht auf unsere Limousine warteten. Nach heutigen modischen Standards sahen wir alle unfassbar beschissen aus: Es waren die Neunziger, verdammt, und die übergroßen Hemden und Hosen flatterten an unseren Körpern wie Fallschirme. Es stand noch nicht fest, ob wir alle noch in einen Nachtclub oder nach Hause fahren würden. Aber es war auch egal. Wir standen inmitten unserer volltrunkenen Klassenkameraden, als wären wir die einzigen Menschen in Providence, in Rhode Island, den USA, auf der ganzen Welt. Wir lächelten, obwohl wir wussten, dass es zu Ende war.

»Machen wir uns nichts vor«, sagte ich, »ich werde dich nicht besuchen können.«

»Ich könnte nach Deutschland kommen«, sagte Amy hastig.

Ich verzog den Mund: »Du weißt, dass das unrealistisch ist. Klar, du kannst mich besuchen. Aber auf Dauer und auf die Entfernung wird es trotzdem nicht funktionieren.«

Sie zuckte mit den Schultern. »Vielleicht hast du recht. Wir sollten es nicht forcieren.«

»Glaubst du an Schicksal?«, fragte ich.

Sie nickte. »Auf jeden Fall!«

»Wir sollten das Schicksal entscheiden lassen«, sagte ich. »Wenn wir zusammengehören, werden wir es schon merken.«

Sie nickte mit einem Strahlen und sagte: »Aber du musst mir versprechen, dass du die Zeichen richtig deutest!«

Ich formte mit den Fingern ein *Victory*-Zeichen: »Ich schwöre!«

Amy griff nach meinem Kinn und drückte mir einen innigen Kuss auf. Dann legte sie ihren Mund an meine Ohrmuschel und flüsterte: »Ich liebe dich.«

Ich legte den Kopf zur Seite und lächelte. Sie blickte mir erwartungsvoll in die Augen. Ich atmete tief durch und zog sie an mich heran – so nah, als würde James Brown immer noch singen. Ganz fest drückte ich sie an mich und hauchte: »Danke.«

Amy drehte sich fuchtelnd aus meiner Umklammerung. Ich musste prusten vor Lachen. Sie lachte mit, aber es klang empört. Ich konnte gar nicht mehr aufhören. Amys Augen funkelten, als wollte sie mich auf der Stelle vernaschen.

»Hansen«, sagte sie, »du bist so ein Penner.«

44. kapitel

Abgelöst wurde mein Gefühl der Unverwundbarkeit, mein Welteroberungsgefühl, das sich tatsächlich am besten mit Leonardo DiCaprios König-der-Welt-Lustschrei auf der Titanic beschreiben lässt (noch so ein wahres Klischee), nach ziemlich genau zehn Jahren, kurz nach meinem 30. Geburtstag, von einer unbegründeten, aber alles verzehrenden Angst. Plötzlich hatte ich Angst davor, alles zu verlieren. Ich hatte Angst, krank zu werden, schlimmer noch, längst krank *zu sein*: Krebs (all die Joints und Zigaretten!), AIDS (die unzähligen Frauen, allzu oft ungeschützt!!), plötzlicher Herztod (mein Lebenswandel an sich!!!) – alles schien nicht nur möglich, sondern wahrscheinlich, wenn nicht geradezu unausweichlich, nur eine Frage der Zeit. Ausschlaggebend für diese Angst war ein Moment in New York. Es war eine Reise, die ich mir zum Dreißigsten selbst geschenkt hatte: nur ich alleine, eine Woche in der ganz großen Stadt, bisschen durch die Bars tingeln, die schönen Frauen im *Big Apple* abchecken, alles *easy*, Udo-Lindenberg-*Style*. So stellte ich mir das allen Ernstes vor – wie gesagt, ich fühlte mich wie der König der Welt, seit einem Jahrzehnt schon. Unverwundbar.

Es dauerte nur ein paar Stunden, dann war es damit vorbei. An diesem Tag ist ein Teil von mir gestorben. Ich war seither nie mehr derselbe.

Ich hatte mir ein Apartment in Brooklyn gemietet, in Williamsburg, lange bevor die Gegend zur Hipster-

Hochburg wurde, lange vor *Airbnb* und so weiter. Meine Bude gehörte Jamal, einem stets wie aus dem Ei gepellt aussehenden Schwarzen, dessen Loft größer war als das Vorstadthaus der Fishers und der an Typen wie mich eines seiner 100 Quadratmeter großen Zimmer mit den ganz hohen Decken zum günstigen Preis vermietete. Jamal war locker drauf und vor allem nie zu Hause, weil er an der Wall Street arbeitete und die Börse nie schläft. Genau das wurde mir zum Verhängnis. Eines Abends besuchte ich ein Baseballspiel der Yankees, drüben in der Bronx. Ich war kurz vor Mitternacht zurück in Brooklyn – es war also jene Zeit angebrochen, in der ich mich vorsichtshalber nicht mehr in den Straßen aufhalten sollte, wie Jamal mich ausdrücklich gewarnt hatte. Ich schlenderte also durchs Viertel, auf dem Weg von der U-Bahn zu Jamals Bude, und hielt mir das abgeschaltete Mobiltelefon, das damals noch ungefähr die Größe eines heutigen iPads hatte, ans Ohr, angestrengt mit einem imaginären Gesprächspartner plaudernd, um geschäftig, aber vor allem nicht abgeschnitten von der Außenwelt zu wirken in den dunklen Gassen nahe des East River. Direkt vor der Haustür in der Berry Avenue lauerten sie mir trotzdem auf. Ich wollte gerade meinen Schlüssel aus der Hosentasche kramen, als einer der beiden mir von hinten mit der Faust an die Schläfe schlug. Das Handy fiel mir aus der Hand, und ich sackte zusammen. Der Schläger tastete mich zügig und routiniert ab wie bei der Einlasskontrolle. Er fand den Geldbeutel in der Lederjackeninnentasche, sein Kollege griff sich das Handy. Sie versuchten mir noch die Boots auszuziehen, aber das dauerte ihnen dann doch zu lange. Binnen Sekunden rannten sie los, um die Ecke, weg.

Das Gefühl, das mich anschließend über Wochen nicht losließ, kannte ich nicht, aber ich wusste, was es bedeutete: Ich hatte Angst, litt unter Panikattacken. Es konnte überall passieren – im Café, im Bus, im Flugzeug. Plötzlich begann mein Herz zu rasen, ich konnte nicht mehr atmen und dachte, ich müsste sterben. Oft beruhigte ich mich erst, wenn ich am nächsten Waschbecken ein bisschen kaltes Wasser über meine Handgelenke laufen ließ. Plötzlich hatte ich Angst davor, alles zu verlieren: meine Lust, meine Lässigkeit, mein lockeres Leben – all die Dinge also, die man verliert, sobald man Angst davor hat, sie zu verlieren.

Besonders stark wurde diese Verlustangst noch einmal am Ende meiner Dreißiger, während der Suche nach Amy. Für mich war klar, dass sich mit ihr der Kreis schließt. Ich hatte nicht damit gerechnet, ihr im Leben noch einmal zu begegnen, aber als es passierte, wurde mir klar, dass ich seit 20 Jahren nur darauf gewartet hatte. Amy war *always on my mind*, sie war immer bei mir – im Kopf, im Bauch, im Juli –, als ich die anderen Frauen vögelte, als ich mich über den Kiez und durch die ganze Welt soff und keine Pause brauchte, weil ich die Geschichte meines Lebens schreiben musste – dabei fühlte ich mich nur deshalb unbesiegbar, weil ich mir wegen ihr so ein dickes Fell zulegen musste. Weil ich sie jahrelang vermisste, aber den Gedanken an sie nicht zulassen konnte, weil er mir den Verstand geraubt hätte, *simple as that*. Weil ich mich nach ihr verzehrte, obwohl ich keine Ahnung hatte, wo sie war, nur dass sie unerreichbar weit weg war – *das* wusste ich ganz genau, und diese Endgültigkeit machte mir eine Angst, die ich nur betäuben konnte. Die Leidenschaft meiner Zwanziger hätte es ohne Amy nie gegeben. Gleichzeitig konnte es sie nur geben, weil ich *ohne Amy* war. Meine Leidenschaft war eine Trotzreaktion, ein Fickfinger an den Rest der Welt, an alle glücklichen Paare, denen es vergönnt war, mit dem einen Menschen ihres Lebens auch wirklich *zusammen* zu sein. Sie hatten irgendwann das *timing* auf ihrer Seite gehabt. Das *timing*, diese gottverdammte *bitch*!

Mit lässigem Lächeln und der Gewissheit, dass sich viele von ihnen bloß etwas vormachten, setzte ich allen Liebenden, Verliebten und Scheinverliebten meinen Lebensentwurf entgegen. Ich wusste: Manche hatten das richtige *timing*, aber die meisten haben nie wirklich gesucht. Wir leben im Zeitalter des Pragmatismus, das Motto *Aus den Augen, aus dem Sinn* wird wie nie zuvor gelebt. Man gibt sich je nach Verfügbarkeit hin, nimmt sich vielleicht nicht den Ersten (weil es verzweifelt wirkt), auch nicht den Besten (weil wir keine Lust haben, so lange zu warten), aber den Erstbesten. Herzen müssen nicht mehr repariert werden, weil kaum noch jemand zulässt, dass es ihm gebrochen wird. In meinem Freundeskreis wurde ich für meinen Lebensstil lange belächelt – immer drauf, nie eine feste Freundin, also erst recht keine Familienpläne, rauchen tut er auch immer noch –, aber heute bin ich stolz auf meine Unverwundbarkeit, die in Wahrheit eine einzige klaffende Wunde war, die sich einfach nicht schließen lassen wollte, sondern nur verkrustete und immer wieder aufplatzte. Für mich kam es nie in Frage, mich auf eine andere Amy einzulassen, weil ich keine andere jemals getroffen hatte. Wahrscheinlich war es unausweichlich, dass ich die wahre Amy noch einmal treffen musste. Vielleicht hätte ich ohne unsere jahrelange Trennung nie gewusst, was sie mir wirklich bedeutet.

Jetzt weiß ich es ganz sicher. Ich weiß sicher, dass unser *timing* eine *bitch* ist und dass Warten der langsamste Tod ist.

Ich bin schon schwer angetrunken, als Lena endlich in die Kneipe kommt. Seit drei Stunden sitze ich bereits an der Theke der Kiezkaschemme *Zur lustigen Mamma*. Ecke Große Freiheit und Paul Roosen, hier ist der Kiez noch der gute alte Kiez von früher, wie sonst kaum noch irgendwo – draußen wie drinnen. Wirt Helmut stellt mir zuverlässig ein neues Bier und einen neuen Helbing auf den Tresen, er lässt die Quelle nicht versiegen.

Ich klatsche mit Helmut ab und rufe: »Lass sie immer schön kommen, Helmut!«

Ich meine natürlich die Drinks, aber dann kommt Lena, diesmal nicht im strengen, enganliegenden Anzug, sondern in einem navy-grünen *Jumpsuit*. Zur Umarmung drückt sie mich kurz und fest und gibt mir einen Kuss auf den Mund. Helmut begrüßt sie mit Handschlag. So einen lässigen Auftritt hat diese Kneipe wahrscheinlich seit 50 Jahren nicht gesehen. Wobei: Lena ist ja öfter hier.

»Ausgerechnet die *Lustige Mamma*«, sagt Lena und schüttelt amüsiert den Kopf, als sie neben mir auf dem Barhocker Platz nimmt.

»Das habe ich mir gemerkt«, sage ich und grinse sie an.

»Du hörst mir also doch zu«, sagt sie. »Das trifft mich ein bisschen unvorbereitet, muss ich sagen.«

»Da kannst du mal sehen.«

»Ja, kann ich mal.«

»Ist echt nett hier.«

Lena lächelt mich mit prüfendem Blick an und sagt: »Ich glaube dir kein Wort!«

Es hält sie nicht lange auf ihrem Hocker, sie schnellt schon wieder hoch und schreitet zur Jukebox. Sie wirft ein paar Münzen ein und scrollt durch die Auswahl. Immer wenn sie einen besonders peinlichen Song entdeckt, lacht sie auf. Sie wählt ein paar Titel aus und setzt sich wieder auf ihren Hocker. Die ersten Klänge von Westernhagens »Wieder hier« kriechen durch die Kneipe. Helmut stellt ihr ungefragt ein Glas Weißwein mit Eiswürfeln auf den Deckel. Sie ist halt öfter hier.

»Also«, sagt sie und schlägt sich mit den flachen Händen auf die schönen Schenkel, »was verschafft mir die Ehre?«

»Ich hab dich wirklich lieb«, singt Westernhagen, »wenn es so etwas gibt …«

Das ist der Moment. Ich könnte ihr nun meine Liebe gestehen oder einen Heiratsantrag machen.

»Ich hab dich wirklich lieb, in meinen Träumen …«

Aber es kommt nicht darauf an, was du sagst, sondern was du tust.

Ich stehe auf, nehme ihr Gesicht in beide Hände und küsse sie.

Ganz oder gar nicht. Es ist vollkommen sinnlos, wenn *ab und zu mal die Sonne rauskommt.*

Das verloren geglaubte Gefühl der Unverwundbarkeit ist zurück, und diesmal bleibt es für immer.

45. kapitel

Ich habe Sonntage immer gehasst. Sie liefen immer nach demselben Schema ab: das Erwachen aus dem komatösen Tiefschlaf und der Moment der Wahrheit – wie steht es um meine körperliche Verfassung, und wer liegt neben mir? Ist mir übel, war der letzte Drink schlecht oder womöglich die letzten zehn Drinks? Fahre ich Karussell im Kopf, während ich auf meinem Rücken liege und mit halb geöffneten Augen an die Decke gucke? Und wer ist noch gleich diese Frau neben mir? War sie es wert oder ich zu betrunken? Kann ich den Kumpels von ihr erzählen, oder sollte ich mich lieber schämen?

Der Rest des Sonntages bestand darin, die Frau – ganz gleich, welcher Kategorie sie zuzuordnen war – aus der Wohnung zu komplimentieren: Nummern tauschen und dabei einen Zahlendreher einbauen, dem muffigen Kuss auf den Mund ausweichen, eventuell Taxigeld mit auf den Weg geben.

Anschließend leckte ich stundenlang meine Säuferwunden, bestellte Pizza bei *Joey's* und glotzte DVDs, auf die ich mich kaum konzentrieren konnte, weil die Erinnerung an die vorangegangene Nacht schemenhaft zurückkehrte und mich entweder erschaudern, schmunzeln oder breit grinsen ließ. Am späteren Abend überkam mich meistens eine heftige Melancholie, mit der ich mich manchmal selbst zu Tränen rührte und die sich aus folgenden Fragen speiste: Spielt der Alkohol eine zu große Rolle in meinem Leben? Spielen Drogen eine zu große Rolle in meinem Leben? Spielt Sex eine zu große Rolle in meinem Leben? Werde ich jemals die Frau fürs Leben finden? Will ich sie überhaupt finden?

So war das früher, über Jahre.

Und heute?

Weiß ich nach dem ersten Blinzeln auch ohne Seitenblick, wer neben mir liegt: Lena, seit ungefähr einem halben Jahr, gefühlt aber seit immer. Mit ihr machen Sonntage Sinn, vor allem der Moment nach dem Aufwachen. Wenn der Sonnenschein sich hinter dem Vorhang staut, fühlt es sich erhebend an; wenn es regnet oder stürmt, fühlt es sich wie eine Zuflucht an; wenn es draußen noch dunkel ist, fühlt es sich an wie unser streng geheimer Ort, von dem die Welt nichts weiß. Eine Höhle. Unsere Höhle.

Lena hat mich die Mühelosigkeit gelehrt.

Was ich vor Monaten nicht für möglich gehalten hätte: An Amy denke ich inzwischen immer seltener – nur noch in dieser Sekunde kurz nach dem Aufwachen, bevor sich der erste klare Gedanke Bahn bricht. Das ist immer noch Amys Moment, aber das ist auch schon alles, der Rest des Tages verläuft glimpflich. Ich bin längst zu glücklich, um meine Gedanken an sie zu verschwenden. Ich habe meine

Lektion gelernt, ich weiß jetzt, wie viel Schmerz in der Hoffnung liegen kann. Amy ist nur noch ein vertriebener Geist. Die rastlose Jagd ist abgebrochen. Die Vergangenheit liegt in der Vergangenheit. Ich fühle mich gefestigt und bin zuversichtlich, dass ich es schaffe. Weil ich es will. Zum ersten Mal seit über 20 Jahren.

Lena ist aufgewacht, ohne dass ich es bemerkt habe. Sie schmiegt ihren warmen, makellosen Körper an mich, küsst meinen Hals, legt den Kopf in meine Achselhöhle und das angewinkelte Bein auf meinem Schoß ab. Ich kraule ihren Nacken und atme tief durch.

Ich drücke ihr einen festen Kuss auf die Haare und nuschele: »Ich liebe dich!«

Sie reagiert mit einem schläfrigen Schnurren.

Für immer könnten wir hier liegen bleiben, es würde uns an nichts fehlen, und ich fühle mich wohl mit dem Gedanken, als er schon wieder klingelt. Um diese Uhrzeit, am frühen Sonntagmorgen, scheppert die Klingel schriller als sonst, wie sie sich durch die friedliche Stille schneidet. Es hämmert in Wellen gegen meine Ohren.

What the fuck?, denke ich, halte aber meinen Mund, damit Lena nicht komplett aus ihrer Dämmerung gerissen wird. Sie schnurrt noch einmal.

»Ich geh schon«, flüstere ich und schäle mich aus ihrer Umklammerung. Ich werfe den Morgenmantel über und schlurfe den Flur entlang. Ich spüre die Wut in mir aufsteigen. Mit jedem Schritt wächst meine Aggression. Es ist nämlich so: Der Bote, der uns die *Frankfurter Allgemeine Sonntagszeitung* bringt, hat immer noch nicht verstanden, dass er uns die Zeitung nicht persönlich überreichen muss. Er ist ein netter Syrer, der erst seit ein paar Monaten im Land ist und dafür schon sehr gut Deutsch spricht, wovor ich den allergrößten Respekt habe, aber er ist nun mal erst seit drei Wochen im Job, und ich habe ihm bereits zwei Mal versucht zu erklären, dass er nicht klingeln muss, sondern dass es reicht, wenn er die Zeitung auf die Fußmatte legt, weil bei uns im Haus nicht geklaut wird. Er nickt dann nur freundlich – und klingelt eine Woche später erneut.

»Hallo?«, rufe ich durch die geschlossene Tür.

»Guten Morgen Zeitung«, flötet er daraufhin normalerweise. Diesmal nicht.

»Hallo?«, rufe ich noch einmal.

Keine Reaktion.

»*What the fuck?*«, zische ich und werfe einen Blick durch den Spion.

Sie hat den Blick auf den Boden gerichtet, als warte sie ganz geduldig. Sie ist stark geschminkt, sieht um die verheult aussehenden Augen aber trotzdem verdammt müde aus.

»Amy!«, flüstere ich, als müsste ich mich selbst davon überzeugen, wen ich da vor mir sehe.

Sie schaut auf, fixiert den Spion und drückt noch einmal auf die Klingel. Ich halte die Luft an. Diesmal scheppert es besonders schrill. Ich trete einen Schritt zurück, dann noch einen. Dann drehe ich mich um und gehe zurück ins Schlafzimmer. Ich kuschle mich ganz eng an Lena, die schon wieder eingeschlafen ist.

Ein drittes Mal klingelt Amy nicht.